リサ・マリー・ライス/著
上中 京/訳

真夜中の誘惑
Midnight Run

扶桑社ロマンス
1094

真夜中の誘惑

登場人物

クレア・パークス――――ポートランド一の名家の一人娘

タイラー・モリソン――――ポートランド市警警部、通称バド

スザンヌ・バロン――――クレアの親友、インテリア・デザイナー

ジョン・ハンティントン――――スザンヌの夫、警備会社のオーナー社長

ホラス・パークス――――クレアの父

トッド・アームストロング――――スザンヌの仕事仲間

アレグラ・エニス――――クレアとスザンヌの親友

ダグラス・コワルスキ――――ジョンの元部下、警備会社の共同経営者

1

十二月十二日土曜日、夜中近く
オレゴン州、ポートランド
ダンスクラブ『ウェアハウス』

お姫《プリンセス》さまだ。森の中で道に迷って、どうすればお城に戻れるのか途方にくれている。そんなプリンセスが、こんなところでいったい何をしている？

ポートランド市警殺人課警部、バドことタイラー・モリソンはビールをすすりながら右のほうを気にしていた。さっきからずっと、プリンセスのような女性から目が離せずにいる。

女性はU字型のバーカウンターの向こう側に座って、ダンスフロアを見たり、友人らしき派手な赤毛の女性と話したりしている。

その赤毛の女性がどういう人間かは、バドには手に取るようにわかっていた。ポートランドでいちばん過激なダンスクラブ『ウェアハウス』に三晩続けて来ていて、トレンディなビジネスマン風の男性とも、社会の底辺にいるような男性とも楽しく過ごしていた。ダンスフロアで踊りまくり、紅潮した顔で男性とトイレに消えていく。この女性は、高層ビルにオフィスがあるような会社で働き、仕事のストレスをここで存分に発散させているのだ。

こういった女性はよく見かけるが、プリンセスのほうは明らかにそういうタイプではない。こんなところにいる人間とは違う。

バド自身もこんなところで楽しめる人間ではなく、ウェアハウスには仕事で来ていた。国際的な組織犯罪にいちばんの経験を持つプロだからだ。国際組織犯罪と殺人。きわめて危険な組み合わせだ。

エフゲニー・ベルソフとの約束でウェアハウスに来て三日目、ベルソフはまだ現れない。

ベルソフと会わなければならないのは、ロシア・マフィアのポートランドでの動きを封じ込めるためだった。アメリカ西海岸での活動を本格化させ始めた彼らは、シベリア地区のマフィアのトップとされているヴィクトル・クーツィンという男を拠点作りのためにポートランドに送り込んできた。ベルソフの妹のタチアナはクーツィンの妻で、つまりベルソフはクーツィンの義理の弟にあたる。一週間前、タチアナが体じゆうを殴打されてポートランド総合病院に運ばれた。バドの直感が働き、ポートランド近郊の病院すべてを調べたところ、タチアナらしきロシア人女性があちこちの病院で手当を受けていたことがわかった。クーツィンは国際的な悪事を働くだけでなく、妻を虐待する卑劣な男だったのだ。

ベルソフは、ヴィクトル・クーツィンとロシア・マフィアの大物、ピーター・カースンの情報と引き換えに、証人保護プラグラムを受けることに同意し、自分と妹の身を守ろうとした。交渉の場所として、ウェアハウス・クラブが選ばれたのだ。ここなら周りの目を気にしなくてすむ。

隠密捜査は何年もやっていなかったバドだが、今回はこの取引に応じた。クーツィンとカースンは、バドの使っていた情報屋三名の殺害を指示したのだが、ベルソフはこの事件で二人を有罪にできる決定的な証言ができるからだった。カースンは西海岸におけるロシア・マフィアの大ボスで、どんな面倒が起きても相手を簡単に殺害することで問題を解決する。この二人だけはどうしても捕まえなければならない。バドの決意は固かった。二人の尻尾《しっぽ》をとらえようとあらゆる手がかりを探してきたが、ベルソフによってやっと二人に手錠をかけられる希望が出てきたのだ。

最初にカースンの名前が出てきたのは、近くの町で売春婦の死体が発見されたときだった。女性は窓もなくドアに釘《くぎ》を打たれた部屋に捨てられ、餓死していた。背中には鞭《むち》が振るわれた痕《あと》がたくさんあり、検死官によると何年も前からの傷もあった。女性は虫の息の中、錆《さ》びた釘を使って自分の腕にピーター・カースンの名前を彫り込んでいた。

バドはピーター・カースンを訪ねた。ポートランドきっての資産家で、高層ビルの四十階に豪華なオフィスを構えていた。間違いなくクロという印象を得たものの、それを裏付ける証拠は何もない。バドは朝目覚めると必ず、クーツィンとカースンを捕まえてやるぞと気持ちを新たにした。だからこそ三晩も耳の痛くなるような音楽を聞き、水で薄めたようなビールを飲みながら過ごしたのだ。大物二人を捕まえるなら、それぐらい何でもない。

しかし三晩ともベルソフは現れなかった。

まあ、やつの気持ちもわかる。クーツィンにたてつくのは、危険なことだ。クーツィンは組織を裏切った者を精肉場の肉掛けに吊《つ》るすのを趣味にしている。ぶら下げられた体から血が落ちていくのを見るのが楽しいらしい。ベルソフは怖くなって身を隠してしまったか、どこかの肉掛けにぶら下がっているかのどちらかだろう。どちらにせよ、やつは来ない。今日のところは。おそらく、今後もけっしてその姿を見ることはないのだろう。

そろそろ引き払うとするか。

車のトランクには、一泊旅行用のバッグが積んであった。週末だから、海岸べりの町にでも行ってみよう。モーテルにでも泊まって、セックスで気晴らしだ。この前会った、食堂のウエイトレス、ナンシーだ、ナンシー……苗字《みょうじ》は何だったけな。いい子だった。ベッドでは情熱的で、頭のほうは空《から》っぽ。うまい具合に、ほとんど話などしたがらない子だった。今まで三度会ったが、いつもミンクのようにひたすらセックスするだけだった。そして消費したエネルギーを補うために食べ、またセックスに励んだ。

そう、それがいい。あの町まで行って、週末ずっとセックスしまくるんだ。

しかし、バドは腰を上げず、ただ横を向いた。プリンセスが見える。彼女は何を考えているのだろう。ふとダンスフロアにいるカップルの様子に気を取られたようだ。そのかわいらしい口元が、驚いたように丸くなり、ふっくらした唇がOの字を作った。そしてあわてて目をそらすように、反対側を向いた。

まったく、きれいなプリンセスだ。黒っぽい艶《つや》やかな髪を頭のてっぺんでまとめ上げ、お箸《はし》のような棒で留めてある。透きとおるような白い肌に繊細な輪郭、見た限りでは化粧もしていないようだ。

バドは図書館で見た絵を思い出していた。少年の頃、母の夫になった男からいつも酔っ払って暴力を振るわれた。それを避けようとバドは家に帰らず、放課後をほとんど図書館で過ごしていた。あまり文字を読むのは得意ではなかったので、たいていは写真や絵の多い本を見て時間をつぶしていた。あれは二十世紀初めのニューヨークのイラストを集めた本だった。繊細な曲線を持つ上品な女性の絵があった。黒髪を豊かに頭の上に結い上げてあった。たしか、ギブソンという画家の作品だった。

だから、そのギブソンが描くような上流階級のお嬢さまが、こんなところで何をしている？

この三日間、プリンセスの友人の赤毛の女性はこのクラブで見かけていた。トイレでドラッグを吸い、毎夜違う男と帰っていった。この手の女性はよく知っている。しかし、プリンセスがそういう女性と一緒にいることが理解できない。

プリンセス。そんな言葉が出てきたこと自体、バドにとっては笑いごとだった。バドは、しっかりしろよな、と首を横に振り、もう一口しぶしぶビールを飲んで、上品な女性を見た。

顔立ちがライトに浮き上がる。周りの人々を見ようとするたびにほっそりした首の線がくっきりと見える。白ワインが目の前に置かれているが、ほとんど口をつけていない。あまりにあどけなく、純粋で、こんなところにいてはいけないほど若く……。

こんなところにいるには若すぎる。

バドはバーテンの視線をとらえ、こっちに来るように合図した。バーテンはテディという名の大男だが、筋肉というより腹が突き出ているだけで、やたらに偉そうな態度だ。ジェルで固めた髪を突っ立てて、アロハシャツにルーズフィットのズボンをはき、退屈そうな表情を浮かべている。裏でドラッグの取引をやっているのがわかったので、麻薬取締課には知らせておいた。来週のうちにもこいつはブタ箱にぶち込まれて、情けない声で見逃してくれと言うことになる。

そんなことはバドには関係ない。ドラッグのことは麻薬取締課に任せておけばいい。バドの仕事は殺人犯を捕まえることだ。だから今もバドは、ロシア・マフィアを捕まえることに躍起になっているのだ。

彼らの犠牲になったモルドバの少女たちを思い出す。カースンとクーツィンは、さびれた村から幼い女の子を十人も誘拐した。こういった人間のくずたちは少女たちを地球の反対側まで連れ去り、処女ひとりあたり十万ドルから競《せ》りにかけていちばん高い値をつけた相手に売りつける。通常、少女たちはそこから売春婦となり、年間何万ドルも稼ぎ出すことになるが、とことんまで体を酷使させられ、ほとんどは十八歳になる日も待たずに死んでしまう。理由は病気だったり、絶望に自ら命を絶ったり、さらには客に荒っぽいことをされたためだったり、さまざまだ。

ところが、モルドバの少女たちは、カースンが所有する会社の、パナマ船籍の貨物船の中で窒息死してしまった。この船に関する法的書類は五カ国にまたがるため、鑑識が証拠集めに船に入り込むことができず、そのため法廷でカースンを証言台に立たせることはきわめて困難となった。

　ドラッグはいけないことだ。しかし、幼い女の子をかどわかし、レイプし、殺すのはそれよりも悪いことだ。バドの倫理ではそうなっている。

　あれは真夜中だった。バドは、あの貨物船に踏み込んだときのことを何もかもはっきり覚えている。船長がいくら隠そうとしても漏れてくるひどい臭《にお》い。十人の女の子の顔を見下ろしたときの、胸がむかつくような悲しみ。その顔はみなひどく幼く、青黒くなって絶望に満ちていた。息のできる穴を求めて、両手をかきむしるように伸ばしていた。バドは全員の顔をしっかり脳裏に焼きつけ、心の奥底に怒りを燃え上がらせた。女の子の家族には必ず、かわいい娘たちにあんなことをしたやつにも正義が下ったと伝えてあげたい。そのために、やつらが犯した別の殺人事件を必ず立件してみせる。

　ピーター・カースンとヴィクトル・クーツィンは人の命を密輸するだけでなく、悲惨さを商売にしている。クーツィンはロシア国籍なので、基本的には移民局の管轄になる。しかしカースンは頭からつま先まで星条旗に包まれた男、アメリカ国籍であり、バドのものなのだ。絶対にやっつけてやる、こてんぱんに、俺《おれ》がやるんだ、バドはそう決心していた。

「あん？」バーテンのテディがカウンターに肘《ひじ》を置いて体を乗り出してきた。音楽がうるさいので聞こえるように顔を近づける。残りが少なくなったバドのグラスをちらっと見ると言った。「何にするんだ、にいさんよ」

バドはテディのアロハシャツの襟首《えりくび》に指をかけ、ぐいと引っ張った。シャツにプリントされたハイビスカスの花が、テディの体と一緒に近づいた。「カウンターの向こうにブルネットがいるだろ。青のドレスのかわいい子だ。赤毛の女の隣に座ってる」

テディは振り向いてからまたバドを見た。無感動な表情だ。「それで？　飲み物おごってやろうってのか？　ダンスに誘って、一発やりたいって？」

「身分証明書を確認しろ」

テディはまるで訳《わけ》がわからなくなっていた。当然だろう。

何晩か続けて、バドは身分を隠してこのクラブに来て、失敗者、流れ者、ドラッグ中毒者という雰囲気を見事に演じきっていた。自分でもうまくできているのはわかっていたし、テディは完全にその見かけを信じ込んでいた。

「いいか」バドはテディのシャツを引いて顔の位置を下げさせた。鼻先にポートランド市警のバッジを突きつけ、輝く鷲《わし》の紋章を見せた。テディは驚きに目を見開いた。

「あの子は未成年だろ。酒を出していいのか？　今すぐ確認しろ」そしてバーテンの瞳《ひとみ》をのぞき込む。「そうすりゃ、裏で取引されてるのが何かってことを忘れてやってもいいぞ」

身元をばらしてしまった。だが、それがどうした。バドはそう思いながら、テディのシャツを持った手元を緩めた。

「う、はい。わかりました」テディはシャツを直し、何でもないという顔を装おうとしたが、うまくいかないようだ。「もちろんです、あの、刑事さん」そう言うとテディは馬蹄《ばてい》型のカウンターの中で向きを変えた。バドが見ていると、テディがプリンセスに話しかけ、プリンセスは顔をしかめてベルベット地の小さなバッグを手にして、中からラミネート張りのカードを差し出した。そしてテディが戻ってきた。

「彼女、二十五歳です。間違いありません」テディは恨めしそうな顔をしている。

嘘《うそ》だろ、二十五歳だって？　あのプリンセスは二十五歳？　十七歳か、せいぜい十八歳ぐらいだと思っていたのに。

あの子の瞳は何色だ？　わからない。横顔が見えるだけだし、視線を伏せてワイングラスを見つめている。まるで手もつけていない白ワインに夢中になっているふりをしているのだ。

プリンセスは今、ひとりになった。友人に置きざりにされたのだが、友人が戻ってくるはずもないということに気づく様子もなく、規則的に顔をあちこちに向けている。

先ほど、コカインをたっぷりやってハイになっているどこかの男が赤毛の女性に近づいて、二人は混沌とするダンスフロアに降りていったのだ。フロアではみんなが体をよじらせている。

赤毛の女性がいなくなるとすぐに、男たちがプリンセスに群がり始めた。プリンセスはなかなかうまくあしらっていた。笑みを浮かべて軽く首を横に振る。

くそ、こっちを見てくれ。とにかく、瞳が何色か知りたいんだ。茶色だろうか。濃いこげ茶の髪なのだから、瞳もきっと茶色だろう。でも肌があんなに白くて、陶器のようだ。黒い髪と真っ白の肌は、アイルランド系だと青い瞳になることも多い。男をノックアウトする組み合わせだ。バドは自分のビールを見下ろした。

ちぇっ。こんなのはどうかしてる。プリンセスの瞳が何色だろうが、知ったこっちゃないだろうが。あの子のどこが気になるっていうんだ？　何だかんだ言ったって、ウェアハウスみたいなクラブに来る子なんだ。普通のお嬢さまが来るところじゃないだろう。しかもあの赤毛女性の友人だ。赤毛のほうは、間違いなくここに何度も来ている。だとすればあのプリンセスだって、見かけは違っても同類のはずだ。

あんなに純真そうに見えるのに？　生まれつきそういう感じの子もいる。肌がすべすべで、華奢《きゃしゃ》、それだけのことだ。

ヨーロッパ風の三千ドルはするかというようなスーツを肌に直接着込んだジゴロタイプの男が、ダンスフロアから体をよじらせて出てきて、プリンセスに近寄った。男が上からかがみ込むように体を近づけると、プリンセスが体を引く。男が何かを言って、プリンセスは顔をしかめて首を横に振る。これでじゅうぶん拒否されていることがわかるのに、男は笑みを浮かべてさらに近寄り、プリンセスの肩をつかんだ。

プリンセスがあたりを見渡し、バドははっと息をのんだ。知りたいと思っていたその瞳の色がやっとわかったのだ。まぶしいほどに真っ青なブルー。長くて濃いまつげでくっきり縁取《ふちど》りされている、ゴージャスな目。男の心を打ち砕く力を持っていた。

そして、今その瞳が恐怖に満ちている。

バドはその瞬間、何も考えずに席を立ち上がっていた。

どうすればいいの？

クレア・パークスはポートランドでいちばん年を食ったバージンだった。しかし、それはクレアのせいではない。ダンスフロアを見下ろすと、確かに下界という感じがする。酒池肉林の世界。

過去十二年間、クレアは忙しかったのだ。死と闘うことに。その間に世の中はとんでもないことになっていた。フロアの人々のファッションにクレアは自分の目を疑った。みんなが髪を鋲《びょう》のように突っ立てている。中世の兜《かぶと》みたいに見える。その鋲は目の覚めるような紫やけばけばしい緑色にしてある。あんな配色にできること自体が嘘

の周りにうるさくぶら下がっている。ドレッドヘアにしてあり、いくつもの編み込みが顔や肩のようだ。そうでなければ、ドレッドヘアにしてあり、いくつもの編み込みが顔や肩

おへそを見せるというのがはやりらしい。それほど魅力的でないへそでも、はっきり人目にさらしているが、たいていは宝石などでピアスしてある。

乗りのいいリズムに合わせて、隅で体をくねらせているカップルに気がついた。その二人の、どちらが男性でどちらが女性か見分けがつかない。ただ、同性である可能性もじゅうぶんある。

クレアは実社会というものを味わってみたかったのだ。だからこそ、ここにいて、周囲の人たちをじっと見ている。今まで人を観察することしかしてこなかったクレアだが、今晩見ている人たちは、今までより少し、色彩豊か、というか……。

「すご……でしょ？」

「何？」クレアは大声を出した。ダンスフロアのスピーカーの反響は耳をつんざくような大きさだった。

ルーシー・サベッジがにやっと笑って、クレアの耳元に口を寄せた。「すごいところでしょ？」

クレアはこれから新しい生活を始めようと意気込んで新しい職を得て、これが初めての週末だった。ルーシーとは職場で出会ったばかりで、野蛮《サベッジ》という名のとおり、ワ

イルドな生き方を楽しんでいるようだ。ただ職場ではそんなそぶりは見せていなかった。ルーシーは親切で、てきぱき仕事をこなしていた。二人が勤める会社、セマンチカは注目を集める広告代理店で、ルーシーはものすごい量の自分の業務をこなしながら、クレアを助け、事務の女の子として生き残る術《すべ》を教えてくれた。ルーシーが、土曜の夜一緒にクラブに出かけないかと誘ってくれたときには、クレアは大喜びで誘いに乗った。クレアはクラブというものの経験がなく、そろそろ行ってみたいと思っていたのだ。

家の玄関に迎えにきてくれた女性を見たとき、クレアは一瞬誰《だれ》だかわからなかった。ほとんど裸のような服装で、肌にはきらきら光るジェルが塗ってある。体じゅうピアスだらけで、おへそ、鼻はもちろん、黒い網目のシャツからくっきり見えている左の乳首にもピアスがあった。会社の同僚はルーシーを「警告音」と呼んでいる。理由は金属探知機を通ると必ずブザーが鳴るからだ。

その夜ルーシーは何度かトイレに消え、そのたびに笑顔がにたーっとだらしなく崩れ、瞳孔《どうこう》が小さくなっていった。さらに、クレアが白ワインをグラスに一杯飲めないでいる間に、マルガリータを四杯、ウィスキーをストレートで二杯あおっていた。

ダンスフロアを見ようと、クレアが椅子《いす》をくるっと回した。胸をはだけた痩《や》せた男が見える。両乳首からピアスした金属のわっかが踊りに合わせて揺れる。男はダンスが上手だった。上手に体をくねらせている。しかしゆったりとしたジーンズをひどく低い位置ではいているため、体が動くとどんどんずり落ちて、いまにも……あっ。

男の胸には毛がなかった。しかしそのまま下のほうもないのだ。ジーンズがすっかり下に落ちてしまって、クレアからも脚のほうまで丸見えなのに、付け根のあたりはつるつるだった。

男の人って、あそこに毛が生えてるもんでしょ？　そうじゃないのかしら。だって、大好きなダビデの像は大理石だけど、縮れた毛がしっかりつけてあるもの。どうしてあの人は毛がないの？

ルーシーはリズムに合わせて首を振っていた。うっとりした表情で目を半分閉じている。「あそこの男、見える？」クレアの耳元で言うと、こちらに背を向けた毛なし男を指した。男のお尻《しり》の割れ目まで見える。

「ええ」

ルーシーがさらににんまりした。「あいつ、プリンス・アルバートやってるの。すっごくいいんだから。わかる？　最高に感じるの」

ルーシーが何を言っているのかクレアにはさっぱりわからなかったが、わからないと言うのが悔しかった。「そうなの？」とうなずいて、わかったふりをしかけたが、結局あきらめた。いい格好をしても何もならない。それで、首を振りながらたずねた。

「実を言うと、わからないの。何の話なの？　プリンス・アルバートって何？」

「まあ、あなたったら、今までどういう暮らししてきたのよ。プリンス・アルバートはペニスにピアスすることよ。セックスのとき、男はすごくそれで興奮するんだって。先週やったときは、天国に行ったかと思ったわよ。あれ、先週だっけかな？」ルーシーは首をかしげて考え込んだ。「先々週だ。金属がこすれてすっごく感じるの」そして舌なめずりをする。「どうしようもないぐらい、いったわよ」

クレアはショックで凍りついた顔の筋肉をなんとか動かして笑みを作ろうとした。そして、やっと会話を続ける糸口を見つけた。「あの人どうして、毛を剃《そ》ってるの？　あの、あそこの……」

「ペニスの？」ルーシーは音楽にも負けないような声を上げて笑った。「剃る人たくさんいるわよ。私も剃ってる男がいいな。だって、口の中にちくちくする毛が入ってこないじゃん、ね？」

クレアはその言葉の意味を考え、そして真っ赤になった。

ルーシーはまたクレアの耳元に口を近づけた。「私もピアスしてるんだ」

クレアはうなずいた。乳首のわっかだけでなく、ルーシーは右の耳たぶにずらっと銀のピアスを並べているし、鼻にはダイヤが、へそには赤い石がついているからだ。

「ええ、わかってるわ」

ルーシーが笑い出した。「違うのよ。他にもあるの」曲に合わせて椅子にかけたまま腰を動かす。「私、クイーン・クリスティナをしてるの。クリトリスのピアスよ。先月やったの。すっごいんだから。腫《は》れがひくまでちょっと時間はかかったけど、そのあとは最高。男も大喜びよ。何もかも忘れちゃう。あなたもやってみなさいよ、クレア。あなた耳にもピアスしてないわよね。ピアスって、もう、セクシーなんだから」

クレアは、何でもない表情をつくろって感情を隠すことにずっと慣れていたので、上手に儀礼的な笑みを浮かべ、人形のような表情を作った。一切共感できなかった。クレアはこれまでの人生で、一日五十本も注射針を突き刺される日々を体験してきた。何本注射されても、そのたびに痛かった。針を持った人が一・五メートル以内に近づいてくれば、その腕をへし折るつもりだった。

「考えておくわ」どっちつかずの返事をして、クレアは人物観察へと戻った。

奇妙な行動のオンパレードといってもよい状態だった。そのすべてがものめずらしく、中にはどきどきするようなことをしている人もいた。男女は求愛に必要な儀式をすべて飛ばして、まっすぐセックスのまねごとへと直行している感じで、いや、まねごとでは終わっていない人たちもいる。

ダンスフロアの端にいるカップルにクレアの目は釘付けになった。天井のストロボがちかちかする中、二人の姿が浮かび上がって見えたり、影になったりする。二人は腰をぴったりつけて脚を絡ませ、リズムに合わせて動いている。女性のスカートが引き上げられて、ヒップが見えた。

きっと——なんて言うんだったかしら、そうTバックね、そういうのをはいて——まあ、どうしましょ、何もはいてないわ。

クレアは目をそらせて顔を赤らめるようなことはしないでおこうと思いながら、顔をそむけてしまった。それでも、しっかり目に入った。女性はスカートの下には何も身につけておらず、二人はああやって体をねじって……愛を交わしていた。

違う、セックスしているのだ、とクレアは心の中で言い直した。しかもダンスフロアで！

クレアはずっと病気だったため、セックスが入り込む余地のないところに隔離されていた。そうやって成長期に体験するはずのいろいろなことを、一切味わうことなく大人になってしまった。たとえば女の子がまだひげも生えていないような、丸顔の少年と無邪気に戯《たわむ》れること、唇を軽く触れ合うだけの初めてのキス、手をつないで映画を一緒に観にいくこと、自宅の居間のソファでじゃれ合うこと。男の子とおずおずと最初の性的な体験をするのは、今のクレアのようにどきどきして不安になるものだろう。しかしそういった大人の女性になるためのステップが、今夜、彼女のもとに性的なホルモンと汗と音楽のもやと共に、一度にやってきたのだ。

どうしていいかわからない気分を感じてはいたが、クレアは実のところ、こういうことを体験してみたかった。だからこそ、一族の財団の学芸員の職を辞めたのだ。父と口論になったのも、こういう体験を求めたのが原因だった。これこそが生きているということ、どうしても手に入れたいとクレアが望み続けたものだった。

クレアはもうすっかり健康体であると宣言されていた。病に勝った。屈しなかったのだ。もう二度と病気になることはない。それは自分でわかっていた。生きている証《あかし》に血管が力強く脈打ち、指先をくすぐる。今夜初めて、クレアは長年の夢だった将来への一歩を踏み出すのだ。いや、他にも、いくつもの可能性があるのかもしれない。何にしても、寒々とした痛みに満ちた日と、苦悩と孤独感にさいなまれる夜に戻ることはない。今まで失ってきた時間をいっきに取り戻し、人生を思う存分楽しみたい。

クレアは今日、父の家を出た。過保護な父の庇護《ひご》から抜け出したのだ。これまで奪われてきた時間を取り返そう。今日がスタートだ。

毛のない男が群集をすり抜けて、クレアとルーシーのところにやってきた。とろんとした目つきで、細い体をくねらせている。あまりに痩せているので、腹部はへこんでいるようにさえ見える。音楽はヒップホップになって、音量がさらに上がっていた。男がルーシーの首に腕を巻きつけてきた。

「ベイビー」恋人にささやくような口調で、男がルーシーの首に顔を埋《うず》め、その場で踊るように体を動かした。「一発やろうぜ」そんな言葉が友人に向けられたなんて信じられない。音楽が鳴っていて聞き違えたのだろう。しかし、DJが曲を変えるところで、間違いなくそう聞こえたとクレアは思った。

クレアが憤慨《ふんがい》して男に、失礼ね、と言おうと思った瞬間、ルーシーが笑い出した。ルーシーは男の胸に指を這《は》わせている。「あんたとは一発やったわよ、もう。二週間前に。忘れた？　もう少し丁寧な誘い方をすれば、もう一回相手したげてもいいけど。でも、まず踊りましょ」

また音楽が始まり、ルーシーと男はダンスフロアの中に入っていった。ルーシーはダンスフロアのことを闘鶏場《ピット》と呼んでいたが、実にぴったりの名前だとクレアは思った。まさしく闘鶏場だ。バーのあるところから三メートル近く下にあって、飲みながら見物できるようになっている。ちかちかするライトが、くねくねと動く腕を浮かび上がらせる。人々は体を密着させているが、光ったり消えたりするストロボのもとでは、どんな顔をしているのかはわからない。頭上に腕を掲げて踊るので、巣穴から蛇がにょろにょろ顔を出しているように見える。

ルーシーと毛なし男の姿はすぐに見えなくなった。ピットは巨大で、ルーシーをつかまえようと思えば、あの群集をかき分けていかなければならない。そう思うと、クレアはぞっとした。

「……ろうぜ」男が耳の近くで怒鳴《どな》っていた。

「何ですって？」クレアがさっと振り向くと、そう悪そうにも見えない男がにやにやしながら立っていた。男は髪をジェルで後ろに撫《な》でつけ、口のすぐ下にイタリア風のちょびひげを生やしていた。ヘアジェルの匂《にお》いがする。そして制汗剤、アフター・シェーブローションの強烈な臭いと、その男の体臭がクレアのところに漂ってきた。

まさか、この人、さっきの男みたいなことを私に――

「踊ろうぜ」男がまた叫んだ。クレアはほっとして緊張を解いた。一発やろうぜ、なんて言われたら、どう返事すればいいのか見当もつかないが、踊ろうと誘われたのならどう答えればいいかは、ちゃんとわかっていた。

あの酒池肉林の世界に下りていくと思うとぞっとする。そこにいる人たちを見ているぶんにはいいのだが、体をくねらせる肉の中に入っていくのは別の話だ。クレアはなんとか笑みを浮かべることができた。「ありがとう。でも、この曲は遠慮しておくわ」

やった。

完璧《かんぺき》な返事だ。小説で学んでいたのだ。もちろん、十九世紀のイギリスの舞踏会という場面ではあった。曲が始まれば上品に踊る人たちの会話であって、耳が痛くなるような音が途切れないといった状況でのせりふではない。実際、クレアがうまくできた、と思っていた返事は男には聞こえなかったようだ。

男がのしかかるように体を近づけた。これ以上そばに来ないで。「何……言った？」男が「た」と言ったときに、盛大に唾《つば》が飛んで、クレアの笑みが強ばった。

「私に構わないで」クレアは叫んだが、持ち前の礼儀正しさを思い出して付け加えた。

「ください」

男は肩をすくめて、少し離れたところに座っていた女性のほうに声をかけた。

それから次々に三人の男性が近づいたが、クレアが首を横に振ると立ち去っていった。

四人目の男は非常にハンサムで、本人もそれを意識しているようだった。おしゃれにカットしてある黒っぽい髪、細身のエレガントなスーツをシャツなしで直接着込んでいる。

私が病気している間に、何があったの？　男性がシャツを着ることは、突然流行遅れになったわけ？

男はさわやかな笑顔を向けてきたが、クレアの腕に寒気が走った。長い間、あまりにも長い年月、クレアは病気で自分を守る術《すべ》がなかった。今は大丈夫で、他人からとやかく言われることはないが、それでも、病気でずっとベッドに入ったまま、できることと言えば天井を見つめるだけという時間を経験すると、人生を違う角度から見るようになる。

仰向けにベッドに横たわっているときには、傷つけられることがわかっていてもどうしようもないからだ。

病院に入ってかなり早い段階で、クレアにはどの看護師なら安心して注射してもらえるかがわかるようになった。痛くないように注意してくれる人もいれば、自分を守ることができない幼い少女をこっそり痛めつけることを楽しむ人もいた。さらに医師の中にも、聴診器をあてるときに冷たくないようにと先に器具を温めておいてくれる親切な人もいれば、クレアをただの肉の塊のように扱う人、あるいは医学論文を書くための材料としか考えない人もいた。そういうのが、すぐに見抜けるようになったのだ。

そうしていくうちに、クレアには非常に感度の高い、正確な〝悪者発見器〟が備わることになった。今その〝悪者発見器〟は、メーターの針がレッド・ゾーンを振り切りそうなほどになり、鋭く警告音を鳴らしている。

感知した――嗅覚《きゅうかく》にさえ訴えるほどだった。今、クレアをダンスに誘っている男は残忍で凶暴なやつだ。その異常さが臭ってくるのだ。

男はハンサムで上品で、明らかに金回りもよく仕事も成功しているのだろう。しかしその瞳はぎらついていて、歯があまりにも白すぎるし、唇は赤すぎた。男が唇を舐《な》めると、尖《とが》った舌先が三角形にちらっと見えた。顎《あご》を強く嚙《か》みしめているのか、頰《ほお》の筋肉が波打って動いている。いっぱいにねじを巻いたような張り詰めた状態で、クレアには男の本性が見えるような気がした。

男がクレアに投げキスをしてきた。クレアの体が不快感にびくっとした。

「ねえ、美人さん」自信ありげな笑み。僕って魅力あるだろ、と男の全身が叫んでいる。「ひとりぼっちじゃ困るよね。僕と一緒なら問題解決だ。一緒に踊ろうよ」

男が上から体を寄せてきた。真っ赤な口が開いているのが見えて、クレアは狼狽《ろうばい》した。心の中では、腕をぶんぶん振り回して男を遠ざけ、声を限りに悲鳴を上げたくなったが、落ち着きなさいと自分に言い聞かせて、ぎこちない笑顔で肩をすくめてみせた。

「ひとりじゃないわ」クレアの反論など、まるで聞こえなかったかのように、男は腕を引っ張った。クレアは怖がっている口調にならないように気をつけながら、もう少し大きな声を出した。

「友だちと一緒に来てるの。彼女は今……」首を伸ばしてダンスフロアを見下ろしたが、ルーシーの姿は見当たらない。クレアは誰かと視線が合ったふりをして、手を振った。「……下で踊ってるから。すぐ戻ってくるし、誘ってもらわなくても結構よ」

だから、今すぐ目の前から消えてちょうだい！

「そんなはずはないだろう」男はクレアを見下ろしながら、さらに体を傾けてきた。ぴったりと寄りかかるようになり、ウィスキーの臭いと口臭のひどさに、クレアは思わず顔をそむけた。クレアの体じゅうが非常事態を宣言している。今すぐこの男から離れなければ。「友だちなんていないんだろ、ベイビー。連れが要《い》るよな。僕が必要なんだ」

男の指がクレアの肩に食い込む。思いのほか強い力で引っ張られたので、クレアは椅子から転げ落ちそうになってカウンターをひしとつかんだ。男はさらに強く力を入れる。

クレアの脈が速くなった。激しく心臓が鳴って、必死の思いで周りを見渡した。クラブには五百人もの人がいるのに、この様子に気づいてくれる者は誰もいない。こんな大勢の人の面前で、誘拐されるなんてことはあり得ないけれど……。

しかし、クレアは十五歳のとき、そのあり得ないことを体験していた。ローリー・ギャベットという男が、病院の看護師の大勢見守る中、その鼻先をかすめるようにしてクレアを誘拐したのだった。

そんな過去の記憶が頭をよぎり、くらくらしてきて、泣きそうになるのをなんとかこらえて、男の手を振りほどこうとしたが、余計に強い力で腕をつかまれた。男の笑みが大きくなって、はっとクレアは悟った。この男は女性を痛めつけるのが楽しいのだ。残忍な行為に興奮するのだ。悲鳴を上げそうになって、クレアは唇を噛んだ。

誰か助けてくれないかと、絶望的な思いで周りを見ても、全員がダンスフロアのほうを見ている。ふと、U字型のカウンターの反対側にいる男性と目が合った。大きな体で、流行にはまったく無頓着《むとんちゃく》という雰囲気。砂色のブロンドの髪はジェルで固めてもいないし、飲んでいるのはビール、しかもおしゃれな外国のものではない。肩幅が広くて、黒のTシャツが引っ張られるようになっていて、その下に上腕二頭筋が硬く盛り上がっている。この人なら助けてくれるかしらと、クレアはじっとその男性を見た。強そうだ。クレアを苦しめている男など簡単に片付けられるはず。

ミスター残酷のほうは、さらに指を食い込ませてきたので、クレアは痛みに目を閉じた。男がさらに近くに来て、クレアの体を指で撫でる。耐えられない。男の硬くなったものが押しつけられる。クレアは体を離そうとしたが、男の手にがっしりつかまえられて、逃れようがない。

「さあ、ほら。恥ずかしがることはないだろ」残酷男の熱い息を耳に感じて、クレアは気が遠くなりそうだった。男がまたぐいっと体を引っ張る。痛がる声を出さないようにと、クレアは口を固く閉ざした。痛がっていることが伝われば、男をさらに興奮させるだけだ。

「消えうせろ。彼女は俺の連れだ」低い声が、クレアの頭上のどこか遠いところで聞こえた。

何もかもがあっという間だった。肩にかかっていた力がすっと消え、すぐに男の手が離れた。残酷男は顔面蒼白《そうはく》で、ぽかんと口を開け、ひいっというような高い悲鳴を出した。そして口をしっかり閉じて後ずさりし、死人のような表情で消えていった。

何か大きな、すごく大きなものがクレアの目の前に来て、視界をさえぎった。カウンターの向こうにいた大きな男性が残酷男を追い払い、クレアの隣の席に座ったのだ。

クレアは体を強ばらせた。さっきの男も危険だったが、それを追い払うためにまた別の危機を招いてしまった。残酷男のせいですっかり怖気《おじけ》づいてしまっていて、その恐怖はまだ消えていない。それでも、少なくともさっきの男から物理的に圧倒される感じはなかった。今隣に座った男性の体には、まさに身がすくむ。この男性を追い払うなどということは、絶対に無理だろう。

事態は悪くなる一方だ。クレアはダンスフロアを見下ろし、必死でルーシーを探した。この店を出なければ。怖くてしかたがない。ここまでおかしなことになるとは思っていなかった。こんなにまで……どんな気分？

クレアは、はっとした。実に大丈夫、という気分になっていたのだ。

嘘みたい。

クレアがうつむくとワイングラスが見えた。両手がしっかりとグラスをつかんでいる。手の震えも止まっている。〝悪者発見器〟は静かになり、ダイヤルも青信号、「まったく問題なし」のところに戻っている。

体のすべてが落ち着きを取り戻し、平静になっていた。防御の壁にすっぽりとおおわれている。もうクレアを傷つける者はここにはいない。

隣に座った男性のおかげだった。すごく大きな男性が隣にいる。この人のおかげで守ってもらっているという気になる。うららかな春の日、さらさらと流れる川べりに腰を下ろしているような感覚だ。

クレアは思いきって男性のほうをうかがってみた。うわあ、本当に大きい。背が高くて、座っているのに筋肉の盛り上がっているのがはっきりわかる。クラブの中にはとってつけたような筋肉を見せびらかしているような男たちもたくさんいた。ジムで作った体なのだろう。しかし、隣の男性はそういうのとはまるで違う。生まれながらに背が高くて強かったのに、その体をずっと鍛え上げてきたという感じ。きっと肉体労働者なのだろう。漁港で働いているとか、山で木を切り倒しているとか、そういうのだ。

長い手足にもりっぱな筋肉がついている。右腕に蛇のタトゥがあり、ついそれに見入ってしまいそうになって、クレアは自分をたしなめた。クレアは今まで実際に近くでタトゥを見たことがなかったのだ。見事な彫り物で、今にも動き出しそうだ。コブラが手の甲で頭をもたげているところだが、細部にわたるまで本物そっくり、胴体は男性の腕に巻きつくように描かれている。たくましい力のあふれる腕だ。男性が手を動かすたびに、蛇がセクシーに胴体をくねらす。その効果は芸術的で、目を釘付けにする。

男性は信じられないほど美しい手をしていた。長い指が、繊細に官能的に動く。力強いのだが、肉厚という感じではない。山で伐採の仕事をしているのかもしれないが、そのわりには爪《つめ》がきれいで短く切りそろえてある。

クレアは居ずまいを正して、男性のほうを向き、まっすぐに瞳を見た。「お礼を言いたいの。あの男を追い払ってくれて、ありがとう」音楽のボリュームが一瞬下がり、声を張り上げなくても会話できるぐらいになった。

「いいんだ」男性は張りのある声できっぱりと言った。低い声が耳に心地よく、クレアの体の中に反響した。

近くで見ると、男性にははっとするような魅力があった。すっきりと厳しい顔立ち。力強いまっすぐな鼻梁《びりよう》、意志の強そうな角ばった顎、情熱的な厚めの唇。また目が合って、クレアは息をのんだ。男性の瞳は明るい茶色で、突き刺すような鋭さがあった。鷹《たか》の瞳みたい。視線には力がみなぎり、情熱があふれていた。クレアはそのまま彼の腕の中に倒れ込んでしまいたい衝動にかられた。そしてしっかりとつかまえてもらったらどんな気分なのだろう。

クレアは深く息を吸い込み、自分の直感を信じることにした。このまま倒れ込んで、つかまえてもらいたかった。

「私はクレアっていうの。クレア……シャイラーよ」まったくの嘘というわけではない。正式な名前はクレア・シャイラー・パークスで、シャイラーは母の旧姓だった。クレアは新しい職に就く際、この名前を使っていた。今夜はクレア・パークスでいたくはなかった。ポートランドでも有数の名門一族の跡取り娘などでなく、ただのクレア・シャイラー、どこにでもいるOLとして振る舞いたかったのだ。

しかもクレア・パークスという名前が、地元新聞の一面をでかでかと飾ったのはほんの十年前のことだった。あれはもう過去のことにしたい。

「バドだ」大柄な男性は言った。「バド・モリソン」そして、一瞬ためらってから大きな手を差し出した。その手を取ったクレアは、そのとたん電気が走るような衝撃で心臓が止まりそうな気がした。

もう大丈夫、ちゃんと守られているという感覚は、前より強くなったが、それ以外にもまったく予想もしていなかったような感情が起きた。今まで経験したことのない感覚が体の中からわき上がってくる。大きな手がそっとクレアの手を包み込むと、腕にさっとくすぐったいような感覚が走り、体にセクシーな期待感が駆け抜けた。体じゅうの神経がぱちぱちと音を立て、うなじのあたりがざわつく。

重なり合った二人の手に目が向くと、クレアははっとした。男性の手は陽に焼けてクレアの肌の色よりはるかに黒く、節くれだった男性らしいものだ。二人の絡み合った手は女性と男性、力強さと繊細さという違いを際立たせるポスターのようにさえ見える。

クレアに今まで触れたことのある男性といえば、医師たちと父親だけだった。医師たちの手は柔らかでこまやかで、ほとんど女性的ともいえるようなものだった。そして父の手はやはりやさしくて、残念ながら年老いてしみだらけだった。

クレアの手は男性の手の半分ぐらいの大きさ。彼の男らしいたくましさと温かみにすっぽりおおわれてしまっている。やさしくも、こまやかでもない手。力がみなぎり、節くれだっている。手の甲にはスポーツ選手のように血管が浮き出ているが、そこには古いものや新しいもの、たくさんの傷痕がある。荒くれ仕事に使い込まれた手。

クレアは、何か強い力のあるものにやさしく守られているのだという気がした。いや、それだけではない。

これほどまでに強いセックスへの願望が体からわき上がってきたのは初めてだった。そんな感覚があると思ったことも、けっしてなかった。

この場所にはセックスの匂いが充満している。男性ホルモンと女性ホルモンが、クラブ全体に噴き上がっているようだ。しかしそんな空気には、クレアは今までのところまるで影響されていなかった。ところがこの瞬間、セックスへの思いが血管を駆け抜けている。誰かにコンセントにつながれて、スイッチを入れられたような突然の感覚だった。

バド・モリソンは、あらゆる意味において、男性そのものだった。飾ることなく、悪く言えば安っぽいような服装で、頭のてっぺんからつま先まで、おしゃれなところなど皆無だ。ただ切りそろえただけの短い髪、磨かれたり手入れされたりしていない爪。周囲を見渡すこともなく、女性を引っかけようとするでもなく、身づくろいを気にするでもない。気を引こうとは考えていないのだ。

彼に比べると、クラブにいる他の男性は、かわいいペットの犬も同然だ。

ふと気づくと、クレアはまだ手を彼の手に預けたままだ。事実上、手をつないだ状態だといえる。まず、これをなんとかしようとクレアはそっと手を引いた。すぐにバドは手を放してくれた。とたんにその温かみや触れ合いが消えたことが寂しくなった。

こんなのは、どうかしている。確かに今は〝悪者発見器〟のメーターは安全だと告げているが、それでも、あっという間にメーターが危険ゾーンに振れることがあるのは、わかっているし――それにまるで見知らぬ男性を憧《あこが》れの人に出会ったように見つめなくてもいいはず。

「次の飲み物は?」

とげとげしい口調に驚いて、クレアが顔を上げると、バーテンが険しい表情をしていた。質問してきたわけではない、注文しろと要求しているのだ。バーカウンターに陣取って二時間、クレアは白ワインを一杯頼んで半分飲んだだけだった。おそらく、もっと単価の高い飲み物を何杯も注文する客に席についてほしいのだろう。もっとアルコールを注文すると思うだけで、クレアは胃がむかつきそうになった。

わかったわ、飲み物を注文すればいいんでしょ。「ジンジャーエールをお願い。ライムを搾《しぼ》ってね」

バーテンは肘をついて体を乗り出してきた。けんか腰ににらみつけてくる。「あのな、お嬢さん。ここは幼稚園じゃない――」

「レディがジンジャーエールを欲しいと言っただろ。おまえは注文されたとおりのものを持って来い。俺はもう一杯ビールをもらおう、国産のだぞ」バドは声を張り上げたわけでもなかったのに、うるさい音楽の中でも低い声がよく通った。さらに相手を射抜くような視線が加わると、当然思いどおりの結果になる。バーテンは言いたいことを我慢しているのだろう、頬の下のほうの筋肉が動いている。うなずくと向こうに去っていき、すぐに飲み物を二つ、二人の前に置いた。中の液体がはねてバーテンの手を濡《ぬ》らしている。ビールとジンジャーエールだ。

バドはクレアを助けてくれた上に、代金を払おうとジーンズのポケットに手を入れたので、クレアは叫んだ。

「まあ、だめよ！」クレアはバドの硬い腕に手を置いた。蛇のタトゥのあるほうだ。また電気が走る。クレアはすぐに手を引いたが、バドはクレアのほうを向いてくれた。バドは変態男から救ってくれただけでなく、ボディガードとしても威力を発揮してくれているようだ。さっきから十分ほどは、ダンスに誘ってくる男はひとりもいない。近づいてくる男すべてをバドはぎろっとにらみつけ、すると男たちはそそくさと逃げるように去っていく。そのことにクレアは感謝の気持ちでいっぱいだった。ところが、その上さらに、飲み物をおごってくれようというのだ。

ウェアハウス・クラブの料金は高い。入場料だけで四十ドル、炭酸飲料でも十ドルはする。クレアには、どう使えばいいかわからないほどのお金がある。バドは明らかに日々の糧《かて》を厳しい労働で稼いでいる男性だ。クレアにとっては十ドルなど何ということもないが、バドは一時間必死で働いても、そのぐらいの金額しか得られないだろう。彼に自分の飲み物代を払わせるわけにはいかない。

「お願いだから」クレアが見上げると、あの濁りのないきれいな瞳に視線がぶつかった。体を近づけて音楽に負けないように声を上げる。「私の飲み物まで払ってくれなくてもいいの。本当なら私があなたの分まで払わなければいけないはずよ」

そんなことを言っても一切無駄だったようだ。クレアの言葉がまだ終わらないうちに、バドは代金とチップをカウンターの向こうに滑《すべ》らせ、ビールを飲み始めた。クレアはため息をついてジンジャーエールを口にした。冷たくて、ぴりっとした味が心地よかった。何年も、嫌になるぐらい長い間、親しんだ味。どんなときでもクレアの胃がうけつける、数少ない飲み物のひとつだった。

バドは会話を続けようという努力すらしなかった。音楽で耳が聞こえなくなりそうで、会話をしようとすれば声を張り上げねばならず、そんな状況はこっけいでわざとらしかった。

バドは体全体でクレアに話しかけていた。クレアが望む限り俺が守ってやるからな、はっきりと伝えてきている。周りで誰が何をしているのかをしっかり把握し、厄介なことが起こらないよう砦《とりで》を守っている感じだ。

ただ厄介なことは、まもなくやってきた。ダンスフロアから。真夜中を過ぎた頃、洞穴に爆弾が放り込まれたかのように、誰からともなくセクシーな気分がいっせいに噴き上がった。

ピットの体の動きは激しさを増し、衣類がどんどん投げ捨てられていった。女性がひとり上半身をさらけ出すのが見えたと思ったら、やがてそれが二人に、さらに胸をあらわにしている女性の数がどんどん増えていった。踊りはさらにセックスを思わせる動きになり、ヒップやバストがあちこちでぶつかっている。体から出たいろんな液体が宙を飛び交った。

漂ってくる煙は、タバコだけではなさそうだ。音楽はやかましくて耐えきれないほどになり、そのビートがどんどんと頭に響く。カウンターがそのリズムに合わせて、揺れる。

だめ。ルーシーを見つけなきゃ。クレアはダンスフロアを探した。赤毛の女の子と裸の男性。もうすぐ帰ってくるはず。そのうちに。きっと。

ダンスフロアのほうに探しに行ったほうがいいだろうか。しかしバドが守ってくれているところから離れると思うだけでも、不安で息が詰まりそうになる。この人のそばにいる限り、大きくて頼もしい体が近くにある限り、大丈夫だと思っていられる。ルーシーを探しにダンスフロアに下りれば、野獣さながらに乱暴になった男性の間をかき分けていかねばならない。

もう楽しむどころではなくなっていた。タバコの煙で目がちくちくするし、さっき少し飲んだワインは胃の中から酸っぱい味がしてきて、吐いてしまいそうだ。音楽のどんどんと響く音が胃にこたえる。こんなにうるさくて混乱していたのでは、まともに考えることもできない。家に帰りたい。今すぐに。

クレアは自分の車で来ていなかった。ルーシーが迎えに行くからと言い張ったからだったが、そう言われたときはありがたいと感じた。ウェアハウス・クラブが郊外の治安のよくない地域にあるとわかったので、なおさらよかったと思った。ひとりで車を運転し、この場所を探さなくてもよくなったことに感謝した。しかし今となっては、ひとりで帰れるように自分の車で来ればよかったと、ひどく後悔していた。

クレアは自分の家を手に入れたばかりだった。親友のインテリア・デザイナー、スザンヌ・バロンが住みやすい家にしてくれた。やさしくて温かみがあって、くつろげる家になった。そんな家でまだ一晩を過ごしたこともないのだ。スザンヌが見つけてくれたかわいい黄色の木綿のカバーのついたソファが、待っている。早く家に帰って、あのソファで体を丸めたい。

バドが体を近づけてきたが、威圧する感じはなく、ただ大声を出さずに話をするだけだった。耳元すぐのところにバドの口が来たので、騒音の中でも低い声が聞き取れた。彼が話すたびに耳に息がかかり、その感覚にぞくっとする快感が走った。

「さっきの赤毛の友だちを探してるんなら、三十分ばかり前に帰ったから。一緒に踊ってた男と二人で、出ていくのが見えた。コートも着ていた」

クレアは驚いて顔をバドのほうに向けた。すると鼻があたってしまった。これほど近くに寄ると、バドの瞳は、明るい茶色にところどころ金色に輝くところがあるのだとわかった。少し離れると、全体が交じり合って琥珀《こはく》色に見える。もちろん力強さはあるが、不思議なことにやさしさも感じられた。

「あ、あの子は、戻ってくるわ！」叫んでいたが、クレア自身、そんなことは信じてはいなかった。バドがそう思っていないのもわかった。バドは何も言わず、じっとクレアを見ている。

ルーシーが戻ってこないとすると、どうすればいいのだろう。パニックになるのだけは、だめだ。外に遊びに出かけた最初の夜、慌てて行動してはとんでもないことになる。必ず解決法があるはず——そうだ、タクシー！　それだ、タクシーを呼べばいいのだ。

バーテンはなかなかクレアのほうを見てくれなかった。ビールを注《つ》いだりカクテルを混ぜたりするのに忙しくしている。音量が上がるにつれ、客の注文する飲み物のアルコール度数もぐんぐん上がっていくようだ。右隣にいた男は、これ以上飲んではいけない様子だったが、バーテンはその男に飲み物を渡すとやっとクレアの前に来た。

「何だ？　やっと本物の飲み物を注文する気になったのか？」

クレアはカウンターに身を乗り出して、体を近づけた。「タクシーが要るの！」大声で言う。「タクシー呼んでくださらない？」

「頭でもいかれてんのか？　タクシーが来るわけないだろ、真夜中にこんなぶっそうなところに。帰りたきゃ、乗せてってくれるやつを自分で見つけな」バーテンはクレアの返事も待たずに立ち去った。

ああ、どうしよう、どうしよう。これからどうすればいい？　ルーシーは戻ってこない。それはわかっている。絶対ない。楽しい人ではあるが、まともに信頼できるような人物ではない。今夜はまともなことはしないと決めてルーシーと出かけることにした。今夜はただ楽しく過ごせればいいと思っていた。その結果がこれだ。

スザンヌと一緒に来ればよかった。スザンヌなら絶対信頼できる。クレアをひとり置いて勝手に帰るようなことはけっしてない。ただし、スザンヌならウェアハウス・クラブのようなところにはきっと来ないだろう。

横にいたバドが立ち上がった。どこまでも体が上に伸びていくように思える。圧倒されそうな背の高さ。そして分厚い体。巨人のようにさえ見える。バドがためらいがちに片手を差し出してきたので、クレアは自分の手をその上に重ねた。ごつごつした手に包まれると温かくて安心できた。バドは席からクレアを引っ張り上げ、軽くウエストに手をあてて、ダンスフロアのほうに体を向けさせた。クレアの頭のてっぺんは、バドの顎の下にかろうじて届くぐらいだ。しかもハイヒールを履いた状態で。裸足《はだし》なら肩のあたりがやっとだろう。

「行こう」バドが言った。

ああ、どうしよう、一緒に踊りたいんだわ。あのダンスフロアに下りることだけは勘弁してほしいのに。今でもじゅうぶん打ちのめされた気分なのに、あの押し合いへし合いの中で押しつぶされたら、どんな気持ちになるか。でも、バドは親切にしてくれたし、一曲踊ってほしいと言うのなら、付き合ってあげるべきだわ。それに、彼と一緒なら、きっと押しつぶされるようなことにはならない気がする。

しかしバドが向かったのはダンスフロアではなかった。フロアを避けるようにして歩き、ひどく込み合っているにもかかわらず、人はバドに道を空《あ》けた。バドは壁伝いに慎重にクレアをエスコートする。ほんの少しの間、こっちだというように軽くクレアを引っ張って、階段を昇った。見えない膜でふんわりと守られている感覚が続いた。

上まで来ると、バドが言った。「コートを預けたタグの半券は？」

「あるけど」クレアが不思議そうに答えた。

「貸してくれ」

クレアは黒のバッグから半券を取り出して、バドに渡した。「どうして？」

バドはフロアに背を向けて立っていた。大きな肩が、その向こうにある何もかも、騒音さえもさえぎってくれた。低い声で静かに話すバドの声がはっきり聞こえ、魔法のような鷹の瞳がクレアを射すくめた。

「俺が君を家まで送っていくからだ」

2

バドはプリンセスを――いやクレアだ――彼女を外に案内した。

ウェアハウス・クラブの鉄製の重たい防火扉が閉じられると、突然あたりがすっかり静かになった。音楽も漏れてこない。中の騒音と混沌《こんとん》がドアの向こうに消え、ビートだけが音というより空気を振動させるように伝わってくる。もう遅くて、今からクラブに来る人はいないし、家路につくにはまだ早すぎるという、ちょうど狭間《はざま》となる時間帯だった。バドとクレアは二人っきりで、駐車場にいた。以前クラブが倉庫だったときに、貨物の取り込み口として使われていたところだ。

雪が降っていた。ドアから二、三歩行くと、もう二人だけの世界。白くて清純で、静かなけがれのない場所。

クレアは丈《たけ》の長い、フードのついたコートを着ていた。顔だけをフードから出し、空に向かって目を閉じてみる。うれしくて、深く息を吸ってみた。ひとりでに笑みがこぼれる。「ああ。雪って大好き」そしてくるりとバドに顔を向けた。「ありがとう」

そっとつぶやく。「助けてくれて。それから家に送ってくれるって言ってくれて」フードつきのコート、暗い夜空、息をのむほど美しく若い女性、雪。バドはおとぎ話の世界に踏み込んでしまったような気がしていた。プリンセスをドラゴンから救い出して、お城に送り届ける木こり、といったところか。いや、運命の花嫁を奪いにきた騎士ではどうだろう。

あの子はプリンセスじゃないんだ、そう言い続けていなければ、バドは目の前の女性がクレアという名前の普通の普通のポートランドの女性であることを忘れそうだった。クレア・シャイラーだ。普通のアメリカ英語を話す、ありきたりの服装をした女性。しかし彼女があのコートを脱いだら、さっき見た青いニットのワンピースではなく、舞踏会のドレスを着ていて、外国訛《なま》りで、私は遠いところにある王国のプリンセス・エスメラルダよ、とでも言うのではないかと思えてしまう。

「礼なんかいいんだ」バドはそう言ってクレアの腕を取った。ウェアハウスでごった返す人の波をかき分けてクレアを案内するとき、そっと触れるだけにしておくのは大変だった。バドがしたかったのは、クレアを担ぎ上げてあの場から連れ出すことだった。実際にそうしないようにするために、歯をきつく嚙《か》みしめていなければならなかった。どこでもいい、彼女の服をはぎ取る静かな部屋はないだろうか、そこで、あまりに柔らかそうな彼女の肌がどんな感触か確かめることができないだろうか。そしてこの手であの胸を撫《な》で、髪留めを引き抜いて裸の肩に、そして乳房に、尖《とが》った胸の先に髪が流れるところをながめるんだ。

バドのジーンズの中でむくむくと目覚めるものがあった。

いかん。

あの子は絶対そんなことを望んではいない。助けてくれたはずの男に言い寄られるなんて。彼女は、完全に他人であるバドの車に乗るという、きわめて大きなリスクを取ったのだ。ただ、そうするしかなかったのも確かだ。あのたちの悪い赤毛娘は、出会ったばかりの相手とセックスするため、クレアを置いてけぼりにしていった。そしてバーテンが言っていたことも事実だ。ここまでタクシーが来ることはない。クレアにはどうすることもできなかったのだ。

「さあ、この車だ」バドは落ち着いた口調で言って助手席のハンドルに手をかけた。

雪は大きな塊でふわふわと舞い落ちている。クレアはフードを後ろにやって顔を上げた。にっこりとほほえむ顔に、バドは自然に笑みを返していた。自分は日頃、めったに笑わないのに、ばかみたいだな、と思った。雪がキスするようにクレアの顔にあたり、その温かさに解けていく。バドには雪の気持ちがわかるような気がした。

助手席のドアを開けて、ふうっと息を吐く。この女性は見ず知らずの男の車に乗り込もうとしている。彼女よりもおそらく四十キロ以上は体重があり、身長も三十センチは高い男だ。魔法の時間を終わらせて、自分の正体を伝えてやったほうがいいだろう。

なのに、どうしてためらってしまうんだ？　バーテンにはさっき正体をばらしてしまった。しかしこれはそういうこととは違う。

バドはいつでも必要以上に自分のことは正直に話すようにしていた。だから、今自分の身分を明かさない理由もちゃんとわかっていた。

バドが殺人課の刑事であることを伝えると、女性の反応は二種類に分かれる。そのことに興奮するか、怖がるかのどちらかだ。クレアにはそのどちらの反応もしてほしくなかった。そういう仕事をしている男性ということで尻込《しりご》みされるのは嫌だし、逆におかしな興味を持たれても困る。銃を持って死体を捜査することを生業《なりわい》とする男とセックスするのはどんな感じだろうと思うような女はごめんだ。

あとしばらく、クレアにはプリンセスでいてほしい。俺《おれ》は彼女を守る騎士でいたい。

バドが車のドアを開けたところでためらっていると、クレアが見上げてきた。バドはあきらめたようにため息を吐《つ》いた。魔法の時間は終わりらしい。

「言っておくが、俺が何かするんじゃないかと心配する必要はない」バドは静かに話し出した。「俺は――」

「わかってるわ」クレアの口調も同じように静かだった。二人とも、ウェアハウス・

クラブでの大音響にすっかり疲れきっていたのかもしれない。「あなたといても怖いことはないのは、わかってるの。感じるのよ」クレアの視線が、長いことバドの瞳《ひとみ》をのぞき込むようにしていた。きらきら輝くゴージャスなブルーの瞳に、信頼感が満ちていた。クレアはほほえむと、かがんで車に乗り込んだ。バドはドアを持ったまま、ぽかんと立ちつくしていた。

そうか、それなら。

バドも車に乗るとエンジンをかけ、暖まるのを待った。二人は向き合う姿勢になり、クレアを抱き寄せてしまいそうになったバドは、しっかりとハンドルを握りしめて、手を動かさないようにした。

クラブにいたときは、室内の強烈な臭《にお》いでわからなかったが、クレアはわずかに香水をつけているようだ。車に乗ると、その繊細な香りがふんわりと漂ってきて、気づかぬうちにバドの脳にしっかり絡みつき、細胞をむしばんでいこうとしていた。まぶしいような瞳でやさしい笑みを向けられたあと、香水ときてはジーンズの中に直接響いてくる。本格的に勃起《ぼっき》し始めている。救いとしては着ているシープスキンのジャケットで膝《ひざ》まで隠れることだ。

こんなのはどうかしている。俺はどうにかなってしまったんだ。この子を家まで送り届ける、俺も自分の家に帰る、冷たいシャワーを浴びてベッドに飛び込み、明日の朝早く、近くの町に向けて出発しよう。そしてナンシーと日曜の夜までノン・ストップでやりまくる。プリンセスのことは頭から追い払うんだ。

「さてと」エンジンが暖まってきた。「どこまで送ればいいんだ?」

クレアが言った住所は町の反対側、バドの住む団地からも八ブロック離れたところにあった。「町の反対側まで来てもらうことになってごめんなさいね。こんな雪の中を」

クラブの騒音の中では、相手に聞こえるようにするには怒鳴《どな》り合うしかなかった。クレアが普通に話す声を耳にするチャンスが、バドにはなかった。実に運の悪いことに、その声はやさしく軽やかな女性的な声で、どうしようもなくそそられたくそ。

「いや、いいんだ」バドは駐車場から車を出した。「雪道を運転するのは慣れてるし、スノータイヤを履いてる。必要ならチェーンもある」フロントガラスの向こうを見上げると、大きくて湿った雪片が、はらはらと降っていた。「それに、こういう雪は積もらないからな」

「でも、とってもきれいだわ」クレアはそう言ってほほえみ、窓の外を見た。クリスマスの子供のようにうれしそうだった。

「うむ」バドは息をすることさえ忘れそうになった。きれいなのはクレアだ。あまりにもきれいで、見ているると痛みを覚えそうになる。ダッシュボードの光に照らされた白い肌が象牙《ぞうげ》のように輝く。今は窓のほうを向いて雪をながめ、こちらを見ていないので、バドはクレアを見つめることができた。雪を見るより、こっちのほうがずっといい。

交通量はまばらだったが、バドはゆっくりと車を走らせた。そうすればちらちらとクレアのほうを盗み見できるからだ。電柱にぶつかってはしょうがない。クレアの横顔が、暗い窓に白く浮かび上がってカメオのように見える。完璧《かんぺき》なカーブを描く眉《まゆ》、長いまつげ、きれいな形をしたまっすぐな鼻筋、口元が持ち上がって、気づかぬうちにほほえんでいる。普通のときの表情がこれなのだろう。笑顔。見た目にもきれいで、純真そうな女性に対して、これほどまでにたかぶるのはおかしい。彼女は好みのタイプではない。

きれいで純真というのは好きではない。ベッドで何をするのかをきちんとわきまえ、そんな行為から得るものは何かがわかっている女がいい。

バドは厳しい暮らしを生き抜いてきた。さらに選んだ職業は、ゴム底の靴を履き、ごみための中で汚物をよけながら歩くような仕事だった。人間がすることの中で考え得る最悪のものを見てきた。

ありとあらゆるものがあった。妻を殴る男がいた。麻薬中毒患者やアルコール依存症。最下層の生活の中で最低の暮らしをする者。上流社会のトップにいる者。ビジネスマンとして尊敬されている男が、人を雇って仕事の競争相手を殺したことがあった。上流社会の上品な婦人が、華やかな生活の邪魔になるというだけの理由で、生まれたばかりの自分たちの赤ちゃんを窒息死させたことがあった。金持ちの子供たちが、もらうお小遣いが少なすぎるからと親を殺したことがあった。

そう、何もかもを目にしてきた。もう何度も。ベッドに入ったらじっとしたまま動かないような純真無垢《むく》な若い女の子に、セックスのあとすがりつかれるようなことだけは避けたい。

だめだ。かわいいミス・シャイラーを安全に家の玄関まで送り届け、行儀よくおやすみなさいと言って、紳士のふりをして黙って自分の家に帰ろう。そしてしっかり目を閉じ、週末を燃えるようなセックスをして過ごせるよう、明日の朝家を出る。そう、そうしよう。

しかし、バドの頭が言うことに、下半身は納得しなかった。

こいつは、家に帰って寝るなんてとんでもないと言い張っている。こいつはナンシーなんとかなんていう女は要《い》らない、この子が欲しいんだと言っている。プリンセスだ。どう言い聞かせても、耳を貸さない。ジーンズの中で何を間違えたのか、すっかり硬くなって、ドアをノックすればこんこんと音がするほどになっている。そのとき、クレアが少し体をずらしたので、香水がふんわりと漂ってきて、バドはもう少しでパンツの中で出してしまいそうになった。

まったく、何でこんなことになった？　パンツに出してしまったのは、十三歳のときドラッグストアの裏で、モリー・エバーソンがブラを取って以来だぞ。バドはいつでも精力には自信があり、一度出したあとのほうが、より力がわいてくるように感じていた。結局モリーも満足して帰っていった。しかしそれもずいぶん昔の話、そのあと何人もの女性と関係を持った。しかも、プリンセスはブラを取るどころか、セックスを匂《にお》わすようなサインを一切出していない。

セックスを求める女なら、この状況では腿《もも》に手を置き、ため息を漏らしながら脚を組んで意味ありげな視線を投げかけてきているはずだ。車の中は暑すぎるわとか言って、襟元《えりもと》をはだけたりしているかもしれない。ナンシーは二週間前、まさにその手を使った。海岸にドライブに行ったときだったが、最後はナンシーは車の中でバドのものを口に含んでくれた。

クレアはただ座って、口元にかすかな笑みを浮かべて雪を見ている。コートのボタンを喉元《のど》までぴったりと閉め、両手をちょこんと膝《ひざ》の上でそろえたままにしている。誘いかけるようなサインは、一切ない。

しかし、バドの頭が、いや下半身のほうが覚えていることがあった。あの青いニットのドレスが体の線をぴったりと見せていたこと。ほっそりとした、痩《や》せすぎともいえる体のわりには、信じられないほど豊かな胸をしていること。丸くてたっぷりとした乳房が高い位置にあること。

クラブで、ダンスフロアの横を歩くときは、クレアの細いウエストをぎゅっと締めつけてしまいそうで、こぶしを握りしめていなければならなかった。自分の大きな手なら、そのウエストを片手でつかめそうだった。その場で後ろから膝を彼女の脚の間に割りいれて、その体の中に入りたい。きっときついだろう、それはわかっている。きっと、きつくて濡《ぬ》れていて……。

だめだ。バドは声を上げてうめきそうになった。拷問のようなこの時間が、どれぐらい続くのだろう。

見上げると、雪は前よりも強く降っていた。四つ角の明かりが白と青に光るのが見える。あと三ブロック。そうすれば、彼女を玄関に降ろして、家に帰れる。帰ったら自分で自分を慰めればいい。石のように硬くなったものを。週末は、ナンシーがもうだめと言うまでやり続ける。必ず。四十八時間ぶっとおしでもセックスしていられるような気がする。

でもナンシーでは嫌だ。

まったく。どこからそんなことを考えついたんだ。そこそこ魅力のある女性と、セックスできなくなったのはいつからなんだ？　さらにナンシーは頭の中身はさておき、じゅうぶん魅力的なのに。

ともかく今すぐプリンセスから離れなければ。彼女のせいで、俺の頭の中はめちゃめちゃだ。

バドはアクセルを少しばかり踏み込んだ。タイヤがスリップする。全宇宙が自分を罠《わな》にかけようとしているような気がして、またスピードを緩めた。冷や汗が出てくる。だめだ、しっかりしろ。彼女を家まで届けるんだ。急いで。

しかし道路は滑《すべ》りやすく、ずいぶん時間がかかってしまった。

「ここを右に曲がって」クレアが道路を見ながらそう言った。暗がりに彼女の声を聞くだけで、バドの下半身は反応してしまう。いや、もうさっきから硬くなっていたのだ。声でさらに興奮しただけだ。

そこからさらに拷問のような十分が過ぎ、やっとバドはクレアの家の前に車を停めた。クレアらしい家だった。小さくてかわいらしくて、しっかりとした造り。美しい。ああ、紳士面《づら》をするのがこれほど大変なことだとは。紳士なら、車から降りて玄関まで彼女を送り届けねばならない。勃起した状態で。膝丈のコートで隠れはするが、しっかり硬くなった状態では、ひどく痛い。

バドはエンジンを切り、暗澹《あんたん》たる気分で紳士としての役割を最後まで演じきる決意を固めた。生まれて初めてのことだが、おそらく生涯でこれが最後の体験だろう。せいぜいあと二分ほどの辛抱だ。ドアまで一緒に歩いていって、まあ握手ぐらいはしてもいいだろう。ただあのなめらかな肌に触れるのは、起爆装置にスイッチを入れるようなものだ。しかし、そこで歩き去る――いや、これほど硬くなったものを抱えているのでは、ぴょんぴょん飛び跳ねなければならないかもしれないが。とにかく、そういう筋書きだ。

「さ、着いたぞ」バドの声はかすれていた。こほんと咳払《せきばら》いする。「ドアのところまで――」

「よければ中に入ってコーヒーでもいかが？」クレアが一息でそれだけを言いきった。呼吸もせずにいっきに言ったので、声が震えていた。せりふをリハーサルしているような言い方だった。

クレアが正面からバドに向き合った。ただ視線を避け、バドの顎《あご》に向かってコーヒーを飲まないかと誘っている。呼吸が少しばかり速くなっていて、コートの襟を持つ手が震えていた。誘っているのは、コーヒーだけではない。本人はそのことに気づいていないかもしれないが、バドは見抜いていた。

コーヒーを飲んでいかないかというのは、セックスを誘っているということだ。

そんなことは、絶対に拒否しよう。

セックスはなし。この子とは絶対だめだ。

こんな女性と関わると、面倒なことになるのが目に見えている。クレアの「く」は苦しむの「く」だ。

二、三時間、精力的にセックスを楽しみ、そのあとは、握手してさよならする、そういうので終わりそうにはない。バドが求めているのはまさにそういうことで、女性に期待することといえば、それだけだった。激しいセックスを何も考えることなく存分にやるのがバドのスタイルだった。クレアとセックスしたくない。彼女とのセックスなら、煩《わずら》わしいことをあれこれ考えなければならないだろう。このゴージャスな顔じゅうに、それが見て取れる。クレア・シャイラーとのセックスはなし。だめ、だめ、だめだ。

バドはそのことを頭できちんと整理し、誘いを断ろうと口を開いた。しかし、下半身が先に返事していた。

「ああ、いいね」

3

やった！　心の中でクレアは思っていた。私、ちゃんとできたのね。

自分をほめてあげたい気分でいっぱいだった。町の反対側からバド・モリソンに送ってもらう車中で、ずっと懸命に考えていたのだ。家まで送り届けてくれるなんて、親切な人だ。バドはいい人、それは直感的にわかっていた。親切で強くて、ゲイではないのは疑う余地もない。かっこいいし清潔で——これは重要なポイントだ。クラブで踊りに誘ってきた男たちの何人かには、先にシャワーを浴びてきてほしいと思ってしまった。バドはそうではない。

さらにバドはどきっとするほどセクシーだ。あの盛り上がった筋肉、低くてかすれた声。俺《おれ》はタフガイだぜ、という態度に、そう、あの蛇のタトゥ。完璧《かんぺき》。

つまりタトゥをした、木こりさん、ということね。だからどうだっていうの？　お父さまはショックを受けるはず。なおさらいいじゃない。この人をベッドに誘うべきだわ。

会ったばかりの男性とベッドを共にするというのは危険な行為であり、クレアはそのことを理解していた。しかしバドといると大丈夫だという気がしたし、自分の感覚が間違っていないこともわかっていた。勘には自信があるのだ。

自分が若くて、さまざまな面で何の経験も積んでいないということは、クレアにもわかっていた。セックスについては、とくに経験不足だ。しかし、生死に関わることは、じゅうぶん体験済みだ。今までに二度、死と直面し、そのどちらにも打ち勝った。同じ年頃の他の女の子たちが、ショッピングモールで男の子たちを追いかけているとき、初めて口紅を買うとき、さらにおそるおそる性を体験するとき、クレアは心電図モニターにつながれて、消えることのない痛みに耐えながら、一度の呼吸をするにも全力を使って病と闘っていた。

生と死、危険と安全について、世の中のたいていの人よりも多くのことを若くして学んでしまった。

クレアは心が伝える言葉に敏感で、目の前の男性について、自分の感覚が間違っていないことを信じていた。この人なら大丈夫。この人は頭がおかしくもないし、残酷なことや、倒錯的なことをするはずはない。この人が私を傷つけることはない。この人なら、自分が安っぽい女だと思うようなことにはならない。バドのことをとてもセクシーだと感じ、そういう感覚を持ったこと自体、生まれて初めてだった。

バドこそがこの役目にふさわしい人だ。

バドが助手席側まで来てドアを開け、大きな手を差し伸べてくれた。その瞬間、クレアは心を決めた。バドのことを気に入ったもうひとつの理由——彼は完全に時代遅れな、政治的に不適切、つまり現代社会では眉《まゆ》をひそめられるぐらいにレディ・ファーストを大切にするのだ。ウェアハウス・クラブでもバドはクレアの盾《たて》になるようにして、群集から守ってくれた。遠回りになるのに、わざわざクレアが無事に家まで帰り着くところを見届けてくれた。

だから、この人でいいのだ。

決心した以上、今後の方法論を考えねばならない。雪の夜たくさんの服を着込んで外にいる状態から、裸でベッドに横たわるところにたどりつくには、どうすればいいのだろう。そう考えるとクレアは気が遠くなりそうだった。玄関まで、雪に足を滑《すべ》らせないようバドがそっと腕を支えてくれていた。その間、不安で心の中はびくびくしていた。

いったい、どうすればいいの？　さっきの誘いで、愛を交わしたいのだと思っていることが伝わったのかしら？　私のほうから、もっとはっきり行動で示さないとだめなの？　でも、はっきりした行動って、何をすればいいの？　たぶん、最初はコーヒーをいれればいいはず、だってコーヒーを飲まないかと誘ったのだから。でも、そのあとは？　ちょっとばかりおしゃべりをしてセックスをほのめかして、やってもいいのよ、みたいなことを言えばいいのだろうか？

そういうのは自分らしくないと、クレアは思った。

いきなり立ち上がって、服を脱ぐ。問題外だ。

そもそも、家にコーヒーがあったかどうかもわからない。もともと好んでコーヒーを飲むほうではないし、スザンヌが用意してくれた最新式のイタリア製エスプレッソ・マシーンはあまりにも操作が複雑で、どうやってコーヒーをいれればいいのかもわからないのだ。

紅茶はどうかと誘えばよかった。紅茶のいれ方ならクレアにも自信がある。ただ、バドは紅茶を飲むようなタイプの男性には見えない。

ああ、どうしよう。あんなこと言い出さなければよかった。

だめ。クレアはちらっと顔を上げて、かたわらの大きくてハンサムな男性を見た。腕をそっとつかんで、クレアが滑りやすいところに足を下ろさないよう気をつけている。

そう、誘ったのは正しかった。大正解だ。バド・モリソンこそ、その人だ。大きくて強くて親切で、一緒にいると息をするのも忘れるぐらいどきどきする。ものすごく魅力的だと思う。女性の扱いをちゃんと心得ている男性という感じがする。

これほどの男性に出会ったことがあっただろうか？　いや、初めてだ。もう一度バド・モリソンのような男性に会うには、また二十五年待つことになるのだろう。

違う、クレアは再度決意を固め、考えを訂正した。これこそが『またとない機会』なのだ。父がオーナーをしている会社の社長がいつも使う言葉だ。マイクロソフトの株をスロベニアの国債に買い換えるときに言っていた。ベッドを共にする男性を見つけるときに使う言葉ではなかったが、それでも基本は同じだろう。今を逃せばチャンスはない。

クレアのほうから何をしなければいけないなどと、思い悩むこともないのかもしれない。この人に任せておけばいいのだろう。そのほうが簡単だし、自然だ。キスをして寝室に向かう。そして、クレアの女性としての人生がやっと花開くことになるのだ。

ただひとつ問題があった。

クレアはどうやってキスすればいいかも知らなかった。

始まりはキスのはずだ。愛を交わすのは、すべてそこから始まる。だとしたら、キスの段階でつまずくと、次に進めないのではないか？　キス段階のテストに落ちたらどうしよう。そこで失敗するのは、わかりきっているのに。

男性とキスしたことがないなんて、普通ではない。しかしクレアが悪いわけではない。責任がないというわけではないが、いや、あるのかもしれない。確かに、過去十年の間には練習する機会もあったはずだ。ただ、あまりそういうことを考えてもみなかった。

いや、過去にかかわりのあった男性を考えてみると、どうしようもないぐらい魅力のない医師たち、無愛想な男性看護師、さらにパークス財団の女々《めめ》しい職員。この職員たちときたら、女性の唇にキスするより、チンパンジーのお尻《しり》にキスすることを選ぶようなごますり男ばかりだ。それから、年老いた父。いつも頰《ほお》にやさしく口づけしてくれる。

頰へのキスに関しては、クレアはじゅうぶん以上の経験を積んできた。しかし魂が揺さぶられるようなキスは経験がない。濃厚な口づけ。どういう呼び方をしてもいいが、ともかくまっすぐ男性と向き合って、その腕に抱かれ、むさぼるように舌を絡ませるようなキスだ。舌を絡ませるという部分を思い出して、クレアははたと考え込んだ。そういうのはセクシーでどきどきするものだということだが——本にはみんなそう書いてある——しかし、何だかすごく気持ち悪いようなこととしか思えない。誰《だれ》かの舌が口の中に入ってくる。げっ。しかし、バージンを捨てるために、そこを越えなければならないのなら……。

では、どうやれば舌は絡み合うのだろう。ぽかんと口を開けて、舌を男性のほうに突き出していればいいのだろうか。さらに、そんなことをするタイミングというのは、どうやってわかるのだろう。たとえば、自分が口を開けたとき、男性のほうが口を閉じてしまったらどうなる？　そんなことになると、恥ずかしい。いや、逆の場合でもそうだ。自分が口を閉じているのに、相手が開けたら？

ああ、どうしよう。うまくいきっこないわ。全然だめ。クレアはそう思いながら、必死にバッグから鍵《かぎ》を取り出そうとした。手が震え、心が乱れた。クレアの手元からバッグが落ちた。その場でわっと泣き出してしまいたいような気分だった。

「ごめんなさい」クレアはびっくりしたような、申し訳なさそうな顔でバドを見上げ、バッグを拾い上げようとした。

「俺が」バドはそうつぶやくと、何気ない動作で鍵を拾い上げ、あっという間にドアを開けた。魔法のようだった。次の瞬間二人は中に入り、クレアは次に何を言おうかと考えていた。そして頭がショートした。

完全に、ばちっと大きな音を立てて。

キスしていたのだ。キス。信じられない。

クレアが思い悩む必要はなかった。考えることも、不安でどきどきすることもなかった。バドが何もかもしてくれたから。バドはドアを閉め、腕の中にクレアを抱きとめ、顔を近づけたのだ。

クレアの唇のほうが、どう動けばいいのかをちゃんとわかっているようだった。バドが自分の唇を少しねじると、クレアの口が開き、バドの舌が入ってきた。クレアの舌を撫《な》でていく。ああ。雷に打たれたようなショックがクレアの体を駆け抜けた。クレアはあまりに夢中になって呼吸もできなかった。すてき。この何年もの間、こんなすばらしいことを知らずに過ごしてきたなんて。

舌というのは性器のようなものなのだ。クレアがキスのことを書いた本を読んだときには、そんなことには気づかなかった。男性の体の一部が、リズムをつけて撫でさすりながら女性の体の中に入ってくる。まさにセックスだ。

逆のことをしてみたらうまくいくだろうか。女性は性器を男性の体に入れることはできないが、舌なら……。クレアはつま先立って顔の角度を調整し、さするように自分の舌をバドの口に入れて、舌を舐《な》めてみた。やった！　うまくいった。バドは体を震わせてあえぐような声を出している。バドがクレアを抱く腕に力が入った。

クレアはめくるめく快感に酔っていた。何もかもが新鮮で、何もかもに興奮する。他のことなど頭から吹っ飛んでしまいそう。はじけそうな熱い歓《よろこ》び。

クレアは体を揺すってバッグを床《ゆか》に落とした。どさっと音がして、コートも滑り落ちた。これでバドの首に抱きつける。つま先立ったまま腕を伸ばすと、バドがクレアの背中に手を置いた。大きな手がクレアの体をバドの胴体に押しつける。強く。ああ、バドの体は硬い。どこもかしこも。でも、あそこがいちばん硬い。バドがさらに強く押しつけたので、何層にもなった互いの服越しにもバドの大切なところを感じた。硬くなったあの部分を。

今までクレアは、男性性器というのはいったいどうなっているのか、なんとかその謎《なぞ》を知りたいと思っていた。今夜はいきなり、二つもその存在を感じることになった。正確に言えば、勃起《ぼっき》したそれを。あの変態男のものとバドのだ。

バドのものはあの変態男のとはまったく違っていた。まず、大きさが異なる。バドのははるかに、ずっと、すごく大きい。なのに、ちっとも不愉快な感じはしないで、逆にそれを感じると興奮してくる。

そう、クレア・パークスが性的に興奮しているのだ。何年も昔に命を落として、今頃は土の下で骨まで朽《く》ち果てていてもおかしくなかったのに。熱いものがクレアの体に波のようにわき立ってくる。胸や下腹ではその熱がまぶしいぐらいの光となっている。体全体が燃え上がり、生きているのだという実感が体をくすぐる。

クレアが腰をバドに押しあてると、彼のものがさらに膨れ上がるのがわかった。バドの体が震え、クレアの口の中であえぐ。この三つの反応が起こって、ぼんやりしたクレアの頭でも、自分が彼をこういう状態にしたのだということに気がついた。バドは大きくて強い。なのにクレアには彼の体に変化を起こさせる力がある。彼に身震いをさせ、脈を速くさせ、大切なところを大きくさせてしまう力。

クレアは、女性の持つ力の偉大さに生まれて初めて気づいたのだった。その思いに歓びで体がいっぱいになる。あれほど懸命に生きることにしがみついてきてよかった。これ、このことが、生きていることの証《あかし》だったのだ。

そしてキスときたら——。キスも知らずに何十年も生きてきたなんて。うっとりしてしまう、しかも熱い興奮に満ちたもの。男性の舌が口の中に入ってくると、すっかり夢中になってしまう。こんなことは他にはなかった。初めての感覚。バドの舌はやさしくクレアの舌を撫で続けている。そして先ほどクレアの動きがバドの興奮をあおったのと同じように、バドの舌にくすぐられてクレアの胸の先が重くなり、下腹の奥のほうにざわめきが起きた。

え、ちょっと待って……クレアが思う間もなく、バドはさらに強くクレアを抱きしめ、唇を斜めに動かした。舌のさらに奥のほうを舐められ、クレアが感じ始めたのは……間違いなかった。体の中心部がざわめいている。

はっきりとわかった。生まれて初めての感覚。自分の女性としての部分が体で反応し始めたのだ。またざわめく感触があったと思ったら、熱い液体があふれてきた。春の陽射しを浴びて芽を吹き出すように。これがオーガズムというものなのだろうか。

クレアの膝《ひざ》から力が抜け崩れ落ちそうになったが、バドの体にぴったりと張りついたようになっているので床に落ちずにすんだ。バドは両腕でクレアの体を抱きかかえ、大きくて強い自分の体でクレアを支えていた。

バドの腕からわずかに力が抜けた。クレアは床に崩れ落ちることこそなかったが、地球の軸がずれてしまったような感覚にとらわれていた。バドはクレアの体を抱きかかえて、どこかに向かっている。どこだろう？　どこでもいい。クレアの腕はまだしっかりとバドの首に回されている。バドのたくましい肩の筋肉を腕に感じる。

バドの口が離れた。話すためだが、まだじゅうぶんに近いので、息が温かく感じられる。

「寝室」かすれた声でバドが言った。

「ええ」クレアが息もたえだえに言った。寝室というのは、今の気分にぴったりの気がしていた。

バドがくすりと笑って、響いた音が体から伝わってきた。「どこだ？」

クレアはバドの顔じゅうに浴びせるようにキスをした。鼻先を彼の顎《あご》にすり寄せ、男性らしいその皮膚の感触を楽しんだ。ひげだわ。バドはきれいにひげを剃《そ》っていたが、それでも頬をこすると、ざらっとした感じがわかった。頬の半分あたりまでそのざらざらした感触が続き、その上はひげがなくてなめらかになる。そんな違いを見つけたことがすっかりうれしくなったクレアは、その境界にそって舌を動かした。するとバドが、ああっと声を上げた。一瞬時間を置いてから、バドはふうっと息を吸い込んだ。吐き出してもう一度吸う。

「どこなんだ？」同じことをバドが言ったが、熱でぼおっとしているクレアの頭では、それがどういうことだか、よく理解できなかった。

「どこって何が？」つぶやきながら、クレアの頭にはバドのことしかなかった。深く息を吸うと石鹸《せっけん》と男性らしい匂《にお》いがする。少しばかりウェアハウス・クラブのタバコの臭いも残っているのがわかる。

また、音が響いて体に伝わる。笑い声なのかしら？

「寝室だ。いったい、どこにある？」

クレアはほうっと息を吐いて鼻先でバドの顔をこすり、そして舐めた。今のバドの言葉が頭の中ではね返っている。口を開けてバドの唇に合わせると、ぴったりのタイミングで二人の唇が合った。何年もキスの練習を重ねてきたようだった。

そのとき、クレアは悟った。自分はセックスが得意なのだと。

「クレア。お願いだ。寝室がどこにあるか教えてくれ。早くしないと壁に背中を預けたままやっちまうことになる。キッチンでも風呂場でもクローゼットでも、このままここで床の上でもいい。どこでセックスするのかは君しだいだ。でも、今すぐに決めろ」

「寝室」クレアはそう言ってまたバドにキスした。言葉がバドの口の中に消えた。そして右手をバドの首から放して、指差した。「あっち。右から二つ目のドア」

そんな道案内をしたのでは、ガールスカウトでは表彰されないだろうが、バドはちゃんと理解した。不思議なほどきちんと場所がわかっているらしく、二人はすぐに寝室に入った。

クレアは暗闇《くらやみ》が嫌いで、常に小さな明かりをつけたままにしている。寝室にある電灯はブロンズ製の花の形をしたもので、花びらの中心部分に薄い黄色の電球が載っている。金色の霧の中に、バドの顔がかろうじて見えるぐらいの明るさがあって、雰囲気を盛り上げていた。

スザンヌが見事にデザインしてくれた寝室だったが、バドはその様子を見回すこともなかった。生花のいけてある花瓶やいい匂いのするキャンドルがいっぱいの、かわいらしくて女性らしい部屋だった。クレアにとっては、この部屋で眠る最初の夜になる。しかし、クレアもまた、部屋のしつらえにはまったく注意を払わなかった。

支柱つきのベッドや、シェーカースタイルのドレッサーなど見たって何になる？　バドという目を楽しませてくれる対象がここにいるのに。バドのほうも金色に輝く瞳《ひとみ》でクレアをじっと見ている。そうやって見つめられるだけで、とろけてしまう。そんなことが、あるのだろうか。

　バドはそっとクレアをベッドに下ろしながらも、キスを続けた。そしてクレアの髪を留めていた、お箸《はし》のような棒を抜いた。少し体を離して、クレアの髪が肩に落ちていくのをながめ、その感触を指で確かめている。

「服だ」ほえるように言うバドにクレアは従った。脱がなければならない服が何枚もある。バドがバレンチノの青のニットドレスの裾《すそ》に手をかけた。カシミアで柔らかなドレスは、バドがさっと引き上げると、すぐに頭から脱げてしまった。クレアが腕を下ろしかけると、頭上で手首をつかまれた。バドはただクレアを見ていた。熱を帯びた視線がクレアの体の上を動く。バドの吐く息が荒い。

　バドが目にしているものは何かをクレアは意識した。クレアはその視線の先ではなく、瞳そのものを見つめ、彼の心の中を読み取った。ほっそりとした体に豊かなふくらみを持つ女性をバドは見ているはずだ。

　このふくらみは、比較的最近になってできたもので、ここまでくるのは大変だった。あまりにも体重がなくて腎臓《じんぞう》の位置が下がりすぎてしまった。痩《や》せすぎで生理も止まってしまい、ピルを飲まなければならなくなった。

　しかし、もう今は大丈夫だ。健康でいるために、馬並みに食べるようにしている。その結果、健康なだけではなく、見事なプロポーションになってきたようで、バドは食い入るようにクレアの体を見ている。クレアは自分の体を見下ろしてみた。ドレスの襟《えり》ぐりが大きかったので、ストラップレスのブラをつけ、ニットに線が出ないように、カットの大きなパンティをはいていた。黒だ。その下には、腿《もも》までのタイツだが、これはパンティストッキングが嫌いなためだ。

「何てこった」バドがあえぐように言った。「すごくセクシーだ」

クレアは純粋に実用的な意味でこの下着を選んだのだが、これが本当に……セクシーなのだろうか？　どうもそうらしい。バドの目つきからすると、自分はセックスの女神のように映っているようだ。クレアの体の中から力がわいてきて、指先に達した。クレアはバドにつかまれていた手首をねじった。しっかりつかまれてはいたが、痛みはまったくなかった。

バドはクレアの胸元をじっと見ている。乳首がすっかり硬くなっているのに気づいたはずだ。この人は、この種のことはきっと見逃さないタイプだという気がする。バドの名残《なごり》惜しそうな視線がゆっくりと上がっていき、やがて二人の目が合った。

バドがクレアの背中でブラをはずす。ブラが床に落ちていく。バドはまだ頭の上でクレアの手首を握っていたが、その手を背中からヒップへと下ろし、パンティのゴムにかけた。そのまままさらに下に動かし、やがてパンティは足首へと落ちていった。クレアが身につけているのは、もう黒のレースのタイツとハイヒールだけだ。そのときバドはクレアの手首を放した。クレアは靴を脱ぎ、ストッキングを下ろし、すっかり裸になった。

男性の前で裸になったことは、もちろん以前にもある。医師たちはクレアの裸を見たし、裸の体をあちこち突つきまわした。その頃のクレアの体は、衰弱しきっていた。けれど、自分の裸を燃え上がるような欲望をこめて見つめられるのは、これが初めてのことだった。

バドは顔を下ろしてきたが、その唇はクレアの口の上を素通りして――ああ、どうしよう、胸だ。バドはクレアの乳房にキスし、舐め始めた。熱を帯びた肌にバドの舌が温かく感じられた。バドは片方の腕をクレアの背中にあてて体重を支え、そのまま体を倒していった。そして乳首を口でおおうと吸い始めた。思いっきり。

その瞬間、クレアの体に火がついた。胸の先から体の中を電線が通っているようだ。バドの口の動きに合わせて、奥深くの女性としての部分に向けて電流が通過していく。

バドが突然、顔を上げた。何かクレアの言葉を耳にしたように、はっとしているが、クレアは喉《のど》が詰まったような気がして、ひと言も口にできないでいる。バドがクレアの体を弓のようにそらせた。片手でクレアの手首をつかみ、反対の腕にクレアの背中を載せたまま、ぐっと力を入れたのだ。これほど力強い腕に自由を奪われれば、普通は自分が何もできない、罠《わな》にかかった動物のような気分になるはずだが、そんな気はしなかった。クレアは自分も大きく強く、力がみなぎる体になった気がしていた。

「最初は強烈なので、すぐに終わらせよう。その次もそうなるかな。でも、三度目は必ずゆっくりするから」バドの声がくぐもって聞こえる。言葉がはっきりしなくて、クレアは何のことを言われているのか、理解できなかった。けれどバドが何を言っているにせよ、返事はひとつしかない。

「いいわ」

すぐにクレアはベッドで手足を広げ、裸のバドがその上に乗ってきた。クレアの膝の間に割って入り、重い体が上からのしかかる。クレアにはバドの裸を見るチャンスすらなかった。バドはTシャツを頭から脱ぎ捨て、靴、ソックス、ジーンズ、ブリーフの順に、流れるような動きで取り去った。そしてかさこそいう音を立て、ポケットから何かを取り出していた。

バドが満足しているのが、クレアにはわかった。太くて温かくて毛深くて男らしい、そんな言葉がぴったりのバドのものをクレアは腿に感じた。温めた鋼鉄の棒が、腿にあたっているようだった。

あっという間にここまできた。心と体が感じたことを深く考える余裕もなかった。バドが手を下ろして、脚の間に触れてくる。襞《ひだ》になっている部分をバドの指がこすっていく。それから人差し指と中指で、バドはクレアの体を開き、入り口のところにその先端を合わせた。

クレアはしょっちゅう、バージンを失うときはどうだろうかと想像した。想像では、きっとゆったりしたペースのものだろうと思っていた。実際は力強い美しさに満ちていた。あっという間に渦にのみ込まれていて、おぼれないようにしっかりと波に乗らなければならないと思った。何が起きても。

バドのものはとても……大きい。確かに、バドは体自体が大きい。重くて筋肉質の体、長い手足も彼の魅力のひとつだ。そのときクレアは初めて思いあたった。これほど大柄で、大きな手と足を持っている男性なら、性器が大きいのもあたりまえだと。痛いに違いない。それはわかっている。処女膜が破られなければならないし、その覚悟もできている。それでも、今まさに入って来ようとしている丸い先端部の巨大さを感じて、想像以上に痛くなることがわかった。もうすでに、内側の筋肉が限界まで伸びきって、燃えるような痛みを感じている。

そんなことぐらい平気だ。痛みには慣れている。痛みの我慢の仕方も心得ている。痛むときには、他のことを考えて気をそらせばいいのだ。バドがゆっくりと、さらに体を突き出してきて、痛みのために少しばかり興奮がさめていった。頭をふわっと体から離して、今起きていることを、遠い場所から第三者の目で見ようと……。

バドの大きな体が、急にびくっと動いて、クレアの頭が現実に引き戻された。

ほんの数センチのところにある、バドの顔には、まざまざとショックの色が浮かんでいた。バドが手をついて体を起こすと、上腕二頭筋がむっくりと膨れ上がった。そしてバドが砂色の眉をひそめ、クレアを見下ろしていた。

「君はバージンなんだ」質問ではなく、バドがそう宣言した。

嫌、だめよ。今さらやめるとは言わないで。そんなことはだめ。

クレアは脚をバドの腰に巻きつけ、顔を引き下ろして、強い眼差しでバドの瞳をのぞき込んだ。「ええ、私はバージンよ。でも、すぐにそうじゃなくなるわ。あなたがちゃんとしてくれれば」

4

バドはこの世に生を受けて三十六年、バージンとセックスすることなく過ごしてきた。今になって、その生活を変えるつもりはない。面倒なことになるとはわかっていたが、ここまで大変なことになるとは思っていなかった。限界を超えている。初めての相手というのは、女性にとって特別の存在で、バドは特別の男性ではない。しかも、自分が大きいこともわかっている。しょっちゅうセックスをしているような女でも、バドを受け入れてくれるのは大変なこともある。クレアは必ず痛がって泣き出すだろうし、そうなれば自分がひどい男になった気分になる。そんなのは勘弁してほしい。

バージン……くそ。だめだ。絶対、あり得ない。問題外だ。

もし実際にやったとしても、そのあとが面倒だ。彼女は夢見るような瞳《ひとみ》で自分を見つめ、そう、刷り込みが起こる。ヒナ鳥が、卵から孵《かえ》してやった科学者のあとを追い回すように、どこにでもついてくるのだろう。だめだ、煩《わずら》わしいのは嫌だし、かわいらしいクレア・シャイラーが自分のあとをヒナ鳥のようについて回る図などぞっとする。
悪かったな、とでも言って大急ぎで服を着て、玄関から飛び出すんだ。自分のアパートに帰って三、四時間でも眠り、そのあと海のほうに出発だ。今週末ナンシーは、他に用はないと言っていた。ナンシーの体がこれ以上無理だというところまで、セックスし続ける。いや、俺《おれ》の体が悲鳴を上げるまで、やりまくろう。月曜の朝には仕事に戻る。男性ホルモンのバランスはその頃には落ち着いて、びっくりお目々のプリンセスのことなんか、忘れ去っているはず。というようなことは、別の宇宙で起こることだ。ペニスではなく、きちんと頭で思考できる宇宙だ。

この宇宙では、バドは胸が締めつけられるような感激を覚え、しゅうっと深く息を吐き出していた。

クレアの脚がバドの腰に巻きついている。バドの体を逃がさないようにするほどの力が、そのほっそりした脚にあるとでも思っているのだろうか。いや、実際に力はあったのだ。バドはどこに逃げる気にもなれなかったのだから。

「バド？」小さな声でクレアが言った。思いつめたような表情は消え、途方にくれた様子だった。ひどく幼い顔をして、バドの目に浮かぶ表情を探っている。純真で、はっとするほど美しかった。「帰ってしまうの？」

「いいや」胸に込み上げるものがあり、バドはしばらく待ってから続きを話し出した。帰る？　頭に拳銃《けんじゅう》を突きつけられても、あり得ない。「ここにいるから。どこにもいかない。ただ、やり方を少し変えないとな」

クレアの目が大きく見開かれた。真っ青な空の色が驚きを見せている。「やり方、間違ってたの？」そっと聞いてきた。

「間違ってたわけじゃないんだが、ただ――」バドは首を振った。「いいんだ。ともかく、俺が教えてやるからな」

クレアが脚をだらんと下ろしたので、バドはすっと体を滑《すべ》らせて、ベッドの端のほうに座り、クレアのお腹《なか》に手をいっぱいに広げて置いた。片手で両方の腰骨がさわれそうだ。座ったまま、ひたすらクレアを見た。穴が開くほど。ほっそりして、繊細で、はかなげで、そんなところが彼女の魅力だった。しかし、今はそういったことが心配にもなる。

セックスをするときのバドには、繊細さなどない。前戯というのさえ、たいていはおろそかにする。普通は、いきなり突き立ててしまうのだ。バドが付き合ってきた女性は、そういったむき出しのセックスを求めていた。そういう女性は、激しく乱暴なセックスを何時間も続けるのが好きなのだ。それこそがバドの得意とするところだ。蕾《つぼみ》のままのプリンセスを花開かせる方法など、見当もつかない。

しょうがない、そういう方法にも精通するしかなさそうだ。

クレアは、ずっとバドの様子を見ていた。その大きな青い瞳がバドの心を揺さぶるのだ。

「いいかい、クレア」バドはやさしく声をかけた。自分でも聞こえないぐらいのささやきだった。手のひらを下にして、クレアの腹部の下に盛り上がった部分をおおうと、バドの口からうめき声が漏れそうになった。縮れて硬い毛でなく、柔らかな感触がうれしい驚きだった。そこをしばらく撫《な》でてから、さらに下へと移動させ指を襞《ひだ》の中へと滑らせていった。かなり滑りやすくはなっているし、明らかにクレアが興奮しているのはわかるが、これでは不十分だ。

「これは、気持ちいいだろ？」

「ええ」荒い息でクレアが答える。

バドは手を上向きにして指を中に入れた。最初は一本、それでも少し入ったかというところで、クレアの体がびくっと動いた。「これはさっきほどよくないんだな？これでも指一本なんだ。見てみろよ、俺の……」バドはそこで言葉に詰まった。男性同士で使う性器の呼び名を言ってしまいそうになった。他の女性ならそんな言葉も構わない。しかし、今はだめだ。「俺のを見てくれ」

クレアは意味がわかったらしく、バドの視線の先を追った。バドの腿《もも》のつけ根。クレアに見られたことで、すっかり興奮したものがぴくぴく動き、さらに大きくなった。コンドームのせいでスポットライトがあたっているかのように、それが白く輝いていた。

男はみなそのサイズを気にするが、バドはそんなことにこだわることもなかった。更衣室にぐずぐず残って、人と大きさを比べ合うようなタイプではない。大きいとわかれば、自分が偉いような気分になるらしいが。バドは小さい頃から、ずっと体が大きかった。だから大きなものを持っているのは当然と言えた。だからバドにとっては、女性に痛い思いをさせないように少しばかり慎重に動かなければならないというだけのことだった。

今回は特別に慎重にしなければならない。生まれて初めて、バドは自分のものがもう少し小さかったらよかったのにと思った。

クレアを愛撫《あいぶ》し続けていくと、手の動きに合わせてすっかり潤《うるお》いが感じられるようになってきた。指をもう少し奥のほうまで入れられそうだ。「痛いことはしたくないんだ。だから、ゆっくりしよう。緊張しないで、いいな?」

クレアは大きく目を開けてうなずいた。「あれって――」クレアは途中で恥ずかしそうに言葉を止め、官能的に輝く下唇を噛《か》んだ。

「あれ、がどうしたんだ?」バドは落ち着いた声のまま、聞いた。愛撫は続き、少しずつ指が奥のほうまで入っていく。

クレアの視線がバドの股間《こかん》へ動き、それからバドの顔に戻った。「うまくいくのよね？　その――」頬《ほお》がほんのりピンクになる。「ちゃんと入るのよね？」

バドの顔には思わず笑みがこぼれた。「ああ」やさしい口調になる。「ちゃんと入るさ。ただ君の準備ができてからじゃないとだめなんだ。さ、もう少し脚を開いてみせてくれないか？」

クレアはすぐにバドに従って、脚を開いた。バドはまた胸が締めつけられるような気がした。クレアは一生懸命、バドを喜ばせようとしているのだ。バドの目を見つめ、バドが何を欲しがっているのかを確認し、自分のことよりバドのことだけを考えている。

バドに対して恐怖心はないようだ。それはいいが、不安に思ったりもしてほしくなかった。わざわざ歓《よろこ》ばせてもらうことはない、絶対に。バドは石のように硬くなっていて、無理やり他のことを考えながら、ぎゅっとお腹に力を入れていなければ、今にも終わってしまいそうなのだ。もう少しだけ、指を深く入れ、クレアの目の表情、呼吸をうかがった。呼吸が速くなってきたので、バドも指を出し入れするスピードを上げ、その動きがゆっくりとしたリズムになっていった。

クレアの口が少し開いた。もっと酸素が必要なのだ。よし。

さらに指を入れたところで、バドは動きを止めた。指がその存在に触れ、胸が感動でいっぱいになった。クレアの処女のしるし。ああ。

今まで、他の男たちが処女にこだわることが理解できなかった。初めてそのすばらしさがわかった。一度も他の男のものになっていないということ、他の男には触れられていないということ、他の男のものが入ったことのない、きつく締まった部分……衝撃的な感激だった。

バドはあまりに興奮し、ペニスの先にしずくが漏れ始めたのが、コンドームの上からでもわかった。クレアに痛い思いをさせたくないのでこらえているが、そうでなければ今すぐこの体に飛び乗って、激しく突き立てているところだ。来週までずっとクレアの中に入れたままでいられそうな気がした。

バドは子供の頃から苦労してここまでがんばってきた。その間、辛いことも経験した。だからバドにとっては、今夜のことは奇跡だとしか思えなかった。きっと神様が長年厳しい生活を耐えてきたほうびとして、こんなことを用意してくれたのだろう。信じられないほどの、しかも他の誰《だれ》の手にも触れられたことのない美女が、文字どおり膝《ひざ》の上に落ちてきたようなものだ。

きちんと奇跡が完結するかは、バドしだいだ。

まず、しなければならないことがある。クレアを少し落ち着かせよう。バドもひと息いれないと。

　もう少し女性の扱いに慣れた男だったらなあ、とバドは思っていた。口のうまさで女をうっとりさせられる男だ。バドは違う。バドは男社会で生きてきた。実際、警察署では女性も男になる。女性の警察官はこわもてで、皮肉っぽく、口が悪い。男性の警官とまったく同じだ。バドは女性に愛を語ったことなどない。今までの女性との付き合いは、セックスが基本となっていた。だが今夜は、うまい言葉を見つけたかった。この状況にふさわしい正しい言葉を口にしたかった。なのに、どう言えばいいのかわからず、手持ちの言葉を使わざるを得なかった。

「君はきれいだ」自分の手がクレアの中に出たり入ったりするのを見ながら、バドはそっと口にした。指はどんどんぬめりを帯びてきている。クレアの中が熱を帯び、柔らかくなったのを感じていた。「何もかもがきれいだ。それに、柔らかい。ずっと君に触れていたい」バドの空《あ》いているほうの手が、クレアの左胸のほうへ上がっていく。遠慮がちに、なめらかな象牙《ぞうげ》のような肌に触れ、撫で続けるとその肌が熱く燃えるのが伝わってくる。親指が胸の先をかすめると、クレアがほうっと息を吐いた。やがてその頂《いただき》はバラの花びらのような深い色合いに変わり、硬くなっていった。「君を歓ばせたいんだ。だから、どうすれば気持ちいいのか、教えてくれ」

　クレアはかすかにほほえんだ。「どうすれば気持ちいいのか、私にも全然わからないの。でも、今してくれていることは、すごくいい」

「これか？」バドは指を深く突きさし、親指でクリトリスをこすった。クレアのお腹にぐっと力が入るのがわかった。思わずバドの腰が前に突き出される。意識していないのに、ペニスそのものが意思を持ったかのようにクレアの中に入りたがるのだ。今すぐ進ませてくれ。勝手に動く体の一部を少し鎮めようとバドは深呼吸した。「これがいいのか？」

「ええ」ささやくようにクレアが言った。

バドは体を倒して、また乳首を口に含み吸い上げると同時に、中指をやさしくクレアの中で動かし、指を締め上げる部分をこするようにした。クレアはもうすっかり濡《ぬ》れていて、指はすんなりと出し入れできる。

バドが顔を上げた。「これはどうだ？」指をもう一本入れた。

「バド」クレアは息もたえだえになり、両手でバドの頭、首、肩と撫でまわす。軽くそっと触れられているだけなのに、その感覚がずきんとバドの体の奥まで伝わった。ペニスが膨れ上がり、破裂しそうだ。クレアが背中を弓なりにして、脚をさらに開いたところで、バドは思わず終わってしまいそうになった。クレアが自分のために体を開いてくれている。

このまま何時間でも愛撫を続けたいところだが、そんなのは無理だ。紳士として振る舞うなら、自分の欲求は自分の手で始末をつけ、前戯を続けるはずだ。だが俺は紳士ではない。今にもクレアに無理やり体を打ちつけてしまいそうで、そうしないように自分を抑えるだけで精一杯なのだ。

クレアはまずクライマックスを体験する必要がある。どうすればいちばん早くそうなるかは、わかっている。「これもいいだろ?」ほのかに香水の匂《にお》いのするクレアの首筋でそうささやくと、そこからずっと下のほうまでキスしていった。

バドはクレアの体を引っ張って、ヒップがベッドの縁《ふち》にあたるようにした。そして自分は床《ゆか》に膝をつき、クレアの脚を両肩に置いた。また一瞬、バドは何もできずに目の前の光景に見入ってしまった。ここも、こんなにきれいだなんて。白い襞が重なってバラ色になり、光沢を放っている。シルクのような黒い毛の真ん中に小さくて遠慮がちな丸い場所がある。そのまま視線を上げていって、バドははっと息をのんだ。クレアが燃えるような眼差しでこちらを見ていた。真夏の青い空に焼き尽くされるのはこんな感じだろう。そこには恐怖も不安もなかった。

部屋は完璧《かんぺき》な静寂に包まれた。外の雪が町の騒音を消し、この地上に生きているのは二人だけのような気がした。音のしない暗い部屋にいるたった二人。

バドは体を倒して、クレアの体の中心部にそっと息を吹きかけた。肩に担いだクレアの脚が動く。そこを指で開くとき、花の蕾を開くような気分だった。

きっとクレアに魔法をかけられたんだ――そうとしか考えられない。
バドは女性のその場所に口を使うようなことは、めったになかった。そうするとき
でも、バラの花びらだとか、蕾を開くというようなことを考えることは絶対にない。
間違いなく。口を使うのは、女性の気持ちを高めて、濡らすためだけのことだった。
自分を受け入れてもらう準備をするために、そうしなければならないだけのことだ。
あるいは、女性のほうが自分のものにしてくれたことに対する、ちょっとしたお礼の
意味合いがあることもある。こういうことをするのは好きではないし、義務のような
もの、セックスするための代価の一部だと考えていた。
今、バドはどうしようもなくクレアを味わってみたくて、それ以外のことなど何も
考えつかなかった。
バドは口をつけ、唇にしたのとまったく同じキスを始めた。クレアが悲鳴のような
声を上げるのが聞こえたが、音がしたというより、その感覚が体に伝わってきた。痛
みでないことはわかっている。
クレアはすばらしい味がした。新鮮で、かすかなスパイスが効いている。今まで、
この場所にキスするのを嫌がっていたことが、嘘《うそ》のようだ。こんなにおいしくて、親
密感にあふれ、唇と舌で柔らかさを堪能できるのに。クレアの興奮度は、無骨なもの
を使うより舌のほうがはっきり感知できるし、さらに、舌のほうがクレアはより濡れ

てくる。これで受け入れるのも少しは楽になるはずだ。

こんなに長時間、勃起《ぼっき》しているのでなければ、いつまでもこうしていられそうだ。実際にはもう永遠とも思えるほど長くそんな状態が続いて頭がおかしくなりそうだが、そうでなければ、何時間でもキスしながら舌を出し入れし、スパイスの効いた柔らかな温もりを感じていたい。二人だけで、外の世界のことは忘れる。輝く髪がベッドの上に広がり、いけにえのように体をさらけ出したクレアと、その足元にひざまずき、自分の口で彼女を愛している自分。聞こえる音はクレアの悲鳴のような呼吸と、自分の口がクレアの体を愛する濡れたセクシーな音。

バドは、指を使ってクレアを大きく広げ、舌の出し入れを続けた。こんなことがあるのか。自分がクレアの体にどんな影響を与えているのかをはっきり目にすることができる。それを感じることもできる。襞は濃いピンク色に染まり、濡れて、てかてかと光っている。

中がぎゅっと締まり、それに応じるようにペニスが上を向く。舌の動きをさらに深く、強くするとクレアの膝がバドの肩で震えた。

クレアが小さなうめき声を上げると、バドはその場で爆発しそうになった。下腹部にぐっと力を入れ、終わってしまわないように必死に自分を抑える。舌をさらに奥まで入れたとき、クレアが大きな声を上げ、それが伝わってきた。バドの口の動きにクレアの体がびくっと動く。バドは実際にクライマックスを目にしたのだ。少し体を離し、くすんだピンク色の襞がリズミカルに収縮するのを見ていた。そのすばらしさに、頭を殴られたような衝撃を受けた。これほど興奮するものを見たのは初めてだった。

しかし、そのままじっと見ているわけにはいかない。今こそそのときだ。今だ、今だ、今なのだ。

バドは大急ぎでクレアの体をベッドに引きずり上げ、その上に乗った。興奮に体が震える。まだ絶頂にある間に入れれば、処女を失うときの痛みも我慢できるはずだ。しかし、バドの頭はきちんと働いてくれない。クレアの匂いと感触におぼれてしまいそうになる。本当は胸を舐《な》め、体じゅうを撫で、輝く髪に自分の顔を埋《うず》めたい。しかし、今そんな余裕はない。

バドは両手でクレアの頭を抱え、顔を見下ろした。ペニスはすっかり硬くなっているので、位置を調整する必要もない。勝手にどこを向けばいいのかが、わかっているようだ。そしてゆっくりと入れながら、クレアの顔を見ていた。キスしたかったが、それよりも反応を見るほうが大事だ。

バドのほうも興奮が背中を駆け抜け、達してしまいそうになるのを歯を食いしばって踏みとどまっていた。お尻《しり》にぐっと力を入れ、腰を前に突き出す。クレアのクライマックスはまだ続いていて、濡れたところが、バドのものをぐいぐいと搾《しぼ》り出すように動いている。バドの体の全細胞が、自分をコントロールしようと緊張し、震えた。額《ひたい》には汗が浮かぶ。そして、前へと体を押し出した。

　クレアがバドを見ていた。瞳をのぞき込んでいる。バドが処女のしるしまで達すると、二人ともうっと声を上げ、静かな部屋に大きく響いた。

「さあ」クレアがささやく。

「ああ」そう応えたバドはお尻に力を入れて、さらに前へと腰を突き出した。少しばかり抵抗を感じたあと、バドはクレアの中に入った。子宮にあたるのがわかる。クレアは目を閉じてしっかりとバドに抱きつき、バドはクレアの首に顔を埋めた。

もうだめだ。あまりにいろいろな感覚がいっぱいに押し寄せる。髪のいい匂いが頭を曇らせ——くそ、クレアの髪はなんてたっぷり豊かなんだ、六人分ぐらいはあるぞ、クッションとなってふんわりバドの頭を支える。柔らかでほっそりした体が、自分の下にあり、あの小さな女性の部分がぴくぴくと締めつけてきて、クライマックスへと誘い込む。体じゅうがこれ以上は我慢できないところに来てしまった。体がひとりでに動き始めるのをどうすることもできず、バドは前へと突き始めた。二回、三回、四回——助けてくれ——もう終わってしまう。こんなことって、あるのか。

　あるらしい。

ミスター・スタミナと言われて、何時間でもセックスし続けられることを自慢にしていたのに、あっという間にできあがり、の電子レンジ料理みたいになっちまった。

クレアの体の中でバドは激しく動いた。息も荒く、何も考えられなくなるほどの快感に身をゆだねる。頭がはじけていき、悲鳴を上げたくなったが、なんとか枕《まくら》を噛んで声を抑えた。脳の中にまだ残っていた細胞三つぐらいが、クレアを噛まなくてよかったと考えるのがかすかにわかった。

クレアの絶頂が終わったことが、バドの頭のどこかでわかった。処女を失った痛みのほうが強いのだ。こんなときに自分の快感がどうしようもなく高まってきて、そのことを優先してしまうのは申し訳ない。それでも、ただコントロールしようのないこともある。バドは足を踏ん張ってクレアのヒップをつかみ、さらに奥のほうへと体を押しつけた。叫ばないように歯を食いしばっていたのに、肺から出てくる荒い息を止める術《すべ》はなかった。

あまりに長時間勃起し続けていた。ぎりぎりの状態で、手加減することなどできなくなっていた。バドのクライマックスはいつまでも、いつまでも終わらなかった。クレアに打ちつける体の強さをコントロールすることができなくなっていた。彼女の体を使って、マスターベーションしているのと変わらない。スムーズな動きだとか抑制といったところなどない。コントロールを忘れた激しい動きで、腰を回しながら動かし続ける。そして、体の一部がぴくんと動き始めると、大声を上げ、爆発するような絶頂感に浸《ひた》った。歓びに頭から何もかもが吹き飛んでいった。

そしてどさりとクレアの上に倒れ込んで、大きく肩で息をした。何も残っていない感じだった。何秒おきかに、ぶるっと体を動かす。電気のようなショックが通り抜け、負担のかかりすぎた神経組織を鎮めていく。

徐々に、ゆっくりと、意識が戻り始めた。体のあちこちが、仮死状態から少しずつ戻ってきている。

なんとか思考できるようになってくると、いくらか残っていた思考能力を無理にかき集めようとしたのだが、ほとんどそんなものはなかった。

クレアの上になったまま、体を押しつぶしている。ずいぶん重いはずだ。両手はまだ柔らかなヒップをつかんだままで、バドは、放すんだ、と指に命令を出したが、指のほうがその命令には従いたくないようだ。クレアのヒップをつかんだままにしていたい。ずっとこのままにしていたい。つま先をベッドに押しつけて、もっと深いところまで入っていきたい。いや、放さなければ。そうしないと。手の力も強いから、クレアの体にあざがついてしまう。

クレアの中に入っているものは、まだしっかりとした硬さがあり、軟らかくなる気配すらない。永遠に、ここに入ったままでいたい。しかし、もう出さなければ。コンドームから漏れてしまう。ここまでだって、じゅうぶんひどいことをしてしまったのだ。これ以上のことをしてはならない。

頭のほうが、メッセージを発しているのはわかっていた。抜くんだ、つかんでいる手を緩めて、彼女の体から離れろ。

しかし、そのメッセージを体は聞こうとしない。戦場にいる将軍にメッセージを届けに行こうとした戦士が、敵の銃弾を胸に受けて倒れてしまうところが、バドの頭に浮かぶ。そんな感じだった。クレアの肌の柔らかさに不意をつかれ、自分の胸板にあたる華奢《きゃしゃ》な体、自分のものが締めつけられる感覚、女性のセックスと花のような香りが混じった匂いに、完全にやられてしまった。もう動くことができない。

段階を踏んで、コントロールを取り戻そう。まずキスだ。それならあまり筋肉を動かさなくてもすむだろう。バドはクレアの頬に唇を寄せた。濡れていた。

バドはどきっとして動きを止めた。

クレアが泣いている。

そりゃそうだ。当然泣くはずだ。あたりまえだ。

ともかく、そのことに気づいて、体を離さなければという問題は解決した。バドは手のひらを広げ、マットレスに置いて体を浮かせ、クレアの中から引き抜いた。あまりにきつく締められていたので、出たときは、「ぽん」と音でもするのではないかと思った。バドは顔を起こし、白い皮膚におおわれた形のいいクレアの頬骨を拭《ぬぐ》った。

かすれて泣きそうな声になってしまった。「お願いだから」クレアを安心させようとしたのだが、「泣かないでくれ」しっかりした口調で話して、クレアを安心させようとしたのだが、

クレアが顔を動かして、視線を合わせてきた。笑顔だった。信じられない。笑っている。「あのね、これはうれし涙なの。だって、あまりにもすてきだったんだもの」

クレアはそう言うと、細い指でバドの頰を軽く撫でた。

そうなのか？

「こんなに興奮したのなんて初めて。すごかった」指が顎《あご》に下りてくる。

そんなに？

「あなたって、最高」今度は指が、唇に。

俺が？

バドはほほえみを返した。笑顔以外の表情が、どうしてもできなかった。唇へのキスは軽いものにしておくつもりだったが、そのまま唇を離せなかった。ああ、もうだめだ。クレアは温かくて柔らかくて、俺のキスを喜んでくれて……。

ペニスが、また勝手にクレアの中に入ろうとしていた。それに気づいて、バドはさっと体を離した。

顔を上げて、クレアの顎に指を置いた。少しだけえくぼのようなくぼみができるところ。「まず君の体をきれいにしないと。話はそのあとだ」

クレアがふうっと息を吸い込むと狭い胸郭が広がった。「ええ」吐き出しながらほほえんだ。クレアが、起き上がるバドの肩に置いた手を滑らせるように撫でた。

バスルームの場所はすぐにわかった。バドが電気のスイッチを入れると鏡に自分の姿があった。楕円《だえん》形の鏡は錬鉄で花の飾りがついているかわいらしいものだった。

映った自分の姿が、どうしようもなくはしゃいでいるように見えて、バドはうれしくなった。セックスのあとはたいていぼんやりと疲れきって、汗まみれでだらしない姿になる。激しいバスケットボールの試合を一対一でやったような格好だ。セックスのあと、とりたてて幸せな気分にも、かといって悲しくもならない。ただ疲れるだけだ。今は確かに汗まみれでだらしない姿ではあるものの、バケツいっぱいのクリームを見つけた猫のような顔をしている。

コンドームを取ろうとしてよく見ると、血がついていた。クレアの血だ。バージンであったしるし。血がついていたことに身がすくんでもよさそうなものだが、誇らしい気持ちでいっぱいになり、いい匂いのするかわいいバスルームで、えいっとこぶしを突き上げて飛び上がらないでいるだけでも大変だった。

すげえ。

何かで読んだことがあるが、中世の男たちは初夜の翌朝、血のついたシーツを窓に掲げていたのだという。

なるほど、気持ちはわかる。中世の男たちは抜け目がないんだな。女性が自分のものになったことを世間に宣言するわけだ。実に野蛮で原始的なやり方だが、男なんてものはいつまで経っても進化しないんだ。

バドはさっと自分の手を見下ろした。毛むくじゃらになってはいない。歯を調べたが牙《きば》が生えてきたのでもない。急に獣になった気分だった。実際に類人猿に戻っていたとしても、驚かなかっただろう。

コンドームを取って、体を洗った。冷たい水をかけたのに、ペニスはまだ、金属製のタオル掛けと同じぐらいの硬さだった。これからしばらくの間、通常の状態に戻ることはなさそうだ。しかし、もう一回するなどとんでもない。あまりにひりひりして、クレアに痛い思いをさせてしまう。

そうかな？ バドの心の中の獣が反論する。人間の心が答える。当然だろ、けだものめ。

どれぐらい待てば、次のセックスができるだろう。

ええい、そんなこと知るもんか。なら、どうすればわかるんだ？ 警察署に電話して、同僚にたずねるというわけにもいかない。

おう、どんな様子だ？ 雪が降って、ちょっとは暇になったか？ ロレンゼッティの事件には、何か進展があったか？ ああ、それから、ちょっと聞くけど、バージンとセックスしたら、次のセックスまでどれぐらい待てばいいんだ？

だめだ。アドバイスは誰からも期待できない。

家に入ってくるとき、居間にものすごい量の本があったことに気づいていた。しかし、クレアの持っている本の中に、自分の必要とする情報が載っているとは思えなかった。医学書を開いても、〝処女の喪失〟という項目があるはずもない。いや、あるのか？

とにかく今夜は二度目はなしだ。見下ろすと、ペニスがうれしそうに天井を向き、すっかり大きくなって準備を整えていた。クレアとセックスしたいと懇願している。バドは自分の分身に言い聞かせた。わかったか？　今夜はなし、明日だ。

さあな。

分身はまだ、完璧に戦闘準備を整えていたが、思いどおりにはさせない。

木製の引き出しの中に、手拭《てふき》タオルが重ねられていた。バドはいちばん上のを取り出した。きれいな薄いローズピンクのタオルだった。蛇口からお湯を出し、じゅうぶん熱くなるまで流したあとタオルを浸《ひた》し、バドは寝室へと戻っていった。俺のプリンセスをきれいにしてやらないと。

5

まあ。寝室に戻ってきたバドを見て、クレアは思った。自分の寝室にこんな男性が現れ、自分の寝ているベッドに向かって歩いてくる姿など、どれほど豊かな想像力を使っても考えつかなかった。

今夜と同じように、こんな時間にベッドにひとりでいたことは数えきれないほどある。しかし、いつも痛みと絶望でいっぱいだった。夜がいちばん暗くなる時間、もっとも寂しさを感じる時間を、なんとか歯を食いしばって乗り越えようとした。明日の朝が迎えられるだろうかと、心の底が凍りつくような不安でいっぱいだった。

伝説のバイキングが獲物に近寄るような歩き方をしてベッドに向かってくるバドを見られるのは、今までがんばってきたことへのごほうびに違いない。あきらめなかった、生き抜いてみせた。

バドはあまりにもセクシーでかっこいい。盛り上がった筋肉が、歩くたびに動くのが男らしくて、それに……。

まあ、どうしよう。バドはまだ勃起《ぼっき》しているんだわ。でもどうして？　読んだ本には、男性はオーガズムのあと勃起が収まると書いてあったのに。どうして彼はあのままなの？　それに、男性が体の毛を剃《そ》っているほうがセクシーだなどと言い出したのは誰《だれ》？　ウェアハウス・クラブに来る男性のほとんどは胸毛を処理しているとルーシーが言っていたし、実際ルーシーと一緒に出ていった男にも体毛はなかった。ばかげた話だ。そんな男性は子供のように見えるだけ。

バドは大人の男だ。広い肩、硬くて大きな上腕、そこに運動選手のように血管が浮き出ている。髪よりも少し濃い色合いのブロンドの毛がふさふさと胸筋をおおい、逆三角形を描いて下のほうへ伸び、お腹《なか》のあたりで、さらに濃い色になってそこから扇形に……。

うわあ、大きい。それに賛成するように、クレアの体の入り口がうずいた。少しひりひりしている。今夜はもう無理だ。魅力的な考えではあるのだが。

愛を交わせたこと自体が、奇跡だった。バドのあの部分はおへそのところまで届くほどの長さがある。指を回しても届かないはず。でも、ちょっと確かめてみたい。バドの体じゅうに触れたい。愛撫《あいぶ》して、硬い筋肉を感じたい。鼻先を埋《うず》めて彼の匂《にお》いを嗅《か》ぎ、味わってみたい。

のだろうか？　こんなことをしなければよかったとでも？　まるでそんなことはないのに。今夜は人生最高の夜だった。

　クレアはバドにほほえみかけた。「あなた、大丈夫？」

　バドはクレアの言葉にショックを受けたのか、一瞬ぽかんとした表情を浮かべたが、やがて笑顔になった。

「それは俺《おれ》のせりふだよ」バドがクレアの脚をやさしく広げさせた。

「そうなの？　じゃあ答える。最高。こんないい気分になったことない」

　バドが脚の間を拭《ぬぐ》っていた。熱い濡《ぬ》れタオルが、その部分をきれいにしていく。クレアは肘《ひじ》に体重を載せて半分起き上がり、バドを見ていた。ひどく親密な感じがした。静かな部屋に二人きり。大きな体をした裸の男性が勃起したまま、やさしく自分の世話をしてくれている。もちろんこれまでにも、体を拭《ふ》かれたことはある。病気だった頃はしょっちゅうだった。しかし、こんなふうにやさしくきれいにしてもらったことはない。絶対違う。

　クレアの世話をすることに、バドは夢中になっているようだ。自分の手元をしっかり見ながら、タオルを上手に使って襞《ひだ》の周りを拭っている。熱心に――セックスしたいと思っている。疑う余地はない。

勃起しているというだけのことではない。もちろん、それははっきりした証拠ではあるが、呼吸が荒くなり、鼻孔が開いている。クレアの匂いをできるだけ吸い込みたいと思っているようだ。バドの頬《ほお》に赤みが差している。頬の肉がぴんと張って、顎《あご》のあたりの筋肉が波打っている。嘘《うそ》みたいだが、あの部分がさらに大きくなった。これほど見事な男性らしさを発揮しているのに、みすみす……。

「バド。私、とてももう……」

「今夜は無理だ、それはわかっている」バドはそう答えたが、手の動かし方に意識が集中しているのか、心ここにあらずという感じだ。クレアの意識も同じ場所にあった。柔らかなタオルに包まれたバドの手がゆっくりけだるい調子で、その場所を撫《な》で、湿った感触を中にも外にも残していく。

「明日ね」クレアがそっと言うと、バドがさっとクレアを見上げた。その瞳《ひとみ》に燃え上がる炎の強さに、クレアは思わず体を引きそうになってしまった。バドの明るい茶色の瞳が溶かした金のような色に輝いていた。

「明日だ」バドも同じようにささやいた。「一日じゅうな。君の体が大丈夫なら」

クレアは一瞬言葉が返せなくなってしまった。「約束よ」

一日じゅうセックスする。うわあ。この週末は、できれば洗濯室に棚を取り付けて、エルモア・レナードの小説を読んで過ごすつもりだった。そんな当初の計画など、どうでもいい。

バドが笑顔になっていた。獲物を狙《ねら》う動物のような表情――俺たちはこれからセックスするんだからな、覚悟しろよ、そういう顔つきはいくぶんだが、和《やわ》らいでいた。もう一度あんな顔を見せてほしいとクレアは思ったが、今セックスをすれば痛いのもわかっている。

バドはきちんとタオルをたたんで、そばの椅子《いす》の背にかけた。スザンヌが何と言うだろうと思うとため息が出た。椅子は本物のトーネット社製で、ブナの曲げ木部分に濡れたタオルが掛けられたことを知ったら、スザンヌはひどくショックを受けるはずだ。

そんなことはどうでもいい。クレアの家具なのだから、バドの気の済むように扱えばいい。彼がそばにいてくれれば、そしてあの部分を巨大にしておいてくれる限り、クレアは満足なのだ。巨大になった部分に関しては、かならず有効利用するつもりだ。

明日になったら。

バドがまじめな表情をし始めた。話をしよう、バスルームに行く前にそう言っていた。いよいよ話をするつもりなのだ。「なあ、どうして君は――」バドは一瞬、言葉に詰まった。

ああ、どうしよう。これだけは聞かれたくなかったのに。

どうして君はこの年になるまで、バージンだったんだい？　どういう答をしようと、最悪だ。自分を求める男性がいなかったからと言うか、真実を話すかのどちらかしかない。

真実——だめ、絶対それは嫌。私、重病だったの、そんなことだけは彼に知られたくない。そんなことを言うと、彼もお決まりの表情をするはずだ。父のいつもの表情、パークス家に大昔からいる家政婦のローザも同じ顔を見せる。スザンヌもしょっちゅう、そういった表情になる。クレアの体調が悪いのではないかと、慎重に見極めようとしているのだ。自分はまったく元気なのに。

暑すぎない、寒すぎない？　そんなことして、大丈夫？　そんなものを食べていいの？　気分はどう？

クレアは元気なのだ、すっかり。

バドとのセックスに病気が入り込む余地はなかった。バドとセックスするのは、歓《よろこ》びと楽しさを分かち合うことだった。体じゅうの細胞すべてで、生きていることを確認できた。

「ここに来て」クレアは自分の横、ベッドの上を叩《たた》いてバドを呼んだ。「一緒に寝転んで」

バドは命令するようなクレアの言葉遣いに、眉《まゆ》を上げ何かを問いたそうにしていたが、何も言わずにそのままそばに来た。よろしい。自分の性生活について、質問をされたくはない。行為を求めているだけだ。

　私の木こりさんは、まれにみる強い体をしているのに、厳しい生活をしてきたみたい。さっきは気がつかなかったけれど、胸毛の下の古傷が今、目に入った。肋骨《ろっこつ》に沿って走っている。さらに上腕にまっすぐな切り傷の痕《あと》。さらにいちばんひどいのは左胸、心臓のすぐ横にある傷。周囲の肉が引きつれて盛り上がっている。よくこれで助かったものだ。

　クレアは心臓の横の傷痕に触れてみた。「辛い目に遭ったのね」

「うーん」バドが歯を食いしばる。「今、君にされていることよりはましだ。そんなふうにさわられてじっとしているのは拷問みたいだ」

　クレアは笑って肩のあたりの皮膚を軽く唇でつまんだ。

　バドは傷のことに触れられたくないんだわ。

　お互いさまね。

　クレアの体にもいくつか傷痕があり、そのことについて話をしたくはなかった。腰のすぐ上に外科手術の痕がある。骨髄移植を二度受けたのだ。最初の手術ではうまくいかなかったからだ。腎臓《じんぞう》のところには、ローリー・ギャベットがつけたナイフの傷が残っている。人質にとられたときに、ここにナイフを突きつけられたのだ。

バドは心配そうにクレアを見ていた。「何を考えてる?」

何を考えているのだろう。たいしたことではない。考えるというより、感じていたのだ。歓びに満たされた感覚、やさしくて女性らしい気持ち。強くてセクシーな気分。生きているということ。

クレアにはずっと死神がつきまとっていた。バドは、その死の影を永遠に追い払ってくれたのだ。

彼に教えてあげなければ。彼がしてくれたことを、どうしても伝えなければ。それほどすごいことをしてくれたのだから。

クレアは息を吸い込んで、バドの瞳を見た。笑顔を作ろうとしても、顔が強ばる。あまりに荘厳な感情でいっぱいになって、笑顔にならないのだ。笑みには大きすぎる感情だった。

「考えていたの」言い出したとたん、涙声になってしまった。きちんと話そうと、クレアはしばらく時間を置いた。感情を抑えると涙がはらりと頬を流れた。やっと気持ちを整え、ささやくような声が出たが、言葉が喉《のど》につかえて思いつめた調子になってしまった。「バド、これがあなたでよかったわって、そう思ってたの」

「明日の朝には、君も回復してるといいな」クレアの耳がバドの体にぴったりくっついていたので、バドの言葉はクレアの頭の中で反響した。「明日は、丸一日、やりまくって過ごすんだからな」
そう思うとうれしくて、クレアはため息を吐《つ》いた。
「いいわ」それだけ言うと、クレアはあっという間に眠りに落ちていった。

6

十二月十三日

クレアが目覚めたのは、ずいぶん遅くなってからだった。そして何よりまず、バドの体の存在に気づいた。自分の体がそこにあることがわかったのはそのあとだった。昔からの癖なのだ。

いつも朝というのが、いちばん辛かった。また病院の一日が始まる。

病気のときはよく、太陽と朗らかな笑い声に満ちた夢を見た。体が欲しがっているものを、心が埋め合わせようとしていたのだろう。夢では野原を駆けめぐったり、縄跳びをして遊んだりした。うんと幼い頃、病気になる前に受けていたバレエのレッスンが大好きだった。

夢は軽やかな希望に満ち、かけっこや外遊びや笑い声でいっぱいだった。夢の中では健康で、ちゃんとした体だった。

そんな夢から覚めるのは、いつもひどく辛いものだった。幸福な夢と現実のむごさの違いは大きく、すがるようにためていた力まで奪い去ろうとした。

毎朝泣きながら目を覚まし、やがてそんなことにはならないようにと、心と体とを切り離して考えるように、自分を慣らしていった。目が覚めかけると、まず、花でいっぱいの草原にいるのではないんだぞと言い聞かす。あるいはトウシューズにチュチュを着てバレエの舞台に立っているのではないと頭に理解させる。そして、病院のベッドで身動きができずにいて、腕には点滴の管が何本もつながっていて、ひどい痛みで今にも死にそうになっていることを頭に叩《たた》き込む。

目覚めようとするほんの数分間、頭を体から切り離し、夢から現実への移行作業をするのだ。健康になった今も、クレアはその癖から抜けきれないでいた。

それで、クレアが最初に気づいたのはバドだった。背中に触れるバドの存在を自分の体があることより先に感じたのだ。バドの体は重く、マットレスも大きくへこんでいる。バドの腕にはもう抱かれていなかったが、クレアはその体にくっつくようにして眠っていた。たくましい腕が枕《まくら》になっていた。枕という意味から言えば、あまり柔らかではないが、何の不満もなかった。バドのもう片方の腕はクレアの腰のあたりに置かれている。大きな手がお腹《なか》の真ん中に広がっていた。温かくて毛深い男性の体に、クレアはすっぽり包まれていたのだ。

私、男性の腕で眠ったんだわ。

ただそれだけのこと、きわめて普通のことである。世界じゅうで何百万という女性がこうして朝を迎えるのだろう。しかし、クレアにとっては初めての経験だった。そんなことができるほど長く生きていられるとも、夢にも思わなかった。

古いジャズがあったわ。

『やさしき伴侶《はんりょ》を――誰かが私を守ってくれる《サムワン・トゥ・ワッチ・オーバー・ミー》』だ。

クレアの心の奥のどこか、動物的な感覚の何かが、夜の間誰《だれ》かがずっと自分を守ってくれていることを認識し、守られるままにしていた。

自分が裸なのも、不思議な感覚だ。今まで裸で眠ったことは一度もなかった。だが、ベッドで何かを身にまとうのは、ひどく無意味だということを初めて実感した。体の下ではシーツのエジプト綿の肌ざわりがなめらかで、上掛けがむき出しの皮膚に軽くかかる感触が心地よい。そしてバドの硬い腕。

バドのものは熱く硬く、腰のくぼみに収まっていた。

「目が覚めたんだ」バドの低く深みのある声が耳のすぐ後ろでした。耳に息がかかり、クレアの体はぶるっと震えた。

「うーん」

「よく眠ったか?」バドが耳たぶを上のほうから舐《な》めていき、クレアの腕の毛がさっと立った。そして、体の奥のほうで何かが羽ばたき始める。

クレアは言葉を口にすることができず、うなずいた。

バドが上掛けを取ったので、彼の手を目にすることができた。大きな手がゆっくりと胸を撫《な》でている。もう一方の手はお腹の上に置かれたままだが、大きく円を描くように動きながら、徐々に下のほうへと移っていった。ちょうど何かが羽ばたいているところ。バドの手がさらに大きな円をたどると、羽ばたいていた蝶々《ちょうちょう》が宙返りを始めた。

蛇のタトゥのあるほうの手だった。その手がさらに下り、毛を撫でてから、なおも下り続ける。徐々に潤《うるお》いを増していく襞《ひだ》の中をバドの指が動き、やがて指はクレアの視界から消え手の甲だけが見えた。こんなエロチックな光景を見たのは初めてだとクレアは思った。蛇が下腹部から盛り上がった部分越しに、今にもクレアの中に入ろうとしているように見える。バドが指を中に入れて、クレアの濡《ぬ》れ具合を確かめている間、力強い筋肉に引っ張られた蛇は体をくねらせ踊っているようだった。

「濡れてるんだな。俺《おれ》の夢でも見てたのか？」バドはクレアの耳の後ろ側を舐めながら、親指でクリトリスの周囲をこすっていった。そこがその場所だということがクレアにわかったのは、その場所から熱が体じゅうに広がっていったからだった。

以前に鏡と解剖書を見ながら、その存在を確認したときには、何も感じなかった。

クレアは自分にもちゃんと女性としての器官があることを知っておきたかったのだ。本に書いてあるとおり、ちょっとした肉の突起を見つけたときにはほっと安心した。しかし、その部分をこすってみても少し気持ちいいかな、という程度の感覚しかなかった。ほとんど何も感動は味わえなかった。まあ、言ってみれば、夏に喉《のど》が渇いてコーラを飲む程度のうれしさというか。

今はそんなのとはまるで違う。バドの指はクレアの湿りけで滑《すべ》りやすくなっていて、ゆっくりとその上を行ったり来たりしている。計算した動きで、その奥のほうへ入っていったり出たりを繰り返す。それから円を描いてクリトリスの周囲を撫でる。その瞬間強い力がはじけ、そしてそのままいけばもう少しで痛みにもなりそうなぎりぎりのところで快感が揺らめく。

「もう明日になった」低い声がクレアの耳のすぐ横で響き、頭の中に沈んでいく。耳元でバドの唇の動きを感じる。「今日一日何をして過ごすと言ったか、覚えてるか?」

明日は、丸一日、やりまくって過ごすんだからな。

クレアにそんな露骨な言葉を使った人は、今までひとりもいなかった。そんな言葉遣いに、本や映画で出合ったことはある。不思議なことに、そんな言葉を使われても、バドの場合は不愉快にも思わなかった。人を侮辱しようとしたわけでなく、ただ事実を述べているだけだからだ。原始的な行為を指しているだけだ。

丸一日、やりまくる。

「ええ、もちろん」満足げにクレアが言った。

背中のバドの体に力が入るのがわかる。体をさらにくっつけて、クレアの脚を自分の腰の上にかける。これでクレアの体は完全に開き、バドは自由に手をクレアの中に滑らせることができる。

また耳元でバドの唇が動き、クレアの毛が逆立った。「俺が丸一日と言ったら、本当に一日じゅうなんだ。時々食事をするのに休憩はするし、さっき洗濯室で見かけた作りかけの棚も俺が片付けてやろう」バドが首筋にキスし、ほほえんでいるのか、唇が横に動くのを感じた。「午後には、ちょっとフットボールの試合でも見よう。体力を少し回復させないとな。けど、それ以外は一日じゅう、君は仰向けになってるんだ。いや、俺の上になっても横になっても、君の好きな体位を取ればいい。ただし、必ず俺を君の中に入れたままにしておく」

クレアの体に火がつき始めていた。バドの言葉、蛇の手が体の中に入る様子、指が奥深くで動く感覚、そんなところには今まで誰も触れたことはなかったのに――そんなことがみんな組み合わさって、クレアの血管の中に熱いものが流れ始めたのだ。バドが下になっていたほうの脚を動かして、クレアの体をさらに開かせ二本目の指を入れると、クレアから悲鳴に近い声が出た。

「服は着させてやる」指を広げて、クレアを開きながらバドが荒々しく言った。バドの先端がクレアに押し入ろうとし始める。「でも、下着はなしだ」

入ってくる。熱いものが、硬いものが。

「聞こえたか？ 下着はなしだ。下には何にも着ないでほしい」

「いいわ」クレアがあえぎながら答えた。バドは半分入れたところで動きを止め、クレアの体がなじんでくるのを待った。熱く膨れ上がったものと、そのサイズに。

「着るものはゆったりとしたものにするんだ。すぐ脱がせられるようにな。いつでも触れられるようにして、一秒以内に中に入《はい》れるようにしておくんだ」

クレアは何も言わなかった。言えなかったのだ。もう吐く息が残っておらず、言葉が出ない。バドのものはやけどしそうに熱く、少し痛かったが快感のほうが痛みにまさっていた。

「クレア？」バドが半分入れたまま、軽くつついてきた。「痛いのか？」バドは動かないでクレアの返事を待っている。動いてほしいのに。早く動いてもらわないと。

クレアは後ろに手を回して、バドの腿《もも》をつかんだ。毛が手にさわり、硬い筋肉がある。爪《つめ》を立ててしまったけれど、バドにも痛みを味わわせてやろうとクレアは思った。筋肉は硬すぎて爪で傷つけることなどできそうにないが、バドがふふっと笑ったので、意図は伝わったことがわかった。

「私をいじめて楽しんでいるのね。早く動いて、今すぐ」

また低い声でバドが笑い、クレアの要求に応え始めた。動き始めたのだ、今すぐに。

これ以上奥にはいけないところまで入ると、バドは動きを止めた。けれど、バドのほうはまだ全部入れきっていないのだろうと、クレアは思った。

「何と」低く荒々しい声が聞こえた。背中のバドを、熱く感じる。「すごく狭い」

「ん」

確かにクレアの内部は窮屈になっていた。ペニスをしっかり包み込んでいたが、それはクレアの狭さによるものというより、バドのサイズのせいだった。バドは巨大で、クレアの内部を引っ張るようにして広げていた。しかし、彼がまた抜いてしまうと、クレアは何かが足りないように感じてしまった。体の中が空《から》っぽで、バドが入っていないと完全な状態ではないように思える。しかし、足りないと思っている暇などなかった。バドが体に力を入れるのがわかり、すぐにまた中へと戻ってきたのだ。まだゆっくりとした動きで、自分の中に入っていくバドのすべてを感じることができた。

ああ、助けて。愛を交わすことがこんなに濃密な時間だったなんて。

違う、愛を交わしているのではない。セックスだ。

愛を交わすのは恋人同士だ。クレアの考える限り、バドは一夜だけの付き合いだ。

いや、二晩だが、週末だけであるには違いない。けれど、この週末、バドのほうはいろんなことをしようと考えているようだ。

今の時間を楽しむの。明日のことは考えない。クレアの座右の銘だ。

バドが体全体の動きを速め、打ちつける強さが増してきても、蛇があるほうの手は、まだ人差し指をクリトリスに置いたままだった。もう一方の手はクレアのバストをつかんでいる。バドがあまりにもきつくつかんでいるので、抗いようもない。オスの動物がメスを自分の目的のために動かさずにいるように、クレアの体を固定している。クレアは動こうにも、体を制限されていて、驚いたことにそう思うとさらに興奮してしまった。

バドもそうらしい。動きが激しく、速くなっていき、ベッドがきしんだ。熱がいっきに高まり、白い炎が見えそうだ。クレアの手はまだバドの腿をつかんでいて、バドが動くたびに脚の筋肉が動くのがわかった。バドの体から荒々しい音が響く。言葉にならない、獣の咆哮《ほうこう》だった。

今していることのすべてが、野獣のようだった。二人の体がつながっている部分から発する男性らしい匂《にお》いが、空中に鋭く広がっていき、アロマキャンドルや花の繊細な香りをかき消していく。二人はそんな女性的なやさしい世界にいるのではなく、もっと人間の本質に関わることをしているのだ。バドの腰を突き出す動きにますます力が入っていき、ベッドのきしむ音がさらに大きくなる。バドの手が強くクレアを押さえつける。バドの左手がクレアの胴体にしっかりと巻きつき、胸元をぎゅっと締めつけるので、クレアは動くことはおろか、息をするのもやっとの状態だった。

音が大きくなっていく。バドの言葉にならない咆哮がする。ベッドが壁にまであたるようになってどしんどしんとぶつかる。二人の体が交わるところからぴちゃぴちゃと滑る音がする。五感のすべてに負担がかかりすぎた。そしてバドがクレアの首筋に口をつけ、軽く歯を立てた瞬間、クレアの感覚は持ちこたえられなくなってしまった。大きな悲鳴を上げながら、クレアは高みへと突き抜け、バドを包んでいた部分が急激に収縮し始めた。

「おいっ！」クレアの反応をまったく予期していなかったのか、バドがそう叫んだ。あまりに大きな声だったのでバドの胸からクレアの背中に、声が振動として伝わった。

バドが大きく激しく腰をはね上げる。一度、二度。それからクレアの中でさらに大きく膨らむと、腰を回しながら強く体を押しつけ、クライマックスを迎えた。音も動きもすべてが狂乱状態だった。悲鳴、あえぎ、そして反射的な動きを繰り返す体と体。

やがてバドが動きを止め、小さな部屋にはバドの荒い息だけが聞こえるようになった。そして、ゆっくりその息も静かになっていく。

何も音がしない。そして、ふうっと息を吐く音。

「すげえ、いきなりだったな」バドはまだ、ぜいぜいしている。「誓って言っとくけど、俺は普通はこれより長くできる。何時間でもできるはずなんだ、絶対。でも君とは……わからんな。君のどこが、違うんだろう。なあ、君とだと、あっという間に終わっちまう」

こんなことを言われたら女性としては腹も立つところだが、クレアはぐったりして何の力も残っていなかった。

男性の言い訳についてはスザンヌから聞いていた。最近の男って弱いから、どんなことでも人のせいにするの、早漏なのも女性のせいだって、どんな状況でもよ。いつだって女が悪いことにするんだから。スザンヌは男性には完全に失望していて、デートすらしなくなってしまった。

クレアはため息を吐《つ》いた。「つまり、今のは私が悪かったってこと?」体を動かすと、自分の中で、バドがまだ硬いままなのがわかった。さっきのように鉄のような硬さではないが、それでも欠けるところなく満たされている感じはじゅうぶんある。では、バドは何が不満なのだろう?

バドもため息を吐く。「いーや、俺のせいだね。完璧《かんぺき》に。君の唯一の問題は、あまりに欲望をかき立てすぎるってことぐらいだな」バドは蛇のついているほうの手で体を支えて、ゆっくりと体を離した。「今日じゅうには、もう少し長い時間セックスしてられるようになるとは思うけどな。でも、いつのことになるかはわからん。君の中に入ると……」枕に短い毛がかさかさとあたる音がして、背後で彼が首を振っているのがわかる。バドがクレアの首にキスした。「ずどん、だ。パパの車を借りてデートしたティーンエイジャーが、後ろの座席で初めてやってるのと同じ状態になるんだ」

そう言いながらも、バドの声の調子は楽しそうだった。さらにクレアがやっと体の向きを変えて顔を見たときも、バドは楽しそうな表情をしていた。バドが、ちゅっと唇にキスしてから、顔を離してじっとクレアのほうを見た。じろじろと顔を見たあと、体も見て、そしてまた向き直った。

「だめだな、無理、無理」バドはクレアの顎《あご》にあるえくぼに指を置いた。「もっとブスになってもらわないとな。ここらへんに、イボでもつけるとか、入れ歯になるとか、何かしてくれ。でなきゃ俺たち、一生ベッドから出られそうにもないぞ。いつまでもここでセックスして、そのうち腹が減って死んじまうんだ。いずれ死骸《しがい》だけが発見されることになるぞ。そいつは、よくないだろ」

そうね、飢え死にするのはよくないわ。だってセックスがこれほど楽しいものだって、わかったばかりなんだもの。

バドは起き上がって、クレアに背中を向けた。うっと伸びをしてから立ち上がり、またクレアのほうを向く。「俺が先にシャワーを使う」有無を言わさぬ調子で言うと、にやっと笑った。瞳《ひとみ》が金色に光っている。「それから、君がシャワーを浴びている間に、俺が朝食を作る。そのあと、あの作りかけの棚をなんとかしてやるよ。そのあと、セックスだ」

クレアは何か気の利いた言葉を返そうとしたのだが、ベッドの前に立つバドの姿に圧倒され何も言えなくなっていた。冬の朝の青白い光に包まれた彼は、さらに巨大に見えた。その体の感触を隅々まで知り、この見事な筋肉がどれほどの力を持っているかがわかったからだろう。

バドがバスルームに入っていくとすぐに、水の流れる音と楽しそうな口笛が聞こえてきた。

ビートルズの『ノルウェイの森』だ。ひどく調子がはずれている。

クレアはそんな朝をゆっくり楽しんだ。女性としての初めての朝。大きな見晴らし窓が部屋にはあるが、カーテンはかかっていない。理由はスザンヌがカーテンは流行遅れだとうるさかったからだ。彼女によると〝窓のあしらい方〟というらしいが、カーテンは古くて、細い板のついたブラインドが、はやりなのだそうだ。この家は隣家から離れているため、どちらにしてもたいした違いはない。クレアの寝室の窓は小さな裏庭に面しているが、地面はすっかり雪でおおわれ、りんごの木や植え込みの黒い枝が白さに映《は》えていた。

雪はひと晩じゅう、降り続いたのだろう。きれいに刈り込んだバラの垣根の半分ぐらいの高さまで積もっている。雪が音を吸収してしまい、不思議な静寂があたりを包んでいる。寒い無人島に来てしまったような気がする。

いいじゃないの。

いいえ、すてきだわ。

ある意味では、二人は無人島にいるようなものだ。クレアがここにいることはバド以外誰も知らない。もちろんスザンヌは別だが。けれどスザンヌは今、旅行に出ている。父もいない。クレアの父は二週間前からパリに出張し、サンクトペテルブルクのエルミタージュ美術館から、ロマノフ王朝の財宝『ファベルジェの卵』を借り受ける交渉中だ。まもなく行なわれるパークス財団のロシアの財宝展に、追加として展示できないかと考えているためだ。父はもう一週間、戻ってくる予定はない。

父はクレアが家を出たことなどまったく知らない。父の気持ちを裏切るのは辛いが、クレアはやさしく守られることに息が詰まるような気がしてきていて、どうしても家を飛び出さなければならないと思っていた。来週末に父が戻ってくる頃には、すべての段取りは終わっている。父は許してくれるはずだ。なぜなら娘を愛しているから。時間が経てば、クレアの気持ちも理解してくれるようになるだろう。

つまり、クレアがこの小さな家に、すばらしくセクシーな木こりさんと一緒にいることを知っている者は、この世に誰一人いない。バドとクレアは二人っきりだ。

キッチンで、とんとんと音がする。バドが料理のできる人でありますようにと、クレアは祈っていた。クレアができるのは、お茶をいれたり、卵をゆでたりするためにお湯をわかすことぐらいだから。でも、バドは料理が下手だったとしても、それ以外のことで上手な分野がある。非常に上手なこと。

天井を見上げると、薄い青のステンシル模様が目に入った。

ああ、生きてるってすばらしい。

7

彼女の姿を見なくても、バドには匂《にお》いでわかった。朝食をたっぷりとろうと、バドは懸命に料理をしていた。クレアの台所にはありとあらゆるものがそろっていて、それらがすべてプロのコックが使うような最高級品だ。きっと料理が得意なのだろう。

まあ、バドのほうも料理の腕には自信がある。負けず嫌いの性格が、バドの心で頭をもたげた。それで、クレアには人生最高と思われるような朝食を作ってやる気になった。それから、人生最高のセックスもしてやるつもりだ。今日、どこかの時点で。ここまでのところは、まだそういうのをしてやれたとは思えない。

彼女はバージンだった。今までにセックスしたことがないのだ。だから、ほんの数分で終わってしまうような男は普通ではないということも知るはずはない。少なくともバドに関して言えば、そんなことは普通はない。

今までの人生で、バドはスタミナに欠けるなどという悩みを持ったことなどなかった。セックスは常に気楽に楽しめるものだった。難しいことを考えなくてもいい。セックスはジョギングと同じだ。リズムを大切にして、くたくたになるまで体を使う運動で、心地よさを感じるアルファ波が脳内に生まれ、汗をかく。以前に、セックスをしながら事件を解決したこともあった。頭の中ではっとひらめいたのだ。その間、バドは体を打ちつけたり引いたりを繰り返し……。

えっと、あの子の名前は何だっけな……ブロンドのダイナマイト・ボディで……彼女の仕事の関係から……。

バドは目を閉じてそのときのことを考え、相手が保険会社に勤めていた女性だったことを思い出した。

そうだ、すごく鍛えた体をしていた。彼女と二時間ほどセックスし、最後に、彼女はこれほどすばらしいセックスは初めてだと言い、バドはその事件の犠牲者の夫が嘘《うそ》をついていることに気がついた。すぐに電話をかけて、自分の勘があたっていたことがはっきりし、バドは事件解決で表彰された。二時間ほどジョギングをしていても、同じ結論に達していたはずだった。

ジョギング、セックス。

同じだ。

今まではそうだった。クレアまでの女性とならｌ。

クレアとセックスしている最中に、事件を解決できることなどあり得ない。体はコントロールを失って舞い上がるし、頭の回路はショートする。クレアの中に入っているときは、自分の名前が何だったかすら思い出せないのだから、まともなことを考えることなど問題外だ。その間はただの獣になっている。

今もそうだ。ベーコン・エッグとトーストとイタリア製のエスプレッソ・マシーンから漂うコーヒーの匂いに混じって、クレアの香りがすると、もうだめなのだ。

クレアは女の子らしい朝食をとるのだろう。ローファットのヨーグルトを半分、紅茶。バドはそういうのはごめんだ。自分にふさわしい食べ物を大盛りで楽しみたい。今日一日、たっぷりセックスする気満々で、それにはじゅうぶんなカロリーを摂っておかねば。

クレアは真っ赤なスエットの上下を着ていた。言ったとおり、その下には何も着ていないのだろうか？　バドはその姿をじっと見た。間違いなく、ブラはしていない。まだオーガズムのせいで硬く尖《とが》った小さな乳首が、スエット地越しにちゃんと見える。それなら、下のほうもパンティははいていないんだろう……。

そう思っただけで、ペニスが起き上がってきた。おい、やめろ。心の中でバドは自分の分身に言った。

二人とも食べなければならない。それに必ずあの棚をつけてやりたい。手先は器用だし、クレアのために何かしてやりたくて、どうしても何かをしなければいけないような気がしていた。

「おーい」クレアが恥ずかしそうに声をかけてきた。たった三十分前まで、あの体の中に入っていたのだから不思議なものだ。クレアが、肉体関係のある付き合いというものに、まるで慣れていないことを忘れそうになる。

「おう」バドは卵を割った。電子レンジがチンと鳴るのが聞こえた。「できたぞ」

「うわあ、何を作ってくれたのかは知らないけど、すごくいい匂い」クレアは椅子《いす》を引いて、そこに腰を下ろした。

「君ほどいい匂いじゃないけどな」

クレアがほほえんだ。女性ならではの神秘的な笑みだ。どこでこんなほほえみ方を習ったのだろう。昨夜はバージンで、何も知らずにおどおどしていた。ところが今は、モナリザのほほえみだ。バドが教えたのではないことは確かだ。クレアは自分でこんなほほえみ方を身につけたのだ。女ってやつは。実に理解できないものだ。

「この匂いはシャネルよ」クレアが首を傾げたので、髪が片方の肩から輝く波となって流れ落ちた。そして体をかがめて、バドの匂いを嗅《か》ぐ。「あなたは何をつけたの？」

バドはテーブルに皿を置き、サイドテーブルにベーコン、ソーセージを用意した。

発酵《はっこう》バターと全粒粉パンのトーストを皿に載せる。驚くほどたくさんの有名ブランドのジャムがあったので、それもテーブルに置く。

そば粉のパンケーキが何枚か重ねてあり、湯気のたつその上に電子レンジで温めたシロップをかける。オムレツの焼き加減を見ると、ちょうど裏返すタイミングだった。バドはオムレツの焼き加減にはかなりうるさいのだ。朝食を作ったのはお腹《なか》が空《す》いていたからだが、少しばかり自分の腕を自慢したい気もした。モリソン家自慢の手首の強さを披露してもいいだろう。ぽんとフライパンを叩《たた》くとオムレツは宙でひっくり返り、ちゃんとフライパンに収まった。少し揺すって火加減を最大にする。そして手際よく皿にオムレツを移した。

よーし、うまくいったぞ。

「えっと、シャワーのときあの妙な石鹸《せっけん》を使った。花の香りのするのが、シャワーブースに置いてあるだろ。それから君のシャンプーを借りた。ここのバスルームにあるのは、何でもかんでもお花畑みたいな匂いがするから、花びらの中を転げまわったみたいな匂いになったんだ。運動靴に履くソックスみたいな臭《にお》いのするものでも置いといたほうがいいんじゃないか。そうすればプラスマイナスのバランスが取れるぞ。俺《おれ》自身はそんなにいい匂いがするようになったとは思え……」バドは声を失っていた。

クレアを見て驚いたのだ。普通の女性は澄ました顔で、放射能に汚染されたものを避けるように、少しずつ食べ物をとる。クレアはそんなことはせず、平気な顔をして十人分ぐらいもの食べ物を皿に盛っていた。

パンケーキが四枚。ウィンナソーセージを二つ、オムレツを半分。たっぷりバターをつけ、さらにブルーベリージャムをどっかり載せたトーストにかぶりつくと、もぐもぐ口を動かし始めた。ただ、ああ幸せ、という顔をしている。すぐにオムレツもなくなった。数分後にはまたソーセージを取って食べ始めた。バドがあきれて見ている間に、肉体労働者のようにぺろりと平らげてしまった。

クレアが、バドはまだ何も食べていないのに気づいた。「さっさと食べないと、あなたの分まで食べちゃうわよ」

本気らしい。バドは自分の皿にも食べ物を盛り、もう少し料理したほうがいいだろうかと考え始めた。

クレアはまたパンケーキに手を伸ばした。「あなた料理がうまいのね。お世辞じゃなく」

バドは肩をすくめた。「おいしいものを食べたいし、俺の稼ぎでは高級レストランにはしょっちゅう行けるわけじゃない。だから自分で料理することにしたんだ。この台所にある道具で見ると、君も料理がうまいんだろ」

「全然」パンケーキを食べ終えて、クレアが朗らかに言った。「お湯だって、わかせるかどうか。でも、お料理を習うのは、目標リストの中には入れてるのよ。ひとり暮らしは初めてだし、何でもやってみたいの」

バドは目を丸くした。「料理ができないって？」キッチンを見回す。「もったいない。最高の台所道具がそろってるじゃないか。食料だって、第三次世界大戦にでも生き残れるぐらいあるぞ」

クレアは笑顔でため息を吐《つ》いた。「スザンヌよ」

「スザンヌって……何だ？」

「バロン。スザンヌ・バロンは私の親友なの。この家のインテリアをデザインしてくれたのも彼女なの。料理を勉強したいって彼女に言ったら、必要なものはすべてそろえておくからって」

「それでオムレツ用のフライパンを違うサイズで五種類もそろえてあるのか？　電動ナツメグ挽《ひ》き器に、自家製パン焼き器まで。それ以外にも何もかもあるぞ。いつだって習い始められるな」

「あなたが教えてくれればいいわ」食べながら、クレアが答えた。食べ方は上品ではあるが休むことなく、スピードも速い。「物覚えはいいほうなの。楽しみだわ……」

そこまで言って、フォークをソーセージに突き刺し、話すのをやめた。当惑した表情を浮かべている。「ごめんなさい。そういうつもりじゃ……」消え入りそうに言って唇を噛《か》み、うつむいて皿を見た。

ほら、来たぞ。

バドから料理を習う時間があるほど長い付き合いになる、そういう意味で言ったのではないとクレアは弁解している。今後も付き合うということではない、そう言っているのだ。

しかし、クレアはそう思っている。

こういう話題になったら、さっさと出ていく時間だ。バドはいつも、終わった翌朝、というものが苦手だった。言葉には細心の注意を払って、二人の関係が今後どうなるか、という話にはならないようにしていた。来週コンサートに一緒に行かない？　友人と食事をするんだけどあなたもどう――最悪なのは、両親のところに遊びに行かない、というやつだったが、そういう誘いをうまく避けるようにしていた。

他の場合なら、他の女性となら、否定とも肯定ともつかないことを言って、三十分以内にはこの家から出ているところだ。

セックスはする。いろいろ考えてみても、今までの女性すべてを満足させられたと思っている。少なくとも、そういうことに関する不満は聞いたことがない。しかし、それだけだ。付き合う、というようなことは性《しょう》に合わない。

しかし、この上品なキッチンに座ったバドは、さらにしっかりと腰を落ち着けて考えていた。もっと頑丈な椅子が要《い》るな。それから、ビールの在庫をもう少し増やしてもらおう。冷蔵庫におしゃれな輸入ビールが数本あり、繊細だとかいう白ワインと並べてあった。クレアのところで手に入るアルコールはそれで終わりだ。

「ああ、料理ぐらい教えてやるよ」バドは気楽な調子で言った。「宇宙工学じゃないんだからな。感触とタイミングを覚えればいいんだ」クレアが顔を上げると、バドはウィンクした。またクレアが笑顔になって緊張が消えたのが、バドにはうれしかった。

「そういうのは、他にも通用することだけどな」

クレアがくすっと笑い、バドはその声に笑みを浮かべて、立ち上がった。数分後、メキシコ風の卵料理を作りながら、バドは今度こそ自分でも食べるぞと思っていた。かわいい小さなクレア・シャイラー、近づくときは用心しないとな。飢え死にすることになりかねないぞ。

「あなた、着替えたのね」グレーのスエットの上下を着たバドを見ながら、クレアが言った。少しだけ眉《まゆ》を寄せている。「どうやって？」

「ああ、着替えた」キッチンに入ってきてから、もう四十五分は経とうというのに、クレアは今頃気づいたのだ。観察力はゼロだな。彼女は読書好きらしいし、バドの考えでは、たいていの読書家は空想の世界で暮らしている。クレア・シャイラーは絶対に警官には向いていない。警官は常に周りで何が起きているかに気を配っている。勤務中であろうとなかろうと、常にさまざまなことに気がつく。命がかかっているからだ。「車のトランクに一泊用のバッグを入れてあったんだ。週末だから海にでも行こうと思ってね」バドは温かな表情でクレアを見た。どうしても彼女から目が離せない。「でも行けなくなったからね。黒い髪の美人に引き止められただろ。ともかく、替えの服とか、スエット、歯ブラシ、ひげ剃《そ》り、必要なものは何でもあるんだ」そして、ウインク。「それに、コンドームは封を切ってないのが一箱ある。全部使いきるつもりだ」

　クレアは顔を赤らめた。赤くなるだろうなとバドが思っていたとおりだ。しかし、突然フォークを置いて、まじめな顔で見つめてきたので、バドは驚いた。じっと、思い詰めたような眼差しを注がれて、バドは落ち着かない気分になった。

「どうした？」

沈黙、そしてため息。「あなた、健康そうに見えるけど」

健康？「もちろん。俺は健康だけど」とまどいながら、バドは答えた。「完璧《かんぺき》にな。自分の健康管理には気をつけてる。馬並みに健康だ。昔からそうなんだ」

「なのに、気を配って、私にはコンドームを使ったのね。いつもそんなに注意深いの？」

「ああ、そうだな。いつもだ。今まで忘れたことはない、いつもだ」それはバドの信条みたいなものだった。これと決めていることはあまりないが、数少ない信条のひとつだった。ゴムなしではセックスしない。世間にはいろんなことが待ち受けている。それぐらい、バドはじゅうぶん承知していた。今まで相手をした女性の多くは、セックスを商売としていた。もし、自分で死に方を選べるとすれば、病気になるより、銃で撃たれるほうがましだ。「それなら心配しなくてもいいんだ。絶対に、俺は病気はないから、安心してくれ」

「よかった」クレアはため息を吐《つ》き、唇を噛んだ。何かを言いたそうにしている。やっと決心したのか、うなずいた。自分を励ましているようだった。

「そのかわいいおつむで、何を考えてる?」

「あの、実は――」クレアは口を一文字に結び、バドの表情をうかがいながら切り出した。「実は私……その……あまり丈夫ではないときがあってね。しばらくの間だけなのよ。今は元気、元気だわ。ただ私……丈夫ではなかったときにね、ピルをのまなきゃならなくて。それから、もちろん、私はそういう病気に感染しようもなかったでしょ、だからあなたがよければ――むむむっ!」

クレアが言い残した言葉はバドの口の中に消えていた。バドの頭の中は赤い霧がかかったようになっていた。稲妻より速く、バドはクレアを抱き上げて服を脱がせ、自分のスエットシャツを引っ張り上げ、スエットパンツを下ろし――バドのほうも、もちろん下着はつけていなかった。こういうこともあろうかと思っていたのだ——そしてクレアの中へ体を埋《うず》めていた。乱暴に突き立ててしまったが、今すぐにクレアの中に入らなければ、死んでしまうと思った。

　頭では何も考えられなくなっていた。動物的な本能だけで行動している。クレアの言葉を聞いた瞬間、クレアに生《なま》のままセックスできるのだとわかった瞬間、あのぴったり締まる感触をラテックスなしで味わえるのだと知った瞬間、バドはもう何の見境もつかなくなってしまったのだ。

「ああ、大変だ。まだ準備ができてなかったんだね」バドは震えながら、目を閉じたままクレアと額《ひたい》を合わせた。思考能力もほとんどなくなり、口をきくこともままならなかった。自分を包むクレアの感触にすっかりおぼれてしまっていた。燃えるような熱い思いが胸に込み上げてくる。「悪かったね」

　嘘だった。悪いなどとはまるで思っていない。

　コンドームなしでセックスしたのは、本当に初めてだった。してみたいと思ったことはある——ゴムをつけたいと思うような男がいるはずはない。しかし実際にしてみようとまで思ったことはなかった。だから、今、クレアの中にこうやって入るのは、二重の歓《よろこ》びだった。直接感じることができる。そして、そうやって感じる相手がクレアだとわかっている。ただ、いったんこうしてしまった以上、もう二度とゴムを使うことなどできないのではないかとも思った。

クレアは窮屈で濡《ぬ》れてもいない。そんなことはわかっているのだが、バドにはもう止めることができなかった。体が震え、汗が出る。どうしようもないのだ。抑えておこうとする気持ちが、ずるずると滑《すべ》り落ちていく。自分に何が起きているのだろうと思うと、バドは怖くなった。

「ごめんよ、ごめんよ、ごめん、ごめん」バドは呪文《じゅもん》を唱えるように同じ言葉を繰り返した。

「すぐに引き抜くから」

最低の男だな、とバドは思った。このあとどうすればいいのかわからないが、何があるにせよ、引き抜くつもりは一切ない。クレアは濡れていないので、このままセックスにのめり込むわけにはいかない。動けば、クレアの体を傷つけてしまう。もう今でも痛いはずだ。クレアの足は床《ゆか》についておらず、バドの腰に座るようにして全体重を預けているため、クレアはどこかにつかまって自分で体を離すこともできない。クレアは身動きがとれず、かといってバドも動けない。クレアの体をペニスで串刺《くしざ》しにしたまま、じっと座っているだけ。バドは震えながら、きつくクレアを抱きしめた。

バドは体全体を硬直させていた。前にも進めず引くこともできない。

「ごめんよ」振り絞るような声でもう一度言った。

「よしよし」クレアがバドの頭の後ろを撫《な》でた。バドの絶望感を感じたのだろう。

「いいのよ、バド」クレアは耳元でささやいてから、体を倒し、唇を重ねてきた。口を合わそうと体を少し上げたときに、クレアのバストがバドの胸をかすめた。唇がやさしかった。温かく柔らかいクレアの口の感触に、バドの自制心が切れてしまった。あっという間に。

何てこった。

キスひとつで、終わり。

一度も腰を突き出してもいないのに、クレアの口の感触だけでバドは爆発してしまった。腕をクレアの体に巻きつけて、強く抱きしめる。いつまでも続く絶頂感の間、バドは腰をそらし、円を描くように動かしていた。ペニスが燃え上がり熱を持っている。あまりに激しく体が震えるので、このまま飛び散ってしまうような気がした。

クライマックスがうねりを繰り返しながら、やっと消えていった。激情に満ちていたため、痛みさえ感じるほどだった。バドが今までに経験したセックスで、こんなふうになったことは、ただの一度も、けっしてなかった。何かまったく異なる体験のような気がした。そして恐ろしいことが起きた。バドの瞳《ひとみ》から涙がこぼれ始めたのだ。

違う、涙なんか出るわけがない。これは涙じゃないんだ。

八歳のとき以来、バドは一度も涙を流していなかった。継父に殴られ続けて、涙が出なくなってしまったのだ。ひどい男だった。叫び声を出すと、継父は硬い革のベルトを振り上げ、男は泣くもんじゃないと脅された。母が殺されたときも、泣かずにその死体を埋葬した。だから、これが涙のはずがない。

それでもバドは、目の前にあるクレアの髪で頬《ほお》を拭《ぬぐ》った。いい匂いがした。そして、脈が落ち着いてくるのを待った。手はぬるぬる滑るが、それでも何かにつかまろうと待っていた。何でもいい。クレアと顔を合わせる準備をしなければ。

何か話さなければ。今の行為を少しは説明しなければ。自分がどうなっているかもわからなかった。セックスの経験は豊富で、何千回もありとあらゆる女性を相手にしてきた。

いつもは同じようなコースをたどる。少しばかり前戯をして、突っ込んで、動く。必ず女性には絶頂感を味わわせる。できれば二度以上。やったあとも、女性の名前は忘れないようにして、礼を言ってから眠る。朝にはその場を立ち去る。いつもはそれで、だいたいうまくいってきた。相手はじゅうぶん満足していた。セックスをすると頭がすっきりし、気分がよかった。女性のほうもいい気分にさせた、おそらくは。

今は違う。何だかどうしようもなく不安で、特に終わったあとは、物事をきちんと考えられた。コントロールを失うことはなく、そんな感情は自分の手には負えないように思える。自分の慣れ親しんできた世界がすうっと目の前から消え、目にするものは知らないものばかり、以前とは違うところに来た気がする。

クレアにいったい何を言えばいいのか、さっぱりわからなかった。クレアをつかんでいた手に力が入る。指のあとがついてしまうのではないかと恐れながら、バドは自分の心の奥深くから、口にできる言葉を探していた。

もともと口のうまいほうではない。しかし、気の利いたせりふの二つや三つ、持ち合わせてはいる。女性が、自分は特別なのだと思うような言葉だ。この世の中でいちばん、ロマンチックなせりふがふさわしいのは、クレアだ。バドに何のためらいもなく、すべてを捧げてくれた。最初に愛を交わす男性に選んでくれるという贈り物をくれた。やさしくてかわいい女性。

そのお礼としてバドのしたことは、彼女の自由を奪った上で、町の売春婦にするような短時間のセックスだった。

何かロマンチックなことが、何かやさしいことがふさわしい女性なのに。甘い言葉や、繊細な思いやりというような。

結局バドが口を開いたとき、声は荒々しく、言葉は乱暴だった。本心がほとばしるように飛び出して、どうすることもできなかった。バドの胸の中で乱れる心臓の鼓動と同じように、はっきりとした現実。「ゴムなしでセックスするのは、最高だ」

クレアはバドの肩に顔を埋めていた。バドの言葉の荒っぽさにクレアは怒るだろうと思っていたのに、唇の端が動くのを首筋の肌が感じて驚いた。ほほえんでいるのだ。

クレアはふうっと息を吐いて、うなずいた。黒く輝く髪がバドの肩の上で波を打った。

「それぐらいわかるわ」クレアが小さな声で言った。

8

ここは天国なんだな。

そうでなければ、こんな天上の調べが聞こえるはずがない。天使の声が青い草原となくしてしまった魂のことを歌っている。しかも、ハープの音色までするではないか。美しい曲だった。燃え尽きてしまったバドの神経を、静かに癒《いや》してくれる。

あのあとバドは、クレアを抱えてキッチンから大きいほうのバスルームへと運ぶと、キスだけしてそこから出て、自分はキッチンの横にある洗面所で体を洗った。そのあとすぐに洗濯室に行って、長さを測り、ドリルで穴を開け、釘《くぎ》を打って棚を作っていった。バドは大工仕事が大好きだったし、今は何か単純な体を動かす作業をしていたかった。理由が説明できて、昔からなじみがあって、普通のことで忙しくしている必要がある。恐ろしいものにのみ込まれるような感覚から離れていたい。その恐ろしいものは、胸の中に巨大な渦を巻いていて、それがどういうものかもわからず、どう対処したらいいのかもわからなかった。

クレアも、バドがしばらくひとりでいる必要があることに勘付いたのだろう。バドは三十分ばかりも、ひとりで作業を続けることができた。そうしているうちに、いくぶん落ち着いてきて、やっとクレアと顔を合わせられるようになった。

この時間を、バドはいろいろなことを考えるのに使った。さまざまな角度から物事を考えてみる。クレアというのは非常に美しい女性だ。あらゆる意味において、欲望をそそられる。そんな女性とセックスをして、興奮しすぎるというのは男性にとってはあたりまえだろう。

ただのセックスだ。それだけのこと。確かに、非常に燃え上がったし、情熱的ではあった。しかし、それ以上のことはないはず。そこで終わりだ。そんなことに不安を感じる必要はない。これまでにも千回以上、同じことをしてきたではないか。

大きいほうのバスルームのドアが開く音がした。バドはどきっとして脈が速くなった。

こんな気持ちになるのも、これからもっとすごいセックスができるという期待によるもののはず。ちゃんと血の通った、普通のアメリカ人男性なら、みんなそう思うだろう。ただし、血の通った普通のアメリカ人男性を、あの子のそばには絶対、近寄らせない。十メートルが限度だな。

どうなっちまったんだ、俺《おれ》は？

嫉妬《しっと》深い男ではなかったのに。いつから独占欲が強くなった？　今までに嫉妬心というものを持ったことは、一度たりともなかった。確かに、夫や婚約者がいるような女性とは、基本的には関わらないようにしているが、それは不必要な問題を引き起こすこともないと思っているからで、何より相手を探している女性はそこらじゅうにいっぱいいる。ただ、ベッドを共にする女性が、それ以外の時間をどう過ごしていようが、バドには関係のないことだ。

ではなぜ、他の男がクレアとセックスすることを思うだけで、焼けた火箸《ひばし》で心臓が体から切り取られるような気になるのだろう。

居間のほうで音がした。天国からの調べが流れ始めた。澄みきった歌声は、人間のものとは思えない。不思議な声だった。愛を求める気持ち、希望と悲しみ、そんなものが同時に詰まった美しい声だった。この世のものとも思えないその声が頭から離れず、心の奥底を鎮めていった。

そして、あの天国のハープ、それ以外の伴奏はない。

バドは手にした金槌《かなづち》を見て、ふん、と鼻を鳴らした。自分の頭がどうかなってしまったようだ。考えることもままならない。頭の中がごっちゃになって、その理由が何かもわかっていた。いや、誰《だれ》か、だ。セクシーな黒髪の美女だ。

「ごめんなさい、時間がかかっちゃったわね」そのセクシーな黒髪の美女が、顔を出した。笑顔で春の草原のような匂《にお》いがする。手には本を持っていた。「まあ」大きな青い目をさらに見開いて、クレアは四方の壁を見た。「すごくがんばって仕事してたのね。今日、自分で棚を取り付けてみようかなと思ってたんだけど、できたとしても一段つけられたかどうかだわ。しかも、私がしたらまっすぐにはつけられてなかったはずよ。壁のあちこちに、ばらばらについてたわね。それに壁をでこぼこにしてたわね、きっと。あなたのおかげで、棚がほとんど完成しちゃったわ。釘のあとも残ってないし。私のヒーローね」クレアがつま先立って、バドの頰《ほお》にキスした。「本当にありがとう、バド。すごく感謝してる」

だめだ、頰が燃えるようだ。心臓がどきどきしている。

バドはおほん、と呼吸をあけてから返事した。「う、その——どういたしまして」部屋が急に狭くなったような気がして、バドは居心地の悪さを感じ始めた。体の動きがぎこちなく、指先がうまく動かない。

水晶のようなさえずりが、あたりを包んだ。ハープの音と声の区別もつかなくなっている。歌は羊飼いが、愛する人を風に奪われてしまった曲だった。歌詞も調べも、バドの体の奥に切り込むように入ってきて、みぞおちのあたりが揺さぶられた。曲に影響されるなんて、ばかげた話だとバドは思った。自分は羊飼いでもないし、風に奪われるような愛情も持ち合わせていない。しかも、みぞおちが揺さぶられる、というようなことは物理的に起こらない。ビールを飲みすぎたあとでも、そんなことはない。

　調べがあたりに漂い、失った愛を嘆く声とハープが一緒になって、飛行機雲のように消えていった。

「いい曲だな」自分でも気づかないうちに、バドは曲が終わるのを待って、次の曲が始まるまでの合間に話し出していた。音が終わらないうちに話し出すのは何だか……悪いことのような気がしたのだ。ちょうど、教会で立小便をするような。そんなふうに考えるのはばかげているのも、わかっている。これはただのＣＤで、録音されたものなのだから。

「でしょ」クレアがほほえんだ。「私の友人が歌ってるの。スザンヌとも共通の友だちでね、アレグラっていうのよ。アレグラ・エニス。私たち三人、すごく仲良くて、時間が合えば、しょっちゅう会ってる。仲良しトリオみたいなものだわ。暖炉の上の写真、見た？　三人でチャリティー・パーティに行ったときのよ。パークス家で……パークス財団主催の」クレアは慌てたように本を床《ゆか》に落とし、拾い上げたときには顔が赤くなって、狼狽《ろうばい》した表情を浮かべていた。バドは、どうしたのだろうと思ったが、それはあとで考えることにして、今はクレアの友人たちのことに興味を持った。「私は……昔、財団で学芸員をしてたの」

「ああ、その写真は見たよ。見落とすわけないだろう。ゴージャスな美人が三人そろってるんだから」

クレアが朗らかに笑った。「まあ、フォーマルなパーティだったし、私たち三人とも目いっぱいおしゃれしたから。スザンヌとアレグラは、仕事でパーティに出たの。スザンヌはフラワーアレンジメントを担当したのよ。見事だったわ。らせん状になるように曲げて育てた青竹にカラーの花を差したのと、細長いプランターに苔《こけ》を張って、そこに小さなバラの花を置いたのを、ガラ・ディナーのメインテーブルにずらりと並べたの。それから、アレグラはもちろん歌を披露したわ。すばらしかった。三人の中で芸術的な才能がまるでないのは私だけなの。それでも二人とも、私と仲良くしてくれるんだけど」

バドは写真に気がついていた。どういう機会なのだろうと、不思議に思っていたのだ。スナップショットを引き伸ばして、大きな木製のフレームに入れてあったものだが、雑誌や映画の世界以外には、これほど美しい女性が三人もそろっているところなど見たことがなかった。三人は互いの腰に腕を回し、顔を寄せ、笑っていた。全員がエレガントなイブニングドレスを着ていた。背景にはグランドピアノがあり、大きなクリスタルのシャンデリアが頭上に輝いていた。タキシードを着たウエイターがトレーを持って行き来していた。写真のクレアは、上品でセクシーなブロンドと、夢見るような笑みを浮かべた妖精のような赤毛にはさまれていた。真ん中にいるクレアは、かわいい黒髪の小悪魔のようだった。

「アレグラはどっちだ？　ブロンド、それとも赤毛のほう？」そう口にしたものの、聞かなくともバドには答はわかっていた。バドは警官として、人の表情を読み取る能力に長《た》けている。ブロンドのほうは落ち着いてエレガントではあるが、近寄りがたい雰囲気がある。間違いなくインテリア・デザイナーのほうだ。赤毛のほうの顔は、舞い上がるような天使の声にぴったり合っていた。つまりおのずと、答は出る。しかし、小さな洗濯室でクレアと何でもない話を楽しむことがうれしかった。セックスを感じさせる気配は、今のところ空中に吐き出されてはいない。二人は、またすぐセックスをすることになるだろうが――体の中で欲望が高まってきているのがバドにはわかった――それでも、今はクレアと話をするだけで満足していた。女の子が〝おしゃべり〟とかいうやつだ。

ま、何でもいいが。

全体として、好ましい雰囲気だった。クレアが友人のことを話している。こぎれいな狭い部屋、その部屋で三十分ほど生産的な仕事をし、その成果にも満足できた。ペニスを使わなくても役に立つことができたのだから。

クレアを相手にすると、バドは野性に戻ってしまう。なぜそういうふうになるのかは、バド自身にもわからなかったが、クレアのことが頭から離れない。さらに彼女とのセックスは今まで経験したこともないほど燃え上がる。しかし、セックス以外の部分でも、クレアのことを好ましく思っている自分に、バドは気がついた。生きる喜びを純粋に追求する姿勢、親しみやすい性格、見かけからはわからない闘志あふれる気持ちの持ちよう。ただしこういったものも暴力的に体を打ちつけていたのでは……。

　またペニスがむくむくと起き出してきた。バドは、ホルモンの分泌を抑えようとした。だめだ。今はそういうことをするんじゃない。彼女の話を聞きたいのだ。クレアのことをもっと知りたい。友人のことを話してくれれば、彼女がどういう暮らしをしているかがよくわかる。セックスよりも話がしたい。こんなことを女性に対して思うのも生まれて初めてだった。ともかく、今の段階ではそう思っている。明らかに、セックスを後回しにしたのだ。

　信じられない。

　しかしよく考えてみればそれほど驚くことでもないのかもしれない。クレアは非の打ち所のない顔とセクシーな体を持っているが、それ以外にもたくさんのことをバドにしてくれるからだ。長い脚と柔らかな唇を忘れてはいけないが、それよりも、親切で陽気で、バドより高い教育も受けているはずだ。教養は間違いなくある。居間にずらりと並んだ本の量を見ればわかる。学芸員だったのだから、仕事に必要だったということかもしれないが。

幸運なことに、バドはずらりと並んだ本を見ても、自分を卑下《ひげ》するような気分にはならなかった。どれだけたくさん本を読んでも、世間の荒波の中を生きていく知恵は身につかない。世知は荒波にもまれることによってのみ、得られるのだ。バドにはたっぷりと荒波にもまれた知恵が備わっている。

「赤毛のほうがアレグラよ」クレアがさっきの質問に答えた。「ブロンドがスザンヌ。アレグラはアイルランド系でね、彼女のお父さんは音楽研究で有名な教授だったわ。アレグラが九歳のときに、お父さんがリード音楽院で教えるためにダブリンから移住してきたのよ。アレグラは、アイルランド訛《なま》りで歌うみたいに話すのがかわいいの。第六感がすごく働くって、そう言ってたんだけど」クレアがうつむいて言葉を切った。「でも、必要なときに働かなかったの。あんなことになるって、わからなかったのね」

バドは顔をしかめた。「あんなことって？」

「悲惨なことになったの。あんなの、誰にも予想できなかった。アレグラは歌手として成功し始めていて、まさに花開こうとしているところだった。二年間のコンサートツアーの契約を結んで、CDも三枚出して、順調に売れていたの。今聴いてるのも、そのうちのひとつ。『シーズン』っていうタイトルだけど、私はこれがいちばん好き」

空に舞い上がって、完璧《かんぺき》なまま宙に漂う。壊れやすく繊細で、不思議な美しさに満ちている。音楽が別の世界、おそらくは天国から届けられたような感じがする。「だった、って過去のことみたいな話し方をするけど、何かあったのか？　歌をやめたのか？」

「そう」クレアの目が、あっという間に潤《うる》み始めた。表情も強ばっている。「歌うのをやめたのも同然なのよ。そうせざるを得なかったの。デビューするときに、業界でもいちばんやり手というマネージャーと契約したのね。有頂天になってた。音楽の世界では、すごく有名で、八〇年代にはたくさんのヒット曲をプロデュースした人だから。もう業界からは足を洗ってのんびり引退してたんだけど、アレグラのためにまたやる気になったって、言ったの。あとで、彼はもう過去の存在でコネなんて何もないってことがわかったんだけど、アレグラがそのことを知ったのは、もう後戻りができなくなってからだった。彼はアルコール依存症ですぐに感情を爆発させるから、誰からも相手にされなくなっていたの。アルコールでの失敗は数知れずあって、レコード会社の偉い人たちを侮辱して、取り返しのつかない状態になってたみたい。アレグラは、契約したときそんな事情はまったく知らなかったの。彼女がまさにこれからってというときに、彼はキャリアをつぶしにかかったわ。そのあと、あの……事故があって」

「今はもう大丈夫なのか？」バドはその内容を考えながらたずねた。「事故？」

「いいえ、大丈夫じゃないの。それに、本当は事故なんかじゃないのよ。彼女、暴力を振るわれたの。あまりにもひどく殴られて、視神経が働かなくなって、視力を失ったままなの」クレアは唇を噛《か》んだ。瞳《ひとみ》には苦しみが浮かぶ。

バドはぴたりと動きを止めた。ゆっくりと金槌を振り下ろしてから、クレアのほうに向き直る。バドの顔に浮かんだ表情に、クレアは驚いた。

「どうしたの？」

「誰に殴られたんだ？　そいつは捕まったのか？」緊張した口調だった。

「捕まったって……？」クレアは呼吸を整えた。「ああ、殴った男のことね。ええ。そのマネージャーよ。彼がアレグラをひどく殴ったの。いまだに、どうしてアレグラみたいな人を傷つけようと思うのか、まるで理解できない。ほんとうにすてきな人で、温かくて楽しい女性なの。まあ、もとはそうだったわ。今は、びくびくして……どうしていいのかわからないみたい。彼女、世間のことに疎《うと》いのよ。本物のアーティストだから。アレグラには誰かタフな人がマネージャーとして必要だった。その人にキャリアを任せておくつもりで、彼に出会ったときは、いい人が見つかったと思っていたのよ。ところが無理やりベッドに誘われて、彼女が断ると、急にそのマネージャーは……変わってしまって」

「よくわかるよ」バドは厳しく、沈んだ表情で答えた。クレアの言葉を考えていたのだ。学芸員や音楽家の世界がどういうものかはわからないが、この手の話は知りすぎるほど知っている。男が突然暴力を振るうようになると、バドの仕事の範疇《はんちゅう》になる。こういった例は、何度も何度も、繰り返し見てきた。女性を自分の思いどおりにできないとわかったとたん、男は豹変《ひょうへん》する。そうなると、もう結末は見えている。それでも最後まで、アレグラの話を聞こうと思った。「その後は？」

「アレグラは、そのマネージャーに話をしたの。要求が多すぎる、彼の機嫌ばかりとることはできないって。どんなことをしても、事態はよくならなかった。彼はいっそう癇癪《かんしゃく》を爆発させるようになって、もうアレグラの手には負えなくなっていったの。わかるでしょ？」

バドがうなずいた。よくわかる。

「彼は音楽的なことで、アレグラには無理な方向へ進ませようとしたわ。つまりね、こういう声の持ち主が、ラップを歌うなんてあり得ないでしょ？　彼はアレグラにこういうことをさせたのよ。それがうまくいかないと、ヒップホップ、次はサルサ。アレグラは何でもやらされたわ。アレグラには全然合わない、コマーシャルソングまで歌わせたのよ。彼女、がんばったの。何でも一生懸命やったけど、どれもうまくいかなかったわ。うまくいかなくなると、さらに努力して、そのたびにマネージャーの怒りは大きくなったの。CDも売れなくなって、コンサートも座席が埋まらないからキャンセルになることが続いた。すると彼はますます凶暴になっていったの」

よくある話だ。バドにはおなじみの部分だ。暴力を振るう男はもともと弱いやつで、自分の失敗を認めたくないから、周りにいる人間に怒りをぶつけるのだ。

「それでアレグラは私たち、スザンヌと私に相談してきたの。私はビジネスの世界のことなんて、よくわからないけど、スザンヌはキャリアウーマンだし、見た目よりもずっとタフなの。それでアレグラに、マネージャーと縁を切るようにって忠告したわ。彼のせいでアレグラのキャリアは台無しになるって。アレグラは契約を破棄することに決めたの。もとの契約書に、破棄できるっていう条項があったの」クレアはかすかにほほえんで自慢げに顔を振ってみせた。「最初に契約するとき、必ずその文章は入れろって、スザンヌが言ったから。とにかく、アレグラは契約を無効にすることを伝えに、お父さんと一緒にマネージャーのところを訪ねたの」

クレアはそこで話すのをやめた。待っていても話し出さないので、バドはクレアの肩をそっと揺すった。「それから？」

クレアは震える体にすうっと息をため込んだ。「それからは……よくはわからない。アレグラも実際何があったかは話さないし。思い出せないのよ。でもその日、真夜中に、スザンヌと私は病院から電話を受けたの。アレグラのバッグに、二人の連絡先があったから、病院の看護師が電話してきたの」

バドは、瞳を閉じた。母が継父に殴られて病院に運ばれたときのことがよみがえる。そういうとき、看護師がどんな口調で話すかは、よく知っている。きびきびと、事務的な言葉、しかしその無愛想な口ぶりの下ににじむ同情と憐れみ。

「アレグラのお父さんは死んでいたわ。ガラスのテーブルに頭を強くぶつけたって、マネージャーは説明したの。アレグラはそのときのことを何も覚えていなかったし、意識が戻ったのはそれから一週間経ってからだった。しかも顎《あご》をワイヤで固定されて、脳には大きな血の塊ができていて目が見えなくなっていたわ」

バドの顎に力が入った。世界じゅうどこにでもある話だが、こういうのを聞くたびに我慢できない気分になる。「そのろくでもない野郎——男の名前は?」

またクレアが不思議そうにバドを見た。「コーリーよ。コーリー・サンダースン。さっきも言ったけど、八〇年代には大物だったのよ。だからだと思うんだけど、彼の弁護士が上手に取引をしたの。アレグラのお父さんの死は事故で、それ以外のことは、サンダースンの精神的な疾患のせい、感情のコントロールに問題があるだけだって。アレグラは何も覚えていないし、覚えていたとしても証言できる状態じゃなかった。病院で顎を固定されて、話すこともできなかったんですもの。最近になって、やっと歩けるようになったぐらいなの。公判のときは、まだ病院にいたのよ」

「どのぐらいくらった？」

「刑期のこと？」

バドはうなずきながらも、胸が詰まりそうになっていた。そう、刑期だ。継父はバドの母を殺しておきながら、ほとんど刑務所に入ることもなかった。

「確か、七年だったと思うわ。故殺と暴力行為を併せて。それから、強制的に精神的な治療を受けることになったの。彼は今精神科のクリニックに入ってる」

コーリー・サンダースン。バドは男の名前をしっかり記憶に残した。その事件をあとで調べてみよう。証拠をもう一度見てみなければ。おざなりの捜査しかされなかったように思える。殺人を犯した男を見逃してしまったのだ。必ずファイルを調べるぞ。だいたいどういうことが起きたのか、経験からわかっていた。このサンダースンという男は、すばやく有能な弁護士を雇った。金にものを言わせて、最高の弁護士を味方につけ、エニスという女性は病院にいたままで殺人に関しては証言さえできず、あまりに軽すぎる刑で裁判が終わった。故殺と重大な暴力行為というだけでも、連邦法で十五年から二十年の刑になる。居心地のいいクリニックで七年過ごすだけというのはおかしい。さらに言えば、これは一級殺人でないとしても、殺人課が扱うべき事件だ。計画性さえ認められる。金づるになると思っていた女の子が、反抗し始めた。父親を連れてくる。邪魔になる父親を消し、女の子には筋道というものを教えてやろう。しかし大きな問題は、殺人を犯しても、さらには女性を失明させるほど殴っても、その事件でもう一度裁判にかけることはできないということだ。

さっき目にした写真をバドは頭に描いた。アレグラ・エニスは小柄な女性だ。華奢《きゃしゃ》でハート型のかわいい顔をしている。男があんな女性にこぶしを振るうと思うと……バドは自分のこぶしを握りしめていた。その手を開こうとするには、勇気が必要だった。

これこそが、まさにこういったことが理由で、バドは海兵隊に入り、除隊後は警官になったのだった。弱い者を守ってやりたいと思った。自分の母親を守るには幼すぎて間に合わなかったが、最低の男たちを捕まえる喜びということでは、じゅうぶんな成果をあげてきた。特に、自分の体の強さを利用して女性や子供に暴力を振るう男には我慢できない。

クレアは心配そうな顔でバドの表情を探っていた。苛立《いらだ》ちや抑えようもない怒りが体から波のように吹き出ているのが、自分でもわかっている。クレアはその怒りが自分に向けられたものなのかと心配なのだろう。クレアはバドのことをそれほどには知らないのだ。クレアの昨日以来の経験からすれば、バド自身が凶暴な男で、女性を殴ることだってあると思ってしまうだろう。

クレアはバドと二人きりで、バドはインゲン豆を折るのと同じぐらい簡単に、クレアの首の骨を折ることだってできる。昔から喧嘩《けんか》には強かったし、海兵隊はその能力を買ってくれ、さらに厳しい訓練でその技術を磨いてくれた。殺人機械になる方法も教えてくれた。軍での訓練では、バドは乾いた土が水を吸収するように、何でも学んでいった。石を使っても、素手でも、ナイフでも銃でも、不得手《ふえて》なものはなかった。警官になってからは、戦闘以外の技術を身につけた。法執行官理論以外のすべての学科で優秀な成績を収めて、警察学校を余裕で卒業した。そう、クレアを傷つける方法などいくらでも知っているし、クレアにはそれに立ち向かう術《すべ》はない。

確かに体の関係は持った。だからといって、男が女に暴力を振るわないとは限らない。実際は、男に暴力的な傾向がある場合は、セックスによってそれがエスカレートする。クレアの側からすれば、一度バドに逆らっただけで、ひどく殴られ、悪くすれば殺されることだってあり得る。

バドは以前に人をあやめたことがある。もちろん、任務の中でのことだ。従軍中、最初の湾岸戦争の際、敵兵を二人殺した。さらに警察官になってからも一度、病気の小さな女の子を病院から誘拐した卑劣な男を。パークス一族の跡取り娘だった。バドは犯人の銃を胸に受け、そのあと表彰された。

そんな過去をクレアは何も知らないのだ。クレアがバドを恐れる理由は一切ないし、クレアを、あるいはどんな女性でも、バドは絶対に傷つけはしない。そんなことをするぐらいなら、自分の喉《のど》をかき切るだろう。しかし、クレアはそんなことは知らないのだ。

そろそろ、きちんと話をしよう。クレアに、自分は警察官だと告げるのだ。仕事上の理由から、アレグラの殴打、その父親の殺人事件に興味を持ったことを伝えるべきだ。激しい怒りを覚えたのは、クレアに対してではない、これは司法システムに対する怒りなのだ、と。自分のことは、全面的に信用してくれていい、クレアに手を上げるようなまねは一切ないし、他の女性に対しても、仕事上さらに弱い立場の人を守るためでなければ乱暴なことはしない。

バドはそういったことをすべて話し出そうとした。自分が何者かを話そうと口を開いたのだが、思わず口をついて出た言葉に、自分でも驚いてしまった。「何でそんな本を持ってるんだ?」

クレアはほっとしたのか肩の力を抜いた。ちょうどまた音楽が聞こえ始めた。ケルトの民族ダンスの曲だった。「これ?」また笑顔になって、クレアが本を掲げてみせた。

どうして、話さなかったのだろう? 会話の中で、そこだけぽっかり穴が開いている。バドがその穴を埋めればいいだけなのだ。これから週末の間ずっと二人は、濃密な時間を過ごすのだ。すでに激しく燃え上がるようなセックスをしたし、明日の朝までには同じようなことをさらに何度もするつもりだ。そしてバドは警察の仕事へと戻っていき、彼女は……何をしているのかは知らないが、彼女の仕事に戻るのだろう。打ち解けて互いのことを話し合うのには、今が絶好の機会だ。どんな暮らしをしているのかを、話し合えばいい。

どうして話し出せなかったのか、バドには理由もわかっていた。週末、ふと夢の世界に飛び込んでしまった。その雰囲気を壊すようなことは嫌だったのだ。日常の些細《ささい》なことに煩《わずら》わされたくない。

「ああ、その本だ」

クレアは本を二冊持ち上げてみせた。りっぱな表紙がついたのと、ペーパーバック、どちらも分厚くて、色あせている。千年前に作られた本かと思うほど、古びていた。

「あのね、あなたがここで男らしいことをして、役に立つところを見せてるでしょ。だから、私もお礼に女性らしいことをしてあげようと、だめ、違うわよ……」バドがクレアの体をつかもうと出した手をぴしゃりとはたいて、クレアは上手に体をよけた。

「そういうのじゃなくて。あなたがお仕事をしてくれている間、私は詩を朗読してあげようと思うの」

詩？　俺に詩を読んでくれるって？　ああ、まいったな。

バドは貼《は》りつけたような笑みを浮かべた。「ああ、う、詩ね。そいつは……うん……いいね」

クレアはのけぞって笑い転げた。「まあ、バド。自分がどんな顔をしてるか、見てみなさいよ」クレアは洗濯機に、よいしょと腰を乗せ、その上であぐらをかいて座った。何かを企んでいるような笑みを浮かべている。いたずらな妖精のように美しく、最初の本を開いた。えらく分厚い本だな、と気づいて、バドは落ち着かない気分になった。非常に厚く、色がなくて難しそうな表紙がついていて、埃《ほこり》をかぶった本だった。

「これ、あなたも気に入ると思うの」大急ぎでページを繰り、何かを探しているのか、少し眉《まゆ》をひそめている。「あなたは仕事を続けてて」クレアは顔も上げない。「私のことはバックグラウンドの音だと思ってね。アレグラの歌と同じ」

まだ棚受けをきちんとねじで留めなければならなかったので、バドは仕方なくねじ回しを取り出した。自分の工具箱の高級品だ。車のトランクにいつも工具箱を積んでおいてよかった。クレアが必要とするものは、スザンヌがすべて用意してくれたということだが、どんな工具が必要かということまでは、スザンヌには理解できなかったらしい。クレアのところには、かわいらしい真鍮《しんちゅう》のとんかちはあったが、そんなものは誰かの膝《ひざ》を叩《たた》いて、生きているか死んでいるかを確認する以外には使えそうもない。大きさがいろいろそろったねじ回しのセットがあった。色の違う持ち手のついたおもちゃのようなねじ回しは、実際に使ったら一度で折れてしまうような代物で、そのあとは使い物にならない。

「『ドンジュアン』よ」クレアが声を上げた。ほっそりした指で本のページを押さえ、バドを見ている。「バイロンの」

「うれしいね」どうにか興味を持っている感じの調子にしようと、バドは無理をした。「『ギリシャの古壺のオード』を書いたやつだな」

「違う」クレアはまじめな顔で答える。「それはキーツよ。バイロン卿《きょう》のは、セックスと罪深きことばっかり。あなたも気に入るはずなの。だから、黙って聞いてちょうだい。詩ってね、心を癒すのよ。最初のところは飛ばすわね。ここはバイロン卿が当時、詩でいちばん大切だとされていた堅苦しさを痛烈に批判しているだけだから。ドンジュアンが十六歳になって、彼のお父さんの親友の奥さんを誘惑するところから始めるわ」

バドは大げさに構えた文学というものに偏見を持っていたのだが、クレアが読み始めると、聴き入ってしまった。ところどころで、クレアは朗読をやめて説明を加える。クレアは感情を込め、ドラマチックに朗読していった。思いのほか、話は面白かった。そう、ドンジュアンという男はどこにもいそうで……まさにドンファンなのだ。卑劣でずるがしこくて、いい女は見逃さない。何人もの女性と次々に関係を持っていく。

詩の内容に合わせて、クレアは感情を込め、声を高くしたり低くしたりする。その軽やかでやさしい声が、鈴の音《ね》のように部屋に響く。見事な朗読でバドはそのリズムに引き込まれていた。バドが作業する間、クレアはさらに長編の詩をいくつか読んだが、バドは無意識のうちに、その抑揚に合わせて体を動かしていた。最後の棚を取り付けようとしたとき、クレアの声が止まった。

ふと気づくとずいぶん時間が経っていた。クレアが朗読する間に、ほとんどすべての棚受けのねじを留めた。クレアの朗読する声が聞こえなくなって、何だか寂しかった。「楽しかったよ」そう思ったことに、バドは驚いていた。

見上げるとクレアが洗濯機の上にちょこんと座って、してやったりという顔をしている。すっかり満足しているようだ。

クレアは着替えたらしく、今度は鮮やかなピンクのスエットを着ていた。その色合いがクレアの真っ白な肌を健康的なピーチの色に見せ、空のような瞳の色を強調する。きれいだった。あまりに魅力的で、バドは息が止まるかと思った。欲望が稲妻のようにバドの体を貫き、電気ショックをかけられたような気がした。さっと鳥肌が立つ。頭の中でいろいろな音がし始めた。ベルが鳴り、ラッパが吹き鳴らされ、シンバルが打たれる。

バドは、ぴたりと笑うのをやめた。床から立ち上がると洗濯機へと近づき、クレアを見下ろした。

「どうしたの？」クレアが見上げてきた。バドは何も答えなかった。口をきくことができなかったのだ。頭の中で鳴り響く音で、何かを考えることもできない。

「手を上にして」バドの声はくぐもって響いた。

「いいわ」ほっそりした腕がすぐに天井に伸び、スエットの大きな袖口《そでぐち》からクレアの華奢な手首が見える。クレアは従順そのものだ。それが彼女の愛すべき点のひとつでもある。

愛する？

いきなり、そこまでいくのか、とバドは自らを戒めた。とにかく、今この瞬間を大切にすればいいんだ。そしてこの瞬間、求めているのはクレアを裸にすることだけ。それ以外には何もいらない。クレアがじっとバドを見る。夏の終わりの午後のような、透きとおった青い瞳で。透きとおって落ち着いて、何も恐れていない瞳。

いいぞ、とバドは思った。自分への恐怖は微塵《みじん》も感じてもらいたくない。朝食のとき、あれほど荒々しくセックスをしたのだから、口をきいてくれるのさえ奇跡みたいなものだが、あのときは抑えが効かなくなってしまった。しかし、何もつけずに彼女の中に入《はい》れるということは、もうわかっているのだから、今度は激しい行為に対する弁解はできない。しかしゆっくりとスエットシャツを引っ張り上げクレアの腕から脱がせていく間に、すでに脈拍は速くなっていた。クレアが髪に差している不思議な棒を抜くと、黒く輝く髪がこぼれ落ちる。ふんわりとした髪の感触がうれしくて、バドは大きめの束《たば》にして手に取り、指の間を滑《すべ》らせてみた。シャンプーの香りが立ち込め、思わず鼻先へ持っていって匂いを吸い込みたくなったが、犬のようだと思って自分を押しとどめた。興奮しすぎてペニスが痛いと思ったが、よく考えると笑いすぎて腹筋が痛くなっていたのだということに気づいた。それほど笑っていたのだ。

スエットシャツを取ると自分の肩にかけ、クレアの体を抱えて宙に浮かし、スエットパンツのほうも脱がしにかかった。手を滑らせていくと——よし、これだ。何もつけていない。用意もできている。何よりもクレアの眼差しが、もういつでもいいと告げている。

はっきりと確かめる方法はひとつだ。バドはクレアの中心部に指を伸ばし、襞《ひだ》の中を滑らせていった。濡《ぬ》れている。ただし、バドが望むところまではいっていない。これなら大丈夫というところか。バドは心の中でため息を吐《つ》いた。今度もあまり前戯をしている時間はなさそうだ。

次のときには、きっと。

バドは自分の上着を急いで脱ぐと、クレアの腰を下ろしているところが目に入った。洗濯機の上に直接裸で座っていたのでは冷たいだろう。そんな目には遭わせたくない。

不快に思うようなことは、たとえ少しでも感じてほしくない。片手でクレアの体を持ち上げて自分のスエットシャツを下に敷き、それからクレアの脚の間へと移動した。クレアは受け入れようと脚を開いたが、驚いたことにそのあと、バドの体に手を置いてきた。バドはクレアの脚の間に立っていて、スエットパンツの上からでもはっきり勃起《ぼっき》しているのがわかり、そこがクレアの中心部に触れようとしている。クレアの視線はそのあたりに注がれていた。

「さわってもいい？」そっとそう言うと、クレアは手を伸ばして布地越しに触れてきた。

バドはくぐもった声にならない音を出したが、それをイエスと受け取って、クレアは人差し指を上下に動かす。一生懸命その行為に集中するクレアの口元に笑みが浮かんだ。自分のしていることがバドにどんな影響を与えているかを感じ、目にしているのだ。これ以上硬くなれば、釘でも打ちつけられそうだ。クレアの手の動きに合わせて、バドの尻《しり》に力が入り、波打つように動く。クレアが手を放したので、バドは叫びそうになった――おい、こっちに戻って来い！

しかしクレアが手を放したのは、スエットパンツをひき下ろすためだった。すぐにバドが――石のように硬くなって、今すぐにでも飛びかかろうとしているそれが現れた。ペニスはすっかり行き先を決めているのか、そちらをまっすぐ向いている。クレアがもう少しウエストを下に引くと、スエットは足首のところまで落ちた。バドは裸足だったので、すぐにスエットから足を出し、そのまま隅へと押しのけた。下着なしでスエットを着る利点というのは、いくつもある。何と言っても、五秒以内で裸になれるのがすばらしい。

クレアの膝が大きく開き、バドは襞の奥までよく見ることができた。くすんだピンクの皮膚が光っている。バドは呼吸が速くなり、コントロールを失う寸前まできていた。まただ。

ノーベル賞ものの自己抑制力を発揮して、バドは位置を合わせただけでとどまった。今回は少しぐらいは自分を抑えることも必要だ。今度は、ちゃんとしたセックスにする。狂乱状態で、彼女の体を使ってマスターベーションするような行為はなしだ。

このまま突き立てて激しく体を動かすなど、もってのほか。今度はそんなことはしない。クレアにはセックスがどんなものか教えてやる必要がある。今のところまでの経験がすべてではないと知ってもらいたい。それには、何か気持ちをそらせるようなものが必要だ。セックスするのではなく、愛を交わしたい。うまくリズムを作って、動きをコントロールする方法を見つけなければ。どうすればいいんだ？

バドは奥歯をぎりぎりと嚙みしめた。今すぐ激しくクレアに体を打ちつけたくて、じっとしているには歯を砕いてしまいそうだった。

少しペニスを近づけてみる。ずるずる落ちていく感覚、必死でつかまっていたものが手から離れていくように、コントロールが……大きく息を吸って、体を離した。今度はちゃんとやらなければ。

そうだ、クレアは詩を朗読してくれた。興味を持ちつつ、理性を保っていられた。あれならうまくいくかもしれない。

バドはクレアと親密に触れ合っているところから顔を上げた。視線が合う。頭にほとんど血がめぐらなくなっていたが、それでもクレアの顔を見て不思議な感動を覚えることはできた。やさしくほんのり色づいた肌。こんな情熱の最中《さなか》にあっても、かすかな笑みを浮かべている。この顔から笑みが完全に消えたところを、まだ見たことがない。このほほえみを消さないでいるためなら、死んだっていい。クレアの瞳を見ているうちに、その清らかで深い生き生きした青に催眠術をかけられたような気分がした。

バドの体が少し前に出て、ペニスの先が入ってしまった。するともう少し奥まで入れたくなる。

だめだ。

もっと奥へ。

バドは深呼吸して、話し始めた。まだ口がきけるうちに、話さなければ。少し体を引き、クレアの感触を楽しむ。

「俺は高校の頃、手に負えないガキでね。基本的には不良少年ってやつさ」入るか入らないかのところで、試すようにペニスを揺すってみる。入り口が少し開いたが、バドには拷問のような状態だ。クレアの首筋で血管が大きく脈打つのが見える。バドは体を倒してそこを舐《な》め、血管に沿って、軽く皮膚を唇でつまんだ。ほうびのように、ペニスが中へと引き込まれる。よし。「ドラッグ以外のことは、何でもやったよ。二年生のロッカーを全部接着剤でくっつけたり、校庭の芝生にあった銅像に緑のペンキを缶ごとぶちまけたり。ちょっとした番長みたいなもんさ」クレアの笑顔が心もち大きくなった。心臓が打つたびに左のバストが動き、そこに歯を立ててみたくてたまらなくなったが、その気持ちも抑えた。そんなことをしたら、もう止められなくなるのはわかっている。「毎晩、ビールをひとパック、六缶ずつ飲んで、タバコは一箱吸っていた。学校をさぼって暴走族だ。生活費は金持ちの子供たちを騙《だま》して、賭《か》けポーカーで稼いでたんだ。少年院送りにならなかったのが、奇跡みたいなもんなんだ。唯一よかったのはロス先生と会ったことだ。英語の先生でね、すごいタフだった。俺よりタフなんだ」もう少しだけ中に入り、今度は突くのではなく腰を回すように動かす。

クレアはすごく濡れてきていたので、動くと小さくぴちゃぴちゃと音がした。

クレアが顔を上げてバドを見た。「そういうのは……あっ!」バドは体を揺するように動かし始めた。細かい動きだが、半開きになった目と濡れて開いた口から見るところ、クレアは気に入ったようだ。「面白い……話ね」クレアはあえぎ、目は焦点が合わなくなっている。

バドは声を上げて笑った。

「本当に」そうは言ったが、クレアの目はほとんど閉じられ、頭は後ろにのけぞっている。もう首をまっすぐ支えておくエネルギーさえ残っていないようだ。

「ここからが、いいところなんだからな」バドはクレアを笑顔でながめた。この瞬間のすべてに満足していた。クレアの紅潮した顔を見ながら、手でクレアの細い背中を支える感触、二人の体がつながっているところのクリームのような軟らかさ。「ロス先生は俺にいろんなことを暗記させたんだ。たくさんの名前をリストにしたようなつまらないやつさ。退屈なほどいいんだ。歴代アメリカ大統領、イングランドの王様、アメリカの州都、詩もあったな。何だっていいんだ。退屈だと覚えるのが難しくて、先生の狙《ねら》いはそこだったんだ」そういう名前や詩は、いまだにバドの記憶にしっかりと残っている。きっと脳細胞に刻み込まれて、死ぬまで消えないのだろう。「そういう名前を覚えてこなかったら、直接警察に突き出してやるからなって、先生は俺を脅すんだ。それぐらい本当にする人でね。それで俺は夏じゅうずっとぶつぶつ言いながらそういう名前を覚えてた。大嫌いだったよ。でもそのおかげで、夏休みの三ヶ月間、俺は何の問題も起こさずに過ごしたんだ」

バドはゆっくりと奥のほうへと入っていった。体を前に倒していくと、二人の額《ひたい》が合って、バドは震える息を吐き出した。クレアはぴったりとバドを包み込んでいる。バドの五感すべてが、歓《よろこ》びの声を上げている。手に感じるのは柔らかな肌。腕と肩にかかる髪から芳香が波のように漂ってくる。長くて細い脚が腰に巻きつく。高い位置で盛り上がったバストはバドの胸に強く押しつけられ、小さな乳首が硬くなっているのまでわかる。

ありがたい。クレアはすごく興奮している。クレアの吐く息が、はっはっとバドの顔にかかる。濃いまつげの下にわずかに見える瞳は星のように輝いている。バドはもう一度、確認するようにペニスを揺すってみた。すっかり濡れている。もう大丈夫だ。

「まだ覚えている詩もあるんだ」低い声で言う。当時バドは詩《ポエム》のことを果実《ポウム》と呼んでいた。

「そうなの？」クレアが同じようなささやき声で聞き返す。「言ってみて」

「よし」しわがれた声になった。

バドのペニスがクレアのいちばん奥の壁にあたった。クリームを塗ったようによく滑る状態にはなっていたが、クレアはきつかったので怪我《けが》をさせてしまうのではないかと、バドは心配になった。話すことでかろうじて自分を抑制することができていた。

「昔、ある、夜」入れて出して入れる。「真、夜中の、静寂《しじま》、に」韻《いん》を踏みながら、この調子だ。

「弱く、疲れ、きって、考え、た」言葉の韻に乗ると、動きを一定のリズムでスムーズに保っておける。

「忘れ、られた、言い伝えの、奇妙で、不思議な、話に、ついて」おお、いいじゃないか。一語に一突きだ。

クレアは目を開き、大きな笑みを見せた。まっすぐにその瞳を見据え、二十年前に頭に刻み込んだ言葉を探し出す。詩の韻に乗ってリズムを取り、視線をしっかり合わせ、バドはポーの『大鴉《おおがらす》』を暗誦《あんしょう》した。〝その暗闇《くらやみ》だけ、他には何もなく〟のところまで来たときには、バドはかなり速いリズムで腰を動かしていた。

バドはクレアの耳にキスした。「まだ他にも知ってるぞ」耳元でささやくと、クレアがぶるっと体を震わせた。

「他の？　ああ、詩のことね」クレアは目を閉じてほほえんだ。

バドはクレアのヒップの下に手を入れて、体を固定させると、また突き始めた。最初はやさしく。入り口がすっと受け入れてくれるようになっている。これでいい。これは俺のものだ。俺のために作られた、俺だけのものだ。

「こういうのはどうだ」バドは耳元で詩を暗誦しながら、言葉のリズムに合わせて動き始めた。「見通しは、よく、ない。マド、ビルの、ナインは、その日、四、対、二で、リード、され、残すは、あと、一、イニング」

クレアはさっと体を起こして、大きく息を吐いた。「それ『打席に向かうケーシー』でしょ？　あなた私と……するのに、『打席に向かうケーシー』を暗誦する気？」うれしそうに体をのけぞらせて笑うので、クレアのお腹《なか》の筋肉が動いた。

「しいっ」バドはクレアの体を押さえ直した。バドのほうも、もうもたなくなってきている。次にするときには、もう少し抑えていられるだろうか。いやクレアに対して抑えが効くことなどけっしてないような気がする。詩を暗誦するといくらか気が紛れ、なんとか自分を保っていられるようだ。次のときは、『ハイアワサの歌』でもやってみよう。五百行もある詩だ、全部暗誦するぞ。

「聞くんだ」うまいぐあいにリズムをつかめてきた。クレアの奥へと滑らせていける。神のお導きか、詩は役に立つ。

「ケーシーが打席に向かう、落ち着いた態度だ、ケーシーの顔にも居ずまいにも、自信があふれている――」

マドビル・チームの最高の打者、ケーシーが逆転打を放ってくれることに最後の期待をつなぐ内容の詩のリズムに合わせ、バドは勢いよく打ちつけ始めた。アンパイアがストライク・ツーと言うところに来る頃には、バドは大きくあえぎ体も震えていた。記憶をたどって言葉をそらんじることが、頭の中で血をめぐらせる役目を果たし、そのことだけがかみそりの刃の上にいるような状態のバドをその場に押しとどめていた。クレアはバドにしがみついている。柔らかくて紅潮し、腿《もも》を大きく広げる。バドはいっそう強くクレアを抱きしめ、さらに激しく打ちつけた。暗誦は記憶の中から勝手に出てくるようになっていた。五感は何も感じなくなっていて、全神経がペニスに集中していた。クレアの柔らかさの中に入ったり、出たり……。

「どこかで男たちが笑っている、どこかで子供たちの歓声が上がる――」クレアがバドの首に歯を立てた。軽く。牝馬《めすうま》が相手の牡馬《おすうま》にする行為だ。これにはもう耐えられず、バドは悲鳴を上げた。クレアの髪の中でバドの声がくぐもって聞こえる。バドは激しい勢いで爆発し始め、荒々しく狂おしく体を動かした。精液は脊髄《せきずい》から直接噴射されたのかと思うほどで、その証拠にバドは立っていられなくなり膝から洗濯機にもたれかかって、体を支えなければならなくなっていた。バドはこれまで病気で寝込んだことは一度もなかったが、ふと病気になって体が弱くなるという感覚がわかったような気がした。筋肉にまるで力が入らず、へなへなと崩れる感じがする。立っているのがやっとで、クレアをつかんだ手だけが、床に落ちてしまうのを支えてくれるようだった。心臓が大きな音を立て、目の前が暗くなるようにさえ感じられた。

嘘《うそ》だろ。激しくやりすぎて死ぬことなんてあるのか？

「ねえ」クレアがほうっと息を吐き、バドの肩に顔を預けた。その声から、クレアが笑っているのが感じられた。「作者のアーネスト・セイヤーは間違ってたわけね。強打者ケーシーは、空振り三振にはならなかったもの」

その言葉にバドも笑い出し、バドは自分でも驚いた。自分の口からそんな朗らかな笑い声が出たとは信じられず、誰が笑ったのだろうと思ったぐらいだった。バドはめったに笑うことはない。人生はそんなに楽しいものではなく、警察官という職業上、自分を笑わせてくれるものとはめったに出会わなかった。ところが、クレアの家で、今日はもう何度も大声で笑っている。心からの、本当の笑い。信じられない。何もかもが信じられないことばかりだ。美しい女性をこの腕に抱き、どうしようもなく情熱的なセックスをし、体が激しく反応した。

そして、これだ。

セックスについては、もうこれ以上のことはないと思ってきた。何もかも教わり、実際に体験もした。ありとあらゆる体位を試し、挿入できる場所にはあらゆるやり方で入れてみた。

しかし、韻を踏んでセックスをするというのは初めての体験だった。

9

その夜、クレアは長い時間をかけて熱いシャワーを浴び、筋肉痛を感じるところをもみほぐした。どうしてこういう筋肉痛になったのかを思い出すと、笑みがこぼれる。バドは午後にもまた、むさぼるようにクレアの体を求めた。豪華なランチを作ってくれて、クレアが仔牛肉《こうし》のピカタが食べたいと言うと、フォークでクレアの口まで運んでくれた。もちろん、人に食べさせてもらったことはある。病気のときは自分でフォークを持つ力すらなかったからだ。

しかし、バドがしてくれたのは、そういうのとはまるで違う。歩くセックス・ロボット並みに疲れを知らない、とびきりかっこいい男性から、金色に輝く瞳《ひとみ》で見つめられ、さ、口を開けてと言われるのは、病気のときとは完全に違う。

そんな体験が今日の午後に起きたのだ。

クレアは、体のすべてをバドに開いた。口、腿《もも》、セックス……心。

いつまでも二人でランチを楽しんだあと、バドはしごく簡単そうに、あの難しそうなイタリア製のエスプレッソ・マシーンを操作し、最高のエスプレッソをいれてくれた。コーヒーの芳香が家じゅうに満ちた。バドはどんなことでも完璧《かんぺき》にやってのける。雪道のドライブ、料理、エスプレッソのいれ方、棚の取り付け。

コーヒーのあと、二人は居間に移動し、バドはくつろいで、大きな足をコーヒーテーブルがわりの箪笥《たんす》にどん、と載せた。中国製の見事な彫り物が細工してあるものだった。そしてテレビをつけた。

フットボールの試合をやっていて、バドは真剣な顔で観ていた。その結果で十ドルを失うか儲《もう》けるかということだった。クレアはフットボールの試合など今までに見たこともなく、ルールもちんぷんかんぷんだった。やかましくて、いろんな色彩があふれていて、その荒々しさにショックを受けた。興奮しきった大観衆が、けばけばしい服装で応援している。露出の多い衣装のきれいな女の子たちがポンポンを元気よく振っている。ものすごく肩幅の広い巨大な男性たちが、体のわりには細い脚で、とてつもなく広い競技場を縦横に走り回っている。バドの説明では、彼らはプレイブックと呼ばれる作戦図にのっとって、走っているのだそうだ。神秘の世界だ。クレアのいる世界とはまるで異質のところであり、アマゾンかどこかの未開の土地の部族の原始的な儀式を見ているような気分だった。

ひときわ大きな男がボールを脇《わき》に抱え、これまたぞっとするほど大きな男たちが群れをなしている真ん中を突進していった。クレアは訳《わけ》がわからない、という顔をしてバドを見た。「ボールに手で触れてはいけないんだと思ってたんだけど。それに、ボールってまん丸のものじゃないの？」

バドはテレビを見たまま、笑った。「そいつはサッカーだよ。これはアメリカン・フットボールだ」

「ああ、そうなの」クレアは脚を抱え込むようにして、裸足《はだし》のつま先をぴったりバドの足先につけ、ソファにもたれかかった。ソファの背にバドが腕を乗せているので、体が包み込まれるようになる。クレアはテレビ画面より、お互いの足先があまりに違うことに見とれてしまっていた。バドは足先すら完璧だ。細長く、腱《けん》がきれいに見えて、ふわっとした金色の毛が足の指に生えている。「あなたはどこを応援してるの？」

「シアトル・シーホークス」バドは画面を見たまま顔をしかめた。リモコンを手にしたままだ。ここに座ってからずっと、リモコンを放そうともしない。なるほど、あれは本当だったんだわ、とクレアは思った。Y染色体を持つ人類は、遺伝的にリモコンを持っていなければならないという強迫観念があるらしい。その話を雑誌では読んだことがあったのだが、実際それを目にするのは初めてだった。「俺《おれ》が応援してたって、チームの助けにはなってないけどな」

画面では何かが起きていて、バドは、はん、と不快そうな声を出したが、歓声が上がり観客がわきたつようなことだったらしい。それを見ていたクレアは、何度となく身をすくめた。あんなことをしたら、すごく痛いはずだ。

「大まぬけ」大きな男が別の大きな男にぶつかっていったが、弾《はじ》き飛ばされたのを見て、バドが文句を言った。「がんばれよ、ネイト、たまにはまともな仕事しろよな」

こんなにも……ありきたりな生活。男性と女性がいる。寒い冬の日曜の午後、昼食のあとテレビの前で、フットボールを観る。

今日という日が来るまで、こんな日常が自分の人生の一部として存在することになろうとは、思ってもいなかった。なんて心地のいい時間なのだろう。まさにこの瞬間、何百万人という女性が同じように時を過ごしているのだ。ボーイフレンド、かけがえのない人、人生の伴侶《はんりょ》。時代によって呼び方はさまざまだろうが、自らの選んだパートナーと一緒に。

けれど他の女性とは異なることが、クレアにはある。一緒にテレビを見ている相手がバドなのだ。他の女の人の横には、これほどハンサムで欲望を駆り立ててくれる男性はいないはず。ほくそえみながら、クレアは画面に向かって怒った顔をしているバドを見た。セクシーで、ふきげんそうにしているところが、かわいい。これほど大柄でタフな男性を、かわいい、というのが正しいかどうかはわからないが、今はそう見える。画面で何かが起きて、大きな男性が次々と重なり合っていった。かわいそうに、いちばん下になった人の上には二十人以上もの男性が乗っかって、押しつぶされそうだ。バドが怒って、ぴしゃっと膝《ひざ》を叩《たた》いた。クレアはその様子が楽しくて、大声で笑った。バドが振り向いてクレアを見る。

するとその瞬間、空気が変わった。

バドはじっとクレアを見たまま、リモコンに載せていた親指を押した。クレアはバドの視線に見入られたように動けず、テレビの音が小さくなっていった。

息が苦しい。あの獲物を狙《ねら》う金色の輝きがバドの瞳に戻り、クレアをその場に釘付《くぎづ》けにする。そしてバドが手を伸ばしてきたと思ったら、次に気がついたときには二人は服を脱ぎ捨てていた。バドはクレアの中に入って腰を前に突き出し、クレアの腿は バドの腰をしっかりはさんでいた。今回は、バドは最後まで動きを止めることもなかった。バドにのしかかられて、クレアはなす術《すべ》もなくあえいでいた。彼に上に乗られている感覚は好きなのだが、あまりに重いので息ができないのだ。クレアは心の中で、今はどちらが必要なのだろう——体の上にバドを感じることか、息をすることか——と考えた。テレビの中で何かが起こった。音声は小さくしてあったが、わっというような歓声だ。スタジアムの半分で観客が立ち上がって、らっぱを鳴らし拍手している。選手がフィールドをあとにし始めている。

クレアはなんとか言葉が出るくらいの息を吸い込んだ。バドの体は信じられないぐらい重かった。全体重をクレアに預け、クレアの首筋に顔を埋《うず》めている。

「どっちが勝ったの？」あえぎながら、クレアがたずねた。

「どっちだっていい」バドはそうつぶやくと、クレアの首に唇を寄せた。

そのとき体を横たえていたのは、スザンヌがクレアのためにイタリアに特注してくれたものだった。今後、このかわいくて黄色いソファを見るたびに、バドを体の奥に感じながら過ごした一時間半のことを必ず思い出してしまうのだろうとクレアは思った。

そのあと夕食をとったが、メインだけでも三種類もある豪勢なものだった。クレアは、窓の外で空が暮れなずんでいくのを見ながら、すべてを堪能した。一日じゅう、雪が降ったりやんだりしていて、薄くて白い繭《まゆ》の中に二人で閉じ込められたような気がした。クレアは、明日はどうなるのかということは、できるだけ考えないようにしていた。月曜の朝というのは、誰《だれ》にとっても気の重いものだ。しかし、クレアにとってはさらに、それはつかの間のファンタジーの終焉《しゅうえん》を告げるものだった。

クレアはシャワーを終え、髪を乾かして体じゅうにローションを塗った。バドが愛してくれた部分では、思わず手が止まってしまう。それからネグリジェを着た。フリルのついた薄い黄色のシルクで、これならバドを燃え上がらせることができるのでは、と期待していた。

バドはもうベッドでクレアを待っているはずだ。セクシーな男性らしい体が自分だけを待っていると考えると、心臓がどきん、と音を立てる。体じゅうの細胞、髪の一本一本、脈の一拍ずつを、強烈に意識してしまう。自分の体全体がバドを受け入れようとしているのが、五感すべてから伝わる。今までの人生で、今日のような一日を過ごしたことはなかった。そして、今後も二度とないかもしれない。それはじゅうぶんわかっている。そしてまだこれから。一日は終わっていない。

寝室の外で、クレアはふと躊躇《ちゆうちよ》した。ドアは漆塗《うるし》りで、淡いグレーにしてある。スザンヌと一緒に選んだ色だ。家の装飾の話をしたときには、音楽を聴いたり読書をしたりして、ひとりぼっちの長い夜を過ごすことになると想像していた。ときにはコレステロールと糖質ばかりの冷凍ピザを電子レンジでチンするぐらいの、興奮も何もない夜。寂しさも紛れるかもしれないと、猫を飼ってみようかとも思っていた。

優雅なグレーのドアの向こうに、よだれをたらしそうないい男が自分を待っている夜が来ることは、一切考えていなかった。おそらく、スザンヌもそんな体験をしたことはないはずだ。スザンヌは体が弱かったことはないが、男性に対しては信じられないほど好みがうるさくて、ベッドを共にする男性の数は非常に少ない。バドのような男性は問題外だろう。アレグラは美人だが、特別な男性というのはいなかったし、コーリーの事件のあとは、完全に男性をシャットアウトしている。

ところが、自分はどうだ。クレア・パークス、バージンを卒業したばかり。今までの自分と友人たちの生活に欠けていたセックスをこの週末に取り戻し、全体として平均に近づくことになった。

ドアに手のひらをあててみる。興奮がふくれ上がり、息づかいも荒くなる。震える手でドアを開けて中に入ると、驚いて目を見張った。

部屋には電気はついていなかった。必要なかったのだ。バドは家じゅうのキャンドルを持ち出して火をともしていた。鏡台の上に並べ、セックスを祀《まつ》る祠《ほこら》のようにしてあった。いい香りがする。クレアはバニラの匂《にお》いのキャンドルが好きなのだが、その匂いが体を包んでいくのがわかった。そして匂いは体の中を暖かく金色に染めるように流れていった。炎がちらちらとブロンズ色に輝き、暖かな部屋をアロマの香りが満たす。窓の向こうの青白い満月が雪の白さに反射している。

これだけの明かりがあれば、バドの様子は見える。その姿に舌なめずりできるぐらい、じゅうぶん見える。ベッドの頭板にもたれかかり、広い肩が薄明かりに輝いて見える。裸で、完璧なまでに見事に勃起《ぼっき》している。顔は影になっているが、あの金色の瞳が暗がりに光っている。

「そこで止まるんだ」バドが低い声で命令した。

クレアは言われたとおり、立ち止まった。興奮のあまり、つま先に力が入り、足の指がカーペットをつかんでいる。バドのこの声の調子、この瞳の光はもうわかっている。とてもわくわくすることが、もうすぐ始まるということだ。今にも。

「きれいなネグリジェだ」かすれた声でバドが言った。「でも、脱いでくれ」

「脱ぐの？　自分で？」クレアは少しすねたような顔をしてみせた。このネグリジェで計画していたこともあり、その計画ではバドに触れてもらう必要があった。自分で脱ぐのは、クレアの妄想の中にはなかった。「あなたが脱がせて」

「だめだ」低く張りのある声でバドが命令する。「脱げ、今すぐ」

バドは興奮すると文章をきちんと話せなくなるらしい。こらえきれなくなる寸前には、単語を区切って発するだけになる。

クレアはシルクの布地をふんわりと指に取り、裾《すそ》を持ち上げた。ゆっくり、ほんの少しだけ。今日一日、クレアはずっとバドに野生そのものの姿をさらけ出していた。そんな状態にしてしまったバドへのお返しをしてあげるべきだろう。

彼のものがさらに長さを増すように伸び、腹部から浮き上がった。

バドの体と自分の体が完全に呼応している感覚がクレアに起きた。勃起さえ自分のもののように思える。今日の激しさを思えば、バドがまだ興奮しているのが不思議だが、バドは実に、ひどく興奮しているようだ。これほどまで男性には強い欲望があるとは、愛読していたロマンス小説には書いてなかった。私にネグリジェを脱げって言うの？　バドが自分で脱がせたがると思ったのに。今日は何度も脱がされたが、あっという間に裸にされた。女性を脱がせるのも上手。私を裸にするのが、バドは得意なのよ。そのことには何の不満もないし。でも彼が少し変わったことをしてみたいのなら……。

クレアはシルクのネグリジェをするりと持ち上げ、くるぶしからふくらはぎのあたりまで見せた。バドの息づかいが聞こえる。目にすることさえできる。バドの胸は息をするたびに大きく盛り上がり、上腕が左右に開いた。大きくなったペニスが脈を打つところも見える。

自分がバドをこんな状態にしているのだと思うと、クレアはうれしくなり、興奮が高まっていった。

クレアはネグリジェをさらに引き上げた。クレアが何かするたびに、バドの体が反応する。ああ、すごいわ。

「脱げ」バドが必死の形相で声を上げた。「悪ふざけは終わりだ。そのいまいましい布をさっさと取ってくれ」

「あら？」クレアは柔らかな布地をたぐり寄せた。裾が膝にあたっている。その位置で両手にネグリジェを絡めて、左右にさっさっと振り回す。ちょうど小さな女の子がよそいきのドレスを買ってもらったのがうれしくて、みんなに見せびらかしているような動きだ。「今？　今すぐなの？」

バドに対して、自分がこれほどの影響力を持っているのだと実感して、クレアは有頂天になった。こんな夢心地をすぐに手放したくはない。バドの横隔膜の動き、彼のもの、固く握りしめられた手を見ることによって、裾をどれぐらい持ち上げればいいか決めればいい。

「今すぐだ」バドの頬《ほお》が大きくうねる。よほど強く歯を食いしばっているのだろう。「急ぐんだ」

わかったわ。

バドをいたぶる感覚はわくわくするものだが、裸になるという誘惑にも、もはや勝てなくなってきた。

また次の機会にきちんとストリップを見せてあげようとあきらめて、クレアはネグリジェを頭から脱いだ。さらさらと音がしてネグリジェが床に落ち、薄く黄色いシルクの塊ができた。脱いだごほうびはじゅうぶんだった。バドの瞳が燃え上がっていた。

これからね。

バドが手を伸ばしてクレアの体を抱き上げたと思ったら、次の瞬間にはクレアはもうベッドに仰向けになっていた。バドが膝でクレアの脚を広げ、上に乗りかかってきた。その次には、バドはクレアの奥深くへ熱く硬いものをするりと入れていた。

奥のほうまで届くと、バドは動きを止めた。肘《ひじ》で自分の体重を支えているが、体は小刻みに震えている。首を低く垂れ、肩で大きく呼吸を繰り返す。動くのが怖いようにさえ見える。

しばらくしてからバドは目を開けた。黄金《こがね》色の瞳は鷹《たか》のように獰猛《どうもう》に光っている。

「痛いところはないかな?」

「痛いところ?」クレアは少し身じろぎした。バドは体重を腕で支えているため、呼吸も楽にできた。「全然。すごく快適。どうして?」

「背中でシーツがしわになってるとか、髪の毛がはさまってるとかもないな?」抱き上げられたとき、バドは髪をさっと上に払ってくれたので背中に髪を敷いてしまうこともなかった。

「すごく快適よ」クレアはそう言って、笑顔でバドを見上げた。バドからは笑みが返ってこなかった。何かを決心したような、厳しい顔をしている。バドの頬は紅潮し、ぴんと張り詰めている。目を細めてクレアを見ると、顎《あご》の筋肉がうねるように動いた。怒りのようにも見えるが、そうではない。他の男性がこんな顔をしていたら、怖いと思ってしまうぐらい、バドは獰猛で危険な表情をしていた。しかし、クレアは恐れてはいなかった。これはバドだから。彼に傷つけられることは、けっしてない。「どうしてそんなこと聞くの？」

バドは腰を動かし始めた。前に押し出して、さらに深いところまで入ってくる。

「確認しておきたかったんだ」そしてささやくように付け加えた。「理由はな、これからずっと長い時間、君にはこの姿勢のままいてもらうからだ」そして二人の視線が合った。「ひと晩じゅう、やってやるからな」

10

十二月十四日

翌朝、クレアはうーんと伸びをすると痛みに体をすくめた。体じゅうが痛い。特に脚の間はひりひりする。べたついてもいる。

いつ終わるともしれない熱い夜だった。一度など、大きく開脚したまま腰を上げさせられた。膝《ひざ》のあたりで脚の位置を押さえられているので、何もかもをさらけ出すことになり、バドはその体勢に乗じて、欲求の限りを体で打ちつけてきた。クレアは何度絶頂に達したかもわからなくなってしまった。夜の間に二度、クレアは「もうだめ、やめて」と訴えたが、バドは「これから、もっとだ」とうなり声を上げ、さらに力を込めて腰を突き出した。

バドの言うとおりだった。結局バドにしがみついて、もっと、と懇願することになった。

途中では、奔放で激しくなることもあり、そんな状態に不安を覚えることもあった。すっかり我を忘れてしまうようなところまで、バドに追い立てられた。火だるまになって燃えつき、そして新しく生まれ変わったような気がした。セクシーで奔放、リスクを恐れず、限界に挑戦する女性。闘いに飛び込み、勝つ女。

クレア・パークス、別名、ワンダー・ウーマン。

目が覚めたとき、クレアはまず自分の存在を感じ取った。そして、自分の体があり、彼の体があることを意識した。その過程のすべての段階で、意識はきちんと体とつながっていた。ひりひりするところのある、酷使された体。幸せな体。別のところにいるふりなどしなくてもいい。もうそんな必要はない。ここにこうして、バドと一緒にベッドにいる。温かくて、ひとりぼっちではない。

バドの胸に頭を預けて寝ていたので、胸毛がくすぐったかった。寝ていたのはほんの数時間だが、しっかりよく寝たという気がした。じゅうぶん休養し、どちらかといえば、エンジン全開という感じ。

そして、完全に、完璧《かんぺき》に幸せだった。

輝かしい未来に向けて、自分のためのドアがさっと開いたような気がした。日中は新しい仕事をして、夜はバドとの時間。週末はずっと一緒にいる。

父親をどう説得するかは、確かに頭の痛いところだ。父は、娘の相手がバドのような男性になろうとは夢にも考えていなかったはず。しかし、バドこそ、クレアが夢見ていた男性なのだ。いや、こういう男性が存在することすら、クレアにはなかなか想像できなかった。バドはクレアの運命の人、クレアのためにこの世に生まれてきた男性のはずだ。父にはそのことを理解してもらうしかない。

お父さまはそのうちわかってくれるわ。だめなら——どうだっていいじゃん。

クレアはふと、父に対してひどいことを考えてしまったことに気がつき、恥ずかしくなった。父はクレアを愛している。娘を守ろうとするあまりに、クレアに息の詰まりそうな気分をさせてしまうのだが、それも、クレアが長年病気で、心配しどおしだったからだ。クレアを失うことになるかもしれないという恐怖から、いつまでも手のかかる体の弱い子供としかクレアを見られなくなったのだ。娘に肉体関係のある恋人ができたということすら、父にとっては認めるのが辛いことだろう。その恋人というのがタトゥのある肉体労働者だと知ったらどうするだろう。パークス財団で働いているような、教養があって死ぬほど退屈な、そして、しかるべき尊敬を集めるような男性なら、娘の相手にふさわしいと思うかもしれない。ただ、クレアが我慢できるような男性は財団にはまず見当たらず、しかも女性の恋人を持とうとするストレートな男性となるとさらに数は減る。

バドを娘の恋人として受け入れるのは、父にとっては最初は難しいことだろう。ただ父はパークス一族の四代目の跡取りとして巨額の財産を持って生まれ育ってはいたものの、人を見下すようなところはない。本質をきちんと見抜ける人物で、誘拐犯のローリー・ギャベットからクレアを救出してくれた警官のことは、いまだにほめ続けている。出自などで、人を判断したりはしない。そのうち、父もクレアと同じぐらい、バドに愛情を感じるようになってくれるはずだ。

愛情？

ああ、そうなんだ、とクレアは気づいた。バドを愛している。何の迷いもなく、そう言いきれる。外見上は、クレアは子供のように見られる。年齢よりは、はるかに幼く見える。さらに、今までバージンで、男性との交際やセックスの経験もなかった。しかしだからといって、しっかりした考えを持っていないということではない。バドの中にある強くて男性的なよさというものが、きちんと理解できるのだ。

クレアは顔を上げてバドにほほえみかけた。温かな朝のあいさつと熱いキスを期待していた。ところが思いつめたようなまじめな表情を浮かべる視線にぶつかってしまった。バドは両腕を上げて、手を頭の下で重ねていた。目が覚めて時間も経っているのだろう、真剣な表情で、クレアの様子を気遣わしげに見ていた。その表情に、クレアは驚いた。温かくも、セクシーでもなく、クレアを見て喜んでいるふうでもなかった。

「話がある」

「クレア」重大なことを伝えようとする口ぶり。

ああ、どうしよう。

心臓が激しい勢いで飛び出し、どさっと音を立ててもとの位置に落ちてきた感じがした。バドの顔は――以前にもこの表情を見たことがある。腫瘍《しゅよう》科の担当医が、骨髄移植がうまくいかなかったことを告げるとき、まったく同じ表情を浮かべていた。これ以上手の施しようはありません、クレアの命はよくてもあと三ヶ月ぐらいです。運命を受け入れるしかないのです。

ああ、だめ、どうしよう。こうなることはわかっていたのに。バドとは一夜限りの付き合いだったのだ。実際は二夜になったが。なのに心が、気持ちが勝手に動き出していた。これは週末だけの関係で、二夜になったが、ただやるだけ――そのものずばり、それだけ。バドのほうでは合図のようなものを出していたのに違いない。しかしクレアはそういった経験が足りなくて、無言のサインを見逃していたに違いない。クレアは、二人の関係はそれだけではない……もっと深い意味のあるものだと思い込んでいたが。

クレアにとっては、深い意味があった。しかし、バドにとってはそうではなかったのだろう。

クレアは即座に、感謝してるわ、という態度を取ることにした。何年も、そういう態度を取ることで生きてこられたのだ。どれほどひどいことが起きても、ありがたいと思える些細《ささい》なことを見つけてそれにすがりついてきた。そうしなければ、耐えられなかった。それ以外の気持ちを持つと、どうしようもなく落ち込んで浮かび上がってはこられない気がした。

感謝すべきことは、実際たくさんある。女性が望み得る最高の形でセックスの世界への扉が開かれた。バドのおかげだ。この二日間で、スザンヌやアレグラが過去二年間に味わったのを併せたよりもたくさんのセックスを経験した。本当にすばらしい時間で、ありがたいと思っている。バドにさよならを言うことを思うと胸が詰まって痛みを覚えるほどだが……いや、痛みなら過去に経験している。そして、痛みなんかには負けなかった。

クレアは覚悟を決め、涙をこらえた。泣くのはあとでいい。ひとりになってからだ。クレアは泣くときは、いつもひとりになる。泣き方は、ちゃんと心得ているのだ。「いいわ」落ち着いた声が出た。動揺を表さず、一切の感情を隠した顔になった。バドには、心臓が早鐘のように鳴り響いているのはわからないはず。緊張に胃がせり上がってきているのも知らないだろう。大丈夫、きちんとこなせる。いつだってうまく対処してきた。「話を聞きましょ」

バドがクレアの目を見つめ、そしてうなずいた。秘密をついに見つけたぞ、という顔をしてる。

「君を愛してるんだ、クレア」静かにバドが言った。

えっ？　嘘《うそ》でしょ。

クレアの頭の中で何かが、がんがん鳴り響いていた。ショックで音は大きくなっていく。しばらくしてから、その音は自分の頭の中の細胞で響いているのではなく、実際には玄関のベルがしつこく鳴っているのだということに、クレアは気がついた。居間のほうを向いて顔をしかめる。「誰《だれ》かしら？　私がここに住んでることは、誰も知らない……」

振り向くと、さっきまでのバドは完全に消えていた。セクシーでいたずらっぽい恋人、情熱的な金色の瞳《ひとみ》のバドはすっかり影をひそめ、そこにいるのは、知らない男性のような気がした。冷酷で、人間味を感じさせないサイボーグのようだ。粗暴そうで、黄色の瞳に何の表情も浮かべず無感動な顔をしていて、バドが突然見知らぬ男になってしまったことに、クレアは恐怖を感じた。

バドはクレアの肩を大きな手で押さえた。「ここにじっとしてろ」ごく低い声で命令した。「動くなよ」

音も立てずに、バドはさっとベッドから降りてスエットパンツをはき、洗面道具や替えの衣類を詰めていたバッグを手にした。クレアがショックを受けたのは、バドがその中から銃を取り出したからだった。大きな黒い銃を、バドは自分の腕の一部のように抱えている。銃の側面に何かをした。かちっと音がして、クレアは今までにさんざん読んできた推理小説での記憶から、バドが安全装置をはずしたのだとわかった。

この男性――大きくて強そうな体で、ぞっとするほど冷たくて危険な瞳の男性は、今、武装したのだ。そしてすばやく玄関へと移動していった。

クレアはぽかんと口を開けて、その姿を目で追った。ショックで身動きもできなかった。見ているとバドはドアに近づき、戸口の一方に体を寄せると銃口を上に向けて、ぴたりと耳の横につけた。またベルが鳴る。そしてドアがどんどん、と叩《たた》かれ、かすかに不安そうな声が聞こえてきた。「クレア！　クレア、ここを開けなさい。いるのはわかってるんだよ」

まあ、どうしよう。お父さまだ！　パリから予定より早く戻ってきたんだわ。

クレアは大急ぎでベッドから出て、ネグリジェを身につけた。居間へと走っていく。

「バド！　撃たないで！　私の……」

間に合わなかった。バドはのぞき穴から外を見ると銃を下げ、体の横にぴったりとつけ、ドアを開けた。クレアの父は転げ込むように入ってきた。バドが父の体を起こした。

「ミスター・パークスじゃないですか！」バドが驚きの声を上げた。

「モリソン警部！」クレアの父が言う。

「お父さま！」クレアが叫んだ。

バドがクレアのほうに振り向いて、眉《まゆ》をひそめた。「お父さま？」

クレアはバドをにらみ返した。「警部？」

11

十二月十四日
パークス家の邸宅

つまり彼女は本当にプリンセスだったってことか。バドはその夜、むっつりと考え込んでいた。パークス家の大邸宅に夕食に招かれたのだ。

もちろん、本物の王女というのではないし、王冠があって国を代表するということでもないが、似たようなものだ。パークス一族は王族と言ってもよい。少なくとも、オレゴン州ではそうみなされている。パークス財団にパークス現代美術館、それに聖ジュード病院の小児科にはイライザ・パークス記念病棟というのまである。夏になるとパークス中世音楽フェスティバルも行なわれる。

パークス家の寄付のおかげで、ポートランド市警本部のコンピュータシステムは、最新鋭のものになっている。バドがクレアを救出したあと、当主のパークス氏はパークス財団に対して、警察が必要とするものはすべて、財団で資金を提供するようにと明確な指示を出した。バドの働く十三階には、すっかりおなじみの冗談がある。バドは金の鵞鳥《がちょう》に手を触れたゴールデン・ボーイで、パークス財団がいくらでも金の卵を産んでくれるというものだ。

ということは、あの身も心もぼろぼろにされて怯《おび》えきっていた、髪の毛のない女の子がクレアだったのか。あの子は、ローリー・ギャベットのワゴン車のゴミだらけの床《ゆか》に転がっていた。俺《おれ》のクレアが、あの子だったとは。ウェアハウス・クラブで会ってもわからなかったのもしょうがない。

当時彼女は——いくつだ、十五歳か。たぶん体重は三十キロちょっとだっただろう。髪の毛はまったくなかった。目隠し、さるぐつわをされ、手足も縛られていた。今でも、はっきりと覚えている。彼女の口の周りのテープを取り、手首と足首の紐《ひも》を切って抱え上げたときのこと。バドは撃たれて弾丸が体内にとどまり、痛みがひどく体がショック反応を起こしかけていて、歩くのもやっとだった。大量に出血もしていた。しかし、あの小さな女の子——そのときはおそらく七歳か八歳ぐらいだと思った、としても十五歳とは思えなかった——はあまりに軽くて、バドは簡単に抱えることができた。

ショックに見開かれた大きな青い瞳《ひとみ》は覚えている。体をがたがたと震わせていたので、今にも折れそうな骨が、本当に壊れてしまうのではないかと心配になったことも。そう、あの女の子と、今のほっそりしているがセクシーなクレアを結びつけて考えることなどとうていできない。

彼女のほうでバドのことがわからなかったのも無理はない。前のときは、恐怖のあまりバドの肩に必死ですがりつき、顔はバドの首に埋《うず》めていた。当時はバドも制服警官だった。パトロール中の若い警官で、偶然、パトカーで無線での緊急配備を耳にし、手配中の八七年型青のシボレーのワゴン車を見かけたのだった。誘拐された少女が車の中にいた。制服を着ているとその印象が強く、どういう人だったかというのは覚えていないことが多い。

さらに、そのときのバドは頭からつま先まで、泥と血にまみれていた。バドは無線で応援を頼んだあと、機動部隊が到着するまで彼女を抱きかかえていた。そのうち近くをパトロール中のパトカーが二台と、救急車がやってきた。救急隊員に小さな女の子を手渡すと、それまでなんとか持ちこたえていた意識を完全に失ってしまった。出血多量で、三日間意識不明が続いた。意識が戻ったときには、パークス家の手配で、クレアはスイスにある療養所に送られたあとだった。すばらしい医療ケアがあり、二十四時間体制で武装したボディガードが敷地を警備しているという話だった。

この二日間セックスした相手が、クレア・パークスだったなど、想像できるはずがない。相手が誰《だれ》かと考えると、ぞっとする。パークス家の人間とは、接点などないはずだったのだ。

パークス家の邸宅は、宮殿といってもじゅうぶん通用するような場所だった。

私道に車を入れていくうちに、バドの心は沈んでいった。とてもバドのような人間が出入りする場所ではない。広大な敷地に四階建ての石造りの屋敷が灰色にそびえている。そこそこの大きさのある国の王宮といってもいいぐらいだ。バドが生まれ育ったトレーラーハウスは、広々とした玄関ホールの片隅にすっかり収まってしまう。ただし、この黒と白の大理石のホールには、まるでそぐわないものになるだろう。

六メートル以上もあるマホガニーのダイニングテーブルに、ずらりと銀器が並ぶが、この銀器だけでもバドの一ヶ月の給料以上はするだろう。さらに壁にかかっている数々の絵画は、一枚でもバドが一生かかって稼ぐ金額より多いはずだ。

どのフォークを使えばいいかというテーブルマナーを身につけていたのは、まったくの幸運といってよかった。フォークが四本、スプーンが三本、ナイフが四本、そして金模様の縁《ふち》のついたクリスタルのグラスが四つ。

どのフォークが何の料理に使われるのか、バドは承知していた。

軍隊というものは、一人前の人間を作り上げる大きな装置のようなものだ。一方の端から、荒っぽい下層階級の少年、つまりバドのような子を吸い込む。そういう子は正式な食事の席に着いた経験もなく、多くの場合、缶詰の食品を缶からそのまま食べる生活をしてきている。そして、反対側の端からはフォークの使い方をわきまえた殺人機械を吐き出すのだ。

つまり、バドは銀器の使い方を知っている。さらにどういう順序で使えばいいかもわきまえている。ただ任務の忙しさの中、警視総監主催の新年ディナーパーティ以外の場所ではその知識を使うことはない。だとしても、みっともないことだけはしたくないとバドは思っていた。水のグラスから赤ワインを飲んだり、肉用のナイフでパンにバターを塗ったりはしない、フィンガー・ボウルの水を飲んだりもしないぞ、そう心に決めていた。しかしマナーは完璧《かんぺき》でも、ひどく居心地の悪い気分であることには違いない。

いったい、何でまた俺はこんなところに来てしまった？

クレアとクレアの父にどうしてもと言われたからだ。クレアの父は常にバドに対する感謝の気持ちが強く、今までも恐縮してしまうことが何度もあった。ギャベットが放った銃弾がたまたまバドの胸を貫いたのだが、その傷からの回復を病院で待っていたとき、ホラス・パークス氏は巨額の見舞金を送ってよこした。バドはその金を即座に送り返した。

「ローストビーフをもう少しいかが、警部さん？」パークス家の家政婦、ローザがサービス用のトレーを手に、こぼれるような笑顔を向けてきた。ローザもパークス氏と同じだった。

バドは屋敷に到着したとき、これからどうなるのだろうと重い気持ちを抱いて玄関を入った。するといきなり丸い塊にどすんとあたった。白髪《しらが》頭をバドの胸に押しつけ、ふくよかな腕でバドを抱きしめてローザが大声で話し出した。「お嬢ちゃまを助けてくださった方ね。うちのかわいい嬢ちゃまを」あとでイタリア人だとわかったが、強い外国語訛《なま》りで、ローザはバドをほめたたえる言葉をまくしたてた。

非常にばつの悪い状況だった。クレアとその父はそういうバドを助けようともしてくれない。二人は横で立ったまま、ローザがバドのよそいきのシャツをほめるのを聞いていた。さっき買ったばかりのものだった。決まりが悪くて、ええ、まあと言いながらバドはローザの背中を軽く叩《たた》いた。

席に着いてからは、ローザはひたすらバドにもっと食べろと勧め続けた。バドの皿には食べ物を山盛りにし、それがどのコースでも繰り返された。もう五番目の皿だった。たっぷりの食べ物はどれもおいしくて、バドはすべてをきれいに平らげた。何もかも食べたのは、二度目の、いや三度目のお代わりを断ろうとすると、ローザの下唇がわなわな震えるからだ。バドは陸揚げされた鯨《くじら》のような気分だった。

「タイラー君」ホラス・パークスが笑顔で話しかけてくる。「ポテト・グラタンを試してみたまえ。ローザの得意料理でね」何か話さなければ。パークス氏自らは、食べ物をフォークの先でつついているだけだ。非常に高齢のパークス家当主は、痩《や》せ細ってぽきんと折れそうだ。小鳥みたいな体で小鳥ほどにしか食がすすまない。バドにはにっこり笑いかけてくる。「精をつけんとな」

バドは顔が赤らむような気がした。バドが摂取したエネルギーをこの週末どうやって消費したのか、老パークスにはだいたいの想像がついているはずだ。

ローザは憧《あこが》れにも似た表情でバドを見つめ、見事なローストビーフをもう一枚バドの皿に置いた。四枚目だ。そして、馬でも喉《のど》がつかえるのではないかというほどの量のポテトをどさっと盛りつけた。肉として売られる前にじゅうぶんな脂肪をたくわえさせられる牛になった気がして落ち着かなかった。どうしてこれほど食べさせられるのだ？

「その意気だ、タイラー君。それでいい」老パークス氏が顔を輝かせる。「ローザをがっかりさせたくはないからな。そうだろ？　君が来ると知って、一日じゅう腕によりをかけてがんばったんだぞ」

「そのとおりよ、タイラー警部」クレアが口をはさむ。少しばかり皮肉な調子が混じっている。「どうぞ、もう少しお肉を召し上がって。ローザが喜ぶわ」

バドの本名と職業を知ってから、クレアはいくぶんバドを責めるような態度を取っていた。確かにバドの本名はタイラー・モリソンだが、今までずっと誰からもバドと呼ばれてきた。もちろん警察で重要な役職にあることを言うには至らなかったが、その理由は、二人はほとんどセックスをしていて話す時間などろくになかったからだ。さらに、クレアのほうこそ、自分が何者かを言ってくれるべきだった。

バドは体の向きを変えると、目をすがめた。「確かにそうだね、ミズ・シャイラー」クレアは顔を赤らめるぐらいの良心は持ち合わせていた。バドは事実をいくつか言わなかっただけだが、クレアははっきり嘘《うそ》をついたのだ。クレア・シャイラーなど、と、まったく。

パークス氏が咳払《せきばら》いをして、その場をなだめた。「ところで警部、ロングマンが引退したあとは、新しい警視総監には誰がふさわしいと思うかね」

まいったな。老紳士は今度は政治絡みの話を始めたぞ。地雷を上手によけて通らないとな。パークス家の影響力は絶大だ。その当主の意向は強力にさまざまな分野に反映される。

ポートランド一の影響力を持つ紳士と政治的な話をするのは、きわめて危険なことだとバドは考えていた。バドは現場の人間であり、デスクであれこれ駆け引きしたりはしない。この場でうっかりと口を滑《すべ》らせると、一巻の終わりだ。

「そうですね……」赤ワインをすすって時間稼ぎをした。実に見事なワインだった。

バドが育った環境には、アルコール依存症の人間がいつもいて、そういう人たちは、コルクではなくてねじキャップで栓をしたワインを飲んでいた。それでもバドはよいものはちゃんとわかるし、このワインは今まで味わった中で最高のものだった。ワインを堪能し、一瞬の至福のときを楽しむ。「ロバート・マンスフィールドは、今の警視総監の信認を得ているように思えます。彼なら市議会や州政府の有力者とのつながりも多いですし。予算を認めてもらうときには、有利な条件となるでしょう」

ロバート・マンスフィールドはどうしようもなく低能、低俗な男で、自分より上の位にある人間に対しては徹底的におべっかを使って生きている。そして、序列が下の者の顔を土足で踏みにじるようなまねをする。ただテレビ映りのいい顔だし、背も高い。りっぱな体格でふさふさとした白い髪をしている。そして、ひどく頭が悪い。要するに、口のうまい役立たずということだ。それでも権力者のお気に入りだろうと、バドは思っていた。こういう政治的なことを、バドは何よりもくだらないと嫌っていた。

次期警視総監にもっともふさわしい人物は、けっしてその職を与えられることはないだろう。カーロス・ジメネス・サンチェスだ。有能で率直、非常にタフで仕事を全うするためには、有力者と真っ向から対立することも辞さない。部下たちを体を張って守る男だ。カーロスは入署したての新人警官の名前も全員覚えているし、いちばん下の位にある巡査でも、部下を裏切るぐらいなら、自分から地雷を踏むだろう。地域社会とも良好な関係を築いている。それにもうひとつ。カーロスは海兵隊出身者だ。しかしカーロスには非常に権力を持つ人たちを怒らせてしまった過去がある。背が低く痩せていて、テレビに映ると小さなテリア犬みたいに見える。権力者のいる警察本部の十六階にオフィスを構えることはない。

「ロバート・マンスフィールドかね？」パークス氏はワイングラスの脚をいじっていた。そんな持ち方をすると、バドの大きな手ならデリケートなクリスタルが折れてしまうのではないかと怖くなるような触れ方をしている。パークス氏はこういった食器に囲まれて育ってきたのだ。母乳ですらウォーターフォードのグラスから飲んだのかもしれない。パークス氏はしばらくそうやってグラスをいじって何か考え込んでいたが、やがて重い口を開いた。「そうだな。ロバート君なら現在の警視総監の言うことを何でも聞くだろうし、市議会のメンバーの意見もそのまま受け入れるだろう。ただ、あいつは救いがたいばかだからな」

バドは飲んでいたワインを噴き出しそうになった。

「ところで、カーロス・サンチェスはどうだね？」パークス氏は注意深くバドの様子をうかがいながら言った。「彼ならすばらしい警視総監になるんじゃないか。君はどう思う？」

バドははっとした。大変なことが起きていることに気づいたのだ。ホラス・パークスは絶対的な権力を持っている。人のキャリアを輝かしいものにもできるし、打ち砕くことも可能だ。実際、バドのキャリアはパークス氏のおかげだった。もちろん、バドはいずれ警部にはなれていたはずだ。バドはこの仕事にきわめて優れているのだから。

「カーロスほどふさわしい人はいないでしょう」言葉を選びながらバドは答えた。

「もうとっくに警視総監になっているはずだったんです、ただ――」バドは言いよんだ。微妙なことを上手に伝える言葉を探したのだ。

「ただ、あのテレビのレポーターの顎《あご》の骨を折らなかったら、だろ?」パークス氏がはっきりと言ってくれた。「警察がタイガードの連続強姦魔《ごうかんま》を見つけて、見張りをつけたことをニュースで流したあのレポーターだな。その結果、犯人はまんまと逃げてしまった。確かに、不幸な出来事ではあったが、完全に理解はできるね。ただ、手を出すのは……控えるべきだったかな」

「手を出すのを控えるというのは、カーロスのスタイルではありません」ここははっきりさせておかねば、とバドは思った。カーロスをほめるためなら、あらゆることを言うつもりだ。カーロスはそれだけのことをしてきている。しかしカーロスの性格について、嘘を言うことはできない。カーロスは闘う男であり、敵とみなせば必ず倒しにかかる。状況に応じて見事に闘うし、容赦はしない。今、組織犯罪がポートランドをその拠点にしようとしているのは明らかだ。カーロスのような人物がしっかりと目を光らせていると知れば、そういった組織も二の足を踏むはずだ。犯罪と真正面から立ち向かい、徹底的に、つまり悪人をひとりずつ逮捕していくようなやり方をするだろうが、それはきれいごとではなく、テレビで華々しく喝采《かっさい》を浴びるようなものではない。「彼が警視総監になって、彼のやりたいように仕事ができれば、見事に職務をこなすはずです。ただ、周りから始終、何をやっているんだと、つつかれないことが大切です。カーロスは地域社会の安全にその身を捧げる覚悟をしているし、少数民族のコミュニティとも友好的な関係を築いています。でも、政治的な立ち回りは苦手なんです」

「君の言っていることは、よくわかる」パークス氏はうなずきながら、バドを見つめた。「それでも、彼はりっぱな警視総監になるはずだ」わずかだが、その言い方に疑念がにじんでいた。

「彼は今までになかったような、すばらしい警視総監になります」確固たる口調でバドは言いきった。「強くて責任感にあふれていて。ロシア・マフィアがこの地域を狙《ねら》ってるんです。ポートランドを第二のウラジオストクにしようとしているんですよ。人も金もここにつぎ込んでいて、もうそこまで来てるんです。カーロスがここを守るとなれば、ロシア・マフィアも考えを変えるはずです。彼はどんなことも見逃しませんから」

パークス氏がうなずいた。

「それに、ロバート・マンスフィールドはとんでもなく薄汚い変態なのよ。いい年してるくせに」クレアが突然口をはさんだので、バドもパークス氏も驚いてクレアのほうを見た。「資金集めパーティで、あの人私のお尻《しり》をつねったのよ。私が詰め寄ると、そばにいたウエイターのせいにしたの。かわいそうなパキスタン人の男の子。あの人、その子をクビにしようとしたの。つねり方もすごく強かったから、一週間ぐらいあざが消えなかったわ」

バドの耳の中で、何かがごおっと音を立てた。一瞬、言葉も出なくなったが、やがて怒りに震える声でクレアにたずねた。「何だって、あの野郎、君を傷つけたのか？ ロバート・マンスフィールドが？」マンスフィールドはもう棺おけに片足を突っ込んでるみたいな男だと思っていたが。バドはマンスフィールドをこてんぱんに殴ってやろうと、椅子《いす》から立ち上がりかけた。「あのくそじじい――」

「この辺で、終わりにしよう。図書室のほうに来ないかね」ホラス・パークスの弱々しい声が割って入った。確かに年は取っているが、状況の扱い方を見事に心得た紳士だ。これだけの財力、これほどの血筋の確かさで、バドが感情を爆発させる寸前、ひょっとしたら、大騒ぎを起こしてしまうことになるのを悟ったのだ。事実、バドは爆発寸前だった。荒い息を元に戻し、握りしめたこぶしを開くのに、かなりの時間がかかった。

ポートランド一の名家に招かれ、興奮して我を忘れ、汚い言葉を使うなどもってのほかだ。しかし、マンスフィールドのくそじじいがクレアの体に傷をつけたと思うと、血が逆流して、抑えていられなくなってしまう。頭の中で怒りが、ぱちっぱちっと音を立てているのに、じっと座っているのは大変だ。

「葉巻はやめてね、お父さま」クレアが厳しい調子で言った。パークス氏の目の前に指をすっと立て、だめ、だめと横に振っている。「それからブランデーもなしよ。シェリーなら飲んでもいいわ。でも一杯だけ」

パークス氏はあきらめたようなため息を悲しそうに吐《つ》いた。「はいはい、わかったよ」そしてバドのほうを向くと、両手を左右に広げて、ね、こういうのと付き合っていかなきゃならないんだ、というジェスチャーをした。手は細長くて、すべすべで、老人斑《はん》がいっぱいあった。「こういうことだよ、警部。もう私には自由なんかないんだ。血を分けた娘が、私の人生の楽しみをひとつずつ奪っていくんだから」またため息を吐く。人生とは残酷なものだとでも考えているのか、床のペルシャ絨毯《じゅうたん》を見下ろしていた。

実際にはパークス氏はこうやって、バドに自分を取り戻す時間を与えようとしていたのだ。動物的な怒りというようなものは、パークス家のダイニング・ルームではめったに見られないのだろう。

グレアはテーブルを――巨大な代物で、永遠に反対側にはたどりつけない気がする――回って父に手を貸した。老紳士はクレアにつかまって立ち上がり、クレアが父の腰に手を添えた。二人は額《ひたい》を合わせ、ほほえみながらそのまま立ちつくした。そしてクレアは、精気のない父の頰《ほお》にキスした。

ろうそくの光の中で、二人は見事な絵になっていた。美しい娘と年配のりっぱな父親。荒げた声など聞こえず、すべてが優雅で洗練され、教養を感じさせる上品なダイニング・ルームの二人。こうやって並んで立つと、父娘がよく似ているのがわかる。外見上とか髪や目の色というのではなく、ある種の雰囲気というか。軽やかさ、優美さ。

だとしたら、この俺はここで何をしている？　こんなところに俺の居場所はない。値段のつけられないようなアンティーク、壁の工芸品、時代を超えた優雅な雰囲気に囲まれているのは、あまりに場違いだ。

クレアの父が首に縄をつけてでも、バドを図書室に連れて行こうとする理由は、ちゃんとわかっていた。パークス氏のお説教を、紙に書いてあげられそうだ。

君には心から感謝しているんだよ、警部。娘の命の恩人だ。君が欲しいものなら、何なりと言ってくれ。すぐに手配させよう。しかし、わかるだろう、君とうちの娘が付き合うなどは、まったくもってあり得ん……。

何だ、かんだ。

辛いのは、クレアの父の考えは正しいということだ。バドとクレアがカップルになるなど、あり得ない。

「タイラーさんを、あまり長くお引きとめしないでね、お父さま。私、今夜は早くやすみたいの」父の背中に向かって、クレアはウィンクし温かくほほえんだ。その瞬間、バドは悟った。

前からわかっていたことだった。ひと目見たときから心惹かれ、今までに体験したこともなかったほど情熱的で激しいセックスをした。クレアのそばにいるだけで、胸の中に不思議な感覚がわいてくる。今までそんな妙な気分を感じたことがなくて、それが幸福感だということを理解するのに、丸二日かかってしまった。クレア・パークスを愛しているのだ。それなのに、彼女をみすみすあきらめることになってしまうとは。

クレアは、バドにも笑いかけた。ずどん。これだ。

だめ、ぜったいにだめだ。クレアをあきらめたりするもんか。

何があってもクレアを手に入れる。クレアは俺のものだ。

バドは今まで女性を愛したことなどなかった。特別だと思った女性もいなかった。今心の中で渦巻く感情、クレアに対する気持ちは、まったく初めてのものだった。しかし体じゅうの細胞が、クレアはバドのものだと訴えている。できることは何でもする。クレアのそばにいるためなら、悪魔とだって闘う。

ホラス・パークスはクレアの父親であり、つまり尊敬の念を示すべき存在だ。しかしクレアとの仲を邪魔するつもりなら、尊敬ややさしい気持ちもそこで終わりだ。パークス一族は由緒正しい家柄で財力もある。しかし闘いとなればバドのものだ。バドは今までの人生で欲しいと思ったものを徹底的に闘って勝ち取ってきた。根性と決意があれば、金にだって勝てる。まだ負けたわけではないのだ。

ホラス・パークスの後ろを歩きながら、バドは言葉でも負けないぞと決心を強くしていた。

招き入れられた部屋は、こういった大邸宅の図書室とはこういうものなのだろうなと想像する図書室そのものだった。黒っぽい色の木製の書架には革張りの本が並び、七メートル以上もある天井まで続いているのだが、上のほうは影になっていて見えない。カーペット、作業台のランプ、たくさんの銀製品。油彩画に描かれている不機嫌そうな頬ひげの男性たちはこちらを非難するように見ている。革と紙、そしてお金の匂《にお》い。最近になって手に入れたのではないお金。この場所に何世代も注ぎ込まれてきたお金だ。

大きなドアが重量感のある音を立てて閉まった。銀行の金庫が閉まるような音だった。するとパークス氏は、ひょいと背筋《せすじ》を伸ばした。急いでバーのところに行くと、大きなグラス二つに金色の液体を注《つ》いで、バドのところに戻ってきた。

「立ってないで、さ、座りなさい、警部」グラスをひとつ、バドの手に渡す。切り細工の施された、重くてどっしりとした感覚のあるクリスタルだった。

グラスから刺激的なりんごの芳香が立ち上ってくる。「これは、シェリーではありませんね」

パークス氏はバドの隣の肘掛《ひじか》け椅子に腰を下ろすとため息を吐いた。「もちろん違う」と肩をすくめる。「シェリーなんてのは、甘くて弱くて、パンチがないのに、悪酔いする。違う、これはカルバドスだ。りんご酒を蒸留させたブランデーでな。世界で最高の味だよ」パークス氏はうれしそうに匂いを嗅《か》いでから、ぐっと一口飲んだ。

「カルバドスの味は、パリに一年留学したときに覚えたんだ。国際法の基礎を学ぼうと思ってたんだが、ものにはならなかった。しかし、フランスのブランデーには詳しくなったんだ。フランス女性のよさもわかるようになったがね」そこで、椅子の間の丸テーブルに置いてあった、見事な彫り物のある重そうな木箱に手を伸ばした。蓋《ふた》が開いた瞬間、葉巻の香りがブランデーの香りと溶け合った。見事な組み合わせだ。

「ほら、君もやりたまえ。ハバナ産の最高級品だ。部屋を出るときに窓を開けておけばいい。クレアに見つかるとこっぴどくやられるからな」銀の葉巻専用カッターで端を切ってから、カッターをバドに渡し、アンティークのような使い古された金のライターで二人は火をつけた。ふうっと吸い込んでから吐き出すと、煙がふんわりと漂った。カルバドスをすすって、なめらかなりんごの香りのするブランデーをじっくり味わう。

バドは葉巻を持った手を上げた。深い味わいと刺激を持つ、輸入規制品だ。「これ、違法ですよ」穏やかな口調で言った。

「そうだ」パークス氏は笑顔で煙を吐き出す。「だが、警察には友人も多くてね」

二人はそのまま黙って座っていた。こんな場合どうすればいいのか、血筋には恵まれなくてもバドは、戦術は心得ている。これは戦闘を控えた静かな駆け引きだ。双方が状況を見据え、互いの武力を判断する時間なのだ。座って葉巻をくゆらし、ブランデーをすする。機が熟したとみれば、バドのほうから刀を抜く。

静かに、しかししっかりした口調でバドは話し出した。「ミスター・パークス、少しばかりお話ししなければならないことがあると思います。クレアと私のことに関して」

「ホラスと呼んでくれないかね。腹を割って話したい」パークス氏は葉巻を持った手を上げ、どうぞ、と身振りした。「続けてくれ、ちゃんと聞くから」

「わかりました」バドは老紳士を見た。こちらをじっと見ている。表情からその気持ちはまるで読み取れない。

第一ラウンド、開始。

「私はトレーラーハウスで育ちました。トレーラー育ちのくず人間という言葉は、まさにうちの家族のためにあるようなものです。だから、私にはあまり好ましくない血が流れているんでしょう。父は私が生まれる前に亡くなっていたようですが、これは母から聞いた話なので、実のところはわかりません。母も実際はどうなのか、知らなかったんではないかと思います。両親は結婚しておらず、いったい誰が私の実の父かも、まるでわかりません。モリソンという苗字《みょうじ》は母の姓です。母はアルコール依存症で、継父になった男もそうでした。私自身、いわゆる勉強に熱心な子供ではなく、いろいろな問題を起こして高校も中退しました。その後、母が死に、軍隊に入れる年齢になるとすぐに海兵隊に入りました。高校卒業資格も、軍で取ったんです。退役するとすぐに、警察に入り、それからずっと警察官として勤めています。このまま警察に骨を埋《うず》めるつもりで、定年か死ぬか、どっちが先に来るかはわかりませんが、その日までずっと警察にいようと決めています。年収は六万五千ドルで、これ以上はたいして給料が上がることもないでしょう。わずかばかりの貯蓄はあり、住んでるアパートは持ち家ですが、財産といえばそれだけです。一生、金持ちになることはなく、生涯一警官でありたいと思っています。クレアは今、私がこれからあげられるものの、何百万倍ものものをすでに持っているでしょう。けれど、私は心の底から彼女を愛しています。彼女さえよければ、私はクレアと結婚するつもりです。私が約束できることは、クレアを絶対に裏切らないこと、そして全力を尽くして、よき夫になるよう努力するということだけです」

二人の視線が合った。バドの瞳は澄んで清らかだった。パークス氏は目を大きく見開いたまま、バドを凝視していた。淡いブルーの瞳は、老人らしく潤《うる》んでいたが、バドを射抜くような視線だった。パークス氏はしばらく無言で、葉巻をくゆらせていた。バドに、君は正気かね、ということを伝える適切な言葉を探しているのだろうか。

「うむ、今のは簡潔にして心温まるスピーチだった」パークス氏は葉巻の先の火のついているところをじっと見ていた。「ただ、いくつか飛ばした部分があるね。たとえば、君の継父が暴力を振るって、お母さんは入退院を繰り返していたとか。君自身も何度も大怪我《おおけが》をした。自分の倍も体の大きい男から、お母さんを守ろうとして。それから、軍にいたときに勇気ある行動で二度もメダルを授与されたことは、言い忘れたのかな。警察に入ってからも表彰と特別功労賞を受けたし、仕事をしながらも大学に通って犯罪学で学位を取ったことや、いちばん優秀な捜査官である事実も、言うのを忘れたらしいな。ロングマンは、君ほどすばらしい警察官を今までに部下として持ったことがないとほめておった。もちろん、うちの娘の命を助けてくれたというちょっとした出来事もあったな。君が金持ちではないのは、強欲なところがないからだ。私が病院に見舞金を送ったときも、そのまま受け取ればよかったんだ。当時の君の年収の三倍だったはずだ。調べてみたんだ。あのとき、君は銀行に五百ドルしか預金がなくて、ローンでぎりぎりの生活を送っていた。それも調べたんだ」バドが驚いた表情を浮かべるのを見て、パークス氏はふっと笑みを浮かべ、肩をすくめた。「ウォルター・ボーダスっていうのが、君の銀行の頭取なんだが、私の幼なじみでね。やつにちょっとばかり、調べてもらったんだ。ああ、もちろん違法だということぐらい知っている。だが、私たち金持ちは、自分たちだけの決まりを作ってるからね」

バドは体を強ばらせた。「あのお金を受け取らなかった私を、愚かだと考えてるんでしょうね。確かにそうかもしれません」そして、凄《すご》んだ。「けれど、自分の仕事をしただけのことで、お金を受け取ることはできません。そんなことは間違っています」パークス氏は、バドがけっして金儲《かねもう》けができないことを指摘しようとしているのだろうか。実に効果的な攻め方だ。

「いやいや、君には誇りというものがあったから、受け取らなかったんだ。感服したよ。私が君を批判しているとでも思ったのかね？　こつこつまじめに日々の労働に励む人々のことを、私が軽蔑していると、どうやら君は考えているようだが、まったくそんなことはないんだ。私は非常に裕福だが、その金は自分で稼いだものではない。私の父が稼いだのでも、その先代にあたる祖父が稼いだのでもないんだ。私は君のような人たちを、心から尊敬している。何もないところからスタートして、自分の力で人生を切り開いて成功する人だ。君の預金通帳にいくら入っているかなど、私にはまったくどうでもいいことだ。クレアも同様だと思う。あれほど物を欲しがらない子、いや、女性と言わないとな、ああいうのはまずいないから。クレアは金には興味はないし、飾り立てた生活も嫌う。そういうことではないんだ、私の心配は」

ということは……予期せぬ角度から攻撃されるわけだな、とバドは身構えた。

パークス氏は深く息を吐くと、しばらくグラスを見つめていた。

「家内のイライザの妊娠がわかったとき、私は五十五歳で、イライザは四十五歳だった」パークス氏は琥珀《こはく》色の液体をゆっくりグラスの中で回してから、ぐっとあおった。「正直に言うと、わかったときには、うれしいというよりショックでね。その時点まで二人で快適で満ち足りた生活をしていて、社交生活も華やかだったし、あちこちに旅行するのを楽しんでいた。子供ができると、そういうことはできなくなるからね。更年期障中絶も考えてみたが、わかったときにはイライザはもう妊娠五ヶ月だった。

害だと思っていたらしくて、そこまで医者にも行かなかったんだ。私たちの階級の人間は普通、小さな子供に煩《わずら》わされるような生活はしない。だから、住み込みで乳母を雇って、子供にはあらゆるものを買い与え、適切なマナーを身につけさせるというのが、通常のやり方だ。もう少し大きくなれば、高い学費の寄宿学校にでも入れる。実際、私もイライザもそうやって育ってきた。ところが、クレアは生まれた瞬間、私たちの心をあっさりとりこにしてしまったんだ。あの子を初めてこの腕に抱いたときのことをはっきり覚えている。あの日から、あの子が私たちの喜びのすべてになった。かわいくて、きれいで、頭がよくて。イライザも私も、夜は家で娘と一緒に過ごすほうが楽しいと思い始め、社交的な集まりにも顔を出さなくなった」パークス氏のため息が震えていた。ひどく年老いた人の呼吸の仕方だった。「今思えば、あれが、最初の失敗だったんだろう。クレアを溺愛《できあい》する年老いた夫婦が魔法の世界を作り出して、その中だけで暮らすことになったんだ。そこにはあの子をかわいがる乳母とローザもいた。ローザも自分の娘のようにクレアを愛しているんだ。クレアは体の弱い子で、何かと病気になった。小児科医からは、年老いた両親から生まれた子供は、虚弱体質になることが多いと言われたので、非常に神経質になったんだ。ほとんど学校にも行けなかった年に、家庭教師を雇った。そのほうが簡単だったからだ。結局あの子は、学校の勉強はほとんど家庭教師について家でやることになってしまった。他の子供たちと遊ぶこともめったになくて――何か病気に感染するんじゃないかと、怖かったんだ。そんなふうに子供を育てるもんじゃない、今になればそのこともよくわかる。しかし結果的には、クレアは外の世界とは関わりなく育つことになったんだ。世の中には醜く、残酷なものがあることなど知らずにね。あの子の周りには、いつもあの子を愛している大人たちしかいなかった。それでも思春期を迎えれば、そんな状況も変わるだろうと考えていたんだ。ところが、あの子が十三歳になったとき……あの子は……」

パークス氏の声がかすれ、ごくんと唾《つば》を飲み込んでからまた話し始めた。「病気になったんだ。急性骨髄性白血病だった。あまりのショックに、私たちは打ちひしがれてしまった」そして、パークス氏は顔を伏せてブランデーグラスをのぞき込んだ。手が震えている。グラスのカルバドスが小さな波を立てていた。「イライザはそのショックに耐えられなかった。クレアの助かる見込みはほとんどないと医師から言われた数日後に、心臓麻痺《まひ》で亡くなってしまった。その日まで、私たちは三人だけで幸せに暮らしていたんだ。私は愛情深い夫で、娘を溺愛する父親だった。ふと気づくと、私は妻を失い、我が子も死の瀬戸際にあるという男になっていた。ほんの数日で、私からはすっかり家族というものが消えてなくなっていたんだ」

パークス氏はグラスを額のところまで上げて、ブランデーを回した。顔を上げると、その青い瞳が充血していた。急に実際の年よりもさらに老けて見えた。「驚いたのはクレアの病気の受け止め方だった。真綿にくるまれるように育ってきた子なのに、母虎のように病気に向かっていったんだ。最初の年には、あの子は五回救急車のお世話になって、緊急入院した。そのたびに、もう見込みはないと言われ、なのに、あの子は命を取りとめた。クレアは病気のことを完全に理解し、あらゆる文献を読みあさった。十三歳の子供が、専門の医学書を読みつくすなんて信じられなかったが、そこに書いてあることもきちんと理解していた。自分でインターネットから新しい治療を探しては、進んで実験台になった。そういった治療にはひどい痛みが伴うんだが、あの子はけっして泣かなかったし、不満も言わなかった。ただの一度も、絶対に。私よりあの子のほうが、はるかに強くて、私があの子から慰められるようなことがよくあった」

パークス氏の手がさらに大きく震え始め、持っていたグラスを肘掛け椅子の横のテーブルに置かざるを得なくなった。「十五歳の誕生日が近づいた頃だった。最後の望みをかけて、骨髄移植を受けたんだ。しかしうまくいかなかった。医者はこれ以上、手の施しようはないと言った。そして、生命維持装置のプラグを抜くタイミングを話し始めた……」言葉を切って、わなわな震える口から大きく息を吐く。「人工呼吸器をつけられたクレアのそばで、私は何晩も過ごした。もう私もすっかり疲れ果てていたんだ。医者からは、死に際を看取るだけだと言われていた。ある夜……」感情を抑えようと、パークス氏はふうっと息を吸った。「ある夜、痛みがひどくて、クレアは息も満足にできなくなった。あの子が苦しみながら息を吸うのを聞いていると、私は頭がどうにかなりそうだった。クレアは痛み止めを拒否して、歯を食いしばって痛みをこらえているんだが、あえぐような声が漏れるんだ。痛み止めの薬を大量に投与するのは、手の施しようのない患者を安らかに逝《い》かせる方法で、あの子もそれを知っていた。それで、ふと……」パークス氏が言葉を切ると、ぜいぜいと息が聞こえた。老人のしわだらけのこめかみに血管が浮き出ているのが見えた。「いつ明けるともしれない夜のことだった。私はクレアのあえぐ声を耳にし、痛みに震える体を見ているうちに、ふと、神様に祈ってしまったんだ。この子をお召しくださいと。この私が実際に……私のかわいい娘をもう……早く苦しみから解放してやってくれ、死なせてくださいと、祈ってしまった」

そう言うと、パークス氏は泣き崩れた。バドはいたたまれず目をそむけた。交通事故などのひどい現場から目をそらすのと同じような気分だった。

図書室にある本の背表紙を読み、一族の肖像画をゆっくり見ながら、瀕死《ひんし》のクレアの病床に座っているのはどんな気分なのだろうと、考えていた。やがて泣き声がいくらか落ち着くと、バドはパークス氏に向き直った。「愛する人が苦しんでいるところを見たい者などいませんよ」それぐらいの慰めの言葉しか、思いつかなかった。

「そうだ」シーツほどもあろうかという大きなハンカチを取り出して、パークス氏は涙を拭《ぬぐ》った。まだかすれて鼻声だった。「自分が恥ずかしいよ。疲れ果てて希望をなくし、あの子が神に召されることを願ったんだから。試練だった。とにかくもう終わってほしかったんだ。幸運なことに、クレアは私よりずっと強かった。あの子はその夜を生き延び、その次の夜もがんばった。さらにその次も。そしてまた一日と。そしてもう一度、新しい方法の骨髄移植を受けると言い張った。誰もが無理だと思っていたのに、これがうまくいったんだ。ほっとしたとたん――そのときだ、誘拐事件が起きたのは」パークス氏がさっと顔を上げ、バドを見た。瞳は老人っぽく、潤んで赤くなっていた。「あの子がさらわれたのは、ほんの数時間のことだったがね。君のおかげで、犯人はすぐに捕まって、君は自らの体で銃弾を受け止めてくれた」

そんなことはどうでもいい、とバドは思った。ホラス・パークスは何か重大なことを伝えようとしている。バドがクレアを助けたのは、昨日今日のことではない。

パークス氏は少し間を置いて、考えをまとめてから話し出した。「ギャベットのことがあってすぐ、私はクレアをスイスに送った。それから五年間、あの子は基本的にはその敷地内からは出ずに暮らした。たくさんの本を読み、フランス語とドイツ語を学び、それ以外の教養もたくさん身につけた。学校の勉強も同年代の子に追いついていったし、やがて非常に優秀な成績を収められるようになった。通信教育で図書館学の学位を取った。こっちに戻ってくると、この屋敷に住んでパークス財団で働くようにと私が決めた。そういう生活は楽しくなかったらしいんだが、私は気がつかなかった。いや、気づかないふりをしていただけかもしれないが。独立した生活をしたがっているとは、思いたくもなかったんだ。クレアは大人で、この五年病気とは無縁だ。なのに、私はあの子を病気の子供みたいに扱っていたんだね。私がパリに二週間の予定で出張したのは、あの子には絶好の機会だったんだろう。ついに脱獄を試みたわけだ。財団の仕事を辞め、新しい仕事と家を見つけた。さらに、あの子には大人の関係の恋人もいるとわかったという次第だ」

バドはその場で動きを止めた。「あ、そのことですが、ミスター・パークス、いや、ホラス……」

パークス氏は、気にするな、というように顔の前で手を払った。「ああ、そのことならいい。私はそんなに慎みとかにうるさい人間ではないからね。クレアは若くてきれいな女性だ。愛のある暮らしを始めるのは当然だろう。遅すぎたぐらいだ。おそらく、あの子はバージンだったと思うが、そうだろう?」

人生で初めて、バドは自分が真っ赤になるのを感じた。

ところが、そのあとのパークス氏の言葉に、バドは本当に驚いてしまった。クレアとまったく同じことを言ったのだ。「君でよかったよ、警部。あの子は幸せ者だ」そして立ち上がると、もう一杯ブランデーを注いだ。確かに、少しアルコールを控えるべきだな、とバドは思った。食事のときにもブルゴーニュ産の高級ワインをずいぶん飲んでいた。椅子に深くもたれて、カルバドスのボトルを半分飲み、ずっとバドを見つめている。大きく暗い部屋に、沈黙が流れる。バドは、沈黙は気にならなかったし、値踏みするようにじろじろ見回されることも平気だった。老紳士は何か考えるところがあり、それをどうやっていつ切り出すか、タイミングをはかっているのだ。

「こんなことまで君に話をしたのには、理由がある。私はずいぶん年を取ってしまってね」やがて、静かにパークス氏が話し始めた。「いろいろなことを考えると、私の人生は豊かなものだったと思う。そして、もう自分が長くはないのもわかるんだ、いや、いいんだ……」バドが反論しようとするのをパークス氏は手を上げて静止した。白くやさしい手だった。「くだらない決まり文句を言ってくれる必要はない。人間は遅かれ早かれ、みんな死ぬんだ。私が不安なのはそういうことではない」パークス氏は自分の座っている椅子をバドに近づけようと引っ張ったがなかなか動かなかった。「気にかかってしょうがないことがあるんだ。クレアをひとり残して死ぬかと思うと、心配で頭がおかしくなりそうなんだ。私がいなくなると、あの子を誰が守ってくれるんだ。非常に頭のいい女性だし、私や君が一生かかって読むぐらいの本を、あの子は一年で読んでしまうだろう。しかし、あまりに世間知らずで、一般の人間が想像できないぐらい純真なんだ。今までずっと、大きな繭《まゆ》の中で育ってきたようなものなんだ。最初は私と家内が、そんな繭を作り上げてしまった。その次は病気のせいでそうなったんだ。あの子には世間の厳しさという概念そのものがない。邪悪なものや残忍さに出会ったこともないから、そんなことが身に降りかかってきてもわからないんだ。怖くて、特にあの子の友だちのアレグラのことがあったから、あんなふうに傷つけられてしまうのではないかと。私がいなくなったら、あの子をそういったものから守る人間がいなくなる」

はっと思いあたり、バドはぞっとした。クレアはよく知りもしない男性とベッドを共にした。しかもドラッグの取引さえ行なわれているようなダンスクラブで、出会ったばかりの男性だ。それがどれほど危険なことだったか、バドは初めて認識したのだ。彼女に夢中になり、セックスの熱に浮かされ、生まれて初めて恋に落ちるという経験に、落ち着かない気分になり、違った角度から物事を考えていなかった。今やっと、クレアのしたことがどれほど危険だったかに気づいた。

確かに、クレアはバドを選んだ。それはそれでいい。しかし、相手がバドでなければどうなっていたのだろう。悪い相手にあたっていたら？　警察官だから、バーで出会った男性に殴られ、レイプされる女性を多く目にしてきた。場合によっては、それより悪いことになる。

ちょうど先週のことだ、バドは若い女性のバラバラ殺人事件の捜査にあたっていた。彼女が最後に目撃されたのは、おしゃれなバーを出ていくところだった。彼女を見かけた友人によれば、〝感じのいい、身なりのよい男性〟と一緒に出ていったという。その感じのいい身なりのよい男は、ナイフを使った。検死官によれば、女性はナイフで痛めつけられ、むごい死に方をしたということだった。

なんということだ。

パークス氏はグラスを置いて、体を乗り出し、バドの腕に手をかけた。その瞳に涙があふれている。手が小刻みに震えている。

「タイラー警部、しっかり聞いてほしい」震える声はかすれ気味だが、バドの腕をつかむ手に力が入っていた。必死の思いで、バドにすがりついている。「私が死んだら、クレアはどうなるのだろうと思うと、夜も眠れない。君はあの子を愛していると言ってくれた。私の娘を君の手にゆだねてはいけないだろうか。私がいなくなったら、あの子の面倒をみて、守ってやってはくれないか？　あの子が君の手に守られているとわかれば、私も安らかに眠れる」青い瞳がバドの瞳を突き刺すように見つめている。

「私の娘の面倒をみると、名誉にかけて誓ってはくれないだろうか？」

老人の感情――愛と絶望、さらにやっと肩の荷を降ろすことができるかもしれないという希望の芽生え、そんなものがすべて涙で潤んだ瞳に浮かび、バドの腕に必死ですがる震える手から伝わってきた。

この瞬間のホラス・パークスは、財産も家柄も名誉も何もない、ただの弱々しい老人だった。もう、そう長くは生きていられない、しかしなんとかして愛する、傷つきやすい娘を守ろうとしている人。もし必要とあれば、墓場の中からでも娘を守ろうとするのだろう。

バドは急に何も言えなくなり、しばらく声が出るのを待った。

「ええ」咳払いをする。「約束します、ホラス。名誉にかけて誓います。これからずっとクレアを愛し、彼女の最後の瞬間まで私が面倒をみます。全力で彼女を守ります。安心してください」バドは老人の手の上から自分の手を重ね、ぎゅっと握った。二人は、その手を見つめ、重なった手が意味するものに思いをはせた。バドの手は大きく、陽に焼けて力があふれていた。力のある男の、その男盛りの時期にある手。ホラス・パークスの手は、年老いて、柔らかく、老人斑がいっぱいあった。もはや、自分の愛するものを自分では守りきれない男の手だった。

二人はここに、絆《きずな》を結んだのだ。

ホラス・パークスはクレアに対する保護責任を、今バドに譲り渡した。二人ともが、そのことを理解した。

この瞬間から、クレアはバドのものになったのだ。

「さあ、行こうか」バドはそっとクレアの肩を揺すった。クレアは父とバドの話が終わるのを、ずっとこの大きな居間で待っていたのだが眠ってしまっていた。この二晩、ほとんど寝ていないのだから、しかたない。パークス氏にクレアのことは任せてくれと約束したのだから、きちんと体のことも気遣ってやらなければとバドは思った。気遣うということは、二晩ぶっ続けでセックスをするというようなことではないはずだ。クレアは疲れきっているに違いない。病気は克服したかもしれないが、もともと体は弱かったのだから、じゅうぶん休養をとらなければならない。

これから、たった今この瞬間から、本気でクレアの面倒はしっかりみるぞ、とバドは思っていた。

クレアは目を開けて、バドを見上げほほえんだ。片手で髪をかき上げる。「あら、まあ。私、寝ちゃったのね」クレアは起き上がって、周囲を見渡した。「お父さまはどこ?」

「図書室にいるよ。いびきをかいてるから、勝手に出てきた」嘘だった。本当は、老紳士は泣き顔をクレアに見せたくなかったのだ。

「ああ、そうなの。時差ぼけね。帰ってきてからも、休んでなかったでしょうし」

「心配ないさ」バドはクレアのコートを手に取った。「さ、行こうな。君の家まで送っていくから。もう遅いから、君も疲れただろう」

クレアがさっと顔を上げる。「そんなには、疲れてないのよ」そう言ってほほえむと、顔を赤らめた。

やられた。

いや、だめだ、やるとか、そういうことを考えるな。その手の言葉を思い浮かべるな。バドは心の中で自分と、体の中心で目覚め始めた分身を叱《しか》りつけた。昨夜、どれほど徹底的にクレアの体を奪いつくしたかと思うと、ぞっとする。何時間も、ひたすら体を打ちつけていた。しっかり奥まで届くように、脚を広げて持ち上げ、乱暴なまでに体を動かした。

今のクレアの様子はどうだ？　バドはクレアの目の下を指でなぞった。うっすらとくまができている。「ゆっくり休まなきゃだめだよ」そう言って、難しい顔をしながらクレアのコートのボタンを留めていった。窓の外を見るとみぞれ混じりの雨になっていた。「このコートでも暖かいかい？　外は氷点下になっているはずだからね。頭にも何かかぶるものがあったほうがいいな」

クレアは不思議そうな顔をしてバドを見た。「私、帽子はきらいなの」

「ほら、これを」ローザが急いで出てきて、きれいで大きなウールのスカーフを手渡した。

「ありがとう、ローザ」うなずいて受け取ると、バドはスカーフを三角に折り、クレアの頭と肩をネッカチーフのようにしておおった。これで車までぐらいは、暖かくしておいてやれるはずだ。「これでいい。風邪なんかひいてほしくないからね」

「そうですとも」ローザは手を組み合わせ、バドとクレアを交互に見た。そして、よし、というようにうなずいた。「よろしいですよ」

バドは自分のコートを着てから、クレアに腕を差し出した。「おやすみ、ローザ。食事、おいしかったよ。ごちそうさま」ドアを開けると冷たいみぞれが風と共に体に吹きつけてきた。寒さに身構える。車を玄関のすぐ近くに停めておいてよかった。この天気の中、クレアをできるだけ外気にさらしたくない。バドは急いでクレアのそばに立ち、腕を広げて背中から抱きかかえるようにした。

エンジンをかけると、すぐに暖まってきたのでほっとした。

「それで」クレアがコートからみぞれを払い落としながら話しかけてきた。「お父さまと何を話したの？　長いこと話してたのね」

「あれやこれや、いろんなことをね。あ、そうそう、君と結婚したいって、言った」

クレアはぴたっと動きを止めた。「何？　まあ、どうしよう。何を――それで、お父さまは何て答えたの？」

バドはクレアに笑顔を向けた。この美しい女性が自分のものだという感覚で心が満たされる。体を倒して、驚きに緩んだクレアの唇にキスした。やさしい、何もかもが始まる前のようなキスだった。

「君のお父さんの答かい？」バドはギアを入れて、車を発進させた。「いいよ、って」

12

十二月二十日、レストラン、アルマン

「つまり……」スザンヌ・バロンはくすっと笑ってから、レストランのおしゃれな中庭に目をやり、バドがまだ携帯電話で話をしていることを確かめた。バドは電話がかかったので、失礼、とディナーの席をはずしていった。明らかに仕事関係の話だ。「あなた、婚約しちゃったってことね。早かったわねえ。新しい家に移ったばかりだからと思って、週末一度、あなたを誘わずにいただけなのよ。次に会ったら、ダイヤの指輪を見せびらかすんだもの」そして、クレアの手に光る巨大なダイヤモンドを横目で見て、うっとりするように首を振った。「しかもただのダイヤじゃないのよ。プリンセス・カットでまったく傷もなく、不純物も混じっていないもの、二カラットはあるわね」スザンヌの宝石を見る目は確かなのだ。「まさに本気モードの婚約指輪だわ」

「ええ、確かに早かったわね」クレアは、きらめく巨大なダイヤモンドを薬指に載せた左手を曲げたり伸ばしたりした。その輝きに目がくらみそうだ。あまりに大きな石なので、手袋をしたりお皿を洗ったりするのも難しい。もうすでに何足もストッキングをだめにしていた。クレアの手の上にどっかりと場所を取る巨大なダイヤモンドの塊は、クレアの胸の中にふとわき起こる不安と同じような気がした。

バドは、プリンセス・カットというものが宝石としてのダイヤモンドに存在することを知ったとたん、クレアには絶対にそれでなければいけないと言い張った。クレア自身は、コーラの缶のプルトップでもうれしかったのだが、バドは、なけなしの給料からすればかなりの出費になる金額を支払って、クレアが欲しいとも思わない不必要なまでに豪華なダイヤモンドを購入した。

「それ、絶対一万ドルはするわよ」スザンヌが言った。

「一万五百ドルよ」憂鬱《ゆううつ》な顔でクレアが答えた。バドがそれほどまでの金額を使うと言ってきかないので、ショックだった。

「しかも、指輪にはセクシーを絵に描いたようないい男がついてくるんだものね」トッド・アームストロングが言葉を添えた。彼もうっとりした目つきを浮かべているが、振り返って視線の先でバドをとらえている。「やったじゃないのよ」トッドはさっと顔を上げ、肩までの長さのある金髪を後ろになびかせた。キャンドルの明かりが、トッドの右耳の金の十字架に反射し、きらりと光った。トッドはスザンヌの友人で、インテリア・デザインではちょくちょく共同の仕事をする。ピアス好きで、次から次へと相手を変えてはデートするのだが、相手は男性に限られる。「あのさ……もしあなたが――」トッドがダイヤの指輪にちょんと触れた。「彼と別れるようなことになったら、彼、同性には興味ないかしらね？」

　クレアは声を上げて笑い、スザンヌはにっこりした。

「ないわね。彼がゲイってことはあり得ないわ。そっちのほうには、まったく興味がないはずよ」

「ざーんねん」トッドはため息を吐《つ》いた。「ま、そうだろうとは思ったけど、確かめたって害にはならないから。彼ってすっごく、おいしそう。あの筋肉、見て。無言で力強さをかもし出してるわよね。なんかさ、今にも逮捕するぞって言われそうで、そうしたら手錠をかけられて楽しいことができそうじゃない、ああん」トッドは目を閉じて、体を揺らした。「ま、男はいつでも夢見るものよ」トッドはもう一度振り向いて、じっくりバドを見た。ピアスがきらめいている。「でもさ……ああ、彼って、本当にセクシーよね」

「ええ」クレアもため息を吐いた。「本当に」

　バドは後ろを向いていた。大きな背中が見える。そして横を向く。電話で何か真剣に話している。バド――タイラー・モリソン警部――は、非常にきちんとした身なりで、このレストランに現れた。家に連れて帰って母親に紹介したい男性のように見えるが、それでもこんな人と暗い路地で出くわしたくないという雰囲気は残している。正確に言えば、暗い路地で危険な目に遭ったときに、味方としてそばにいてほしい男性、といったところか。

今夜のバドは、上品なスーツに身を包んでいた。仕立てがよくて、大きな体を見事に引き立てている。彼が、クレアの友人たちに好印象を与えようと、精一杯のおしゃれをしてきたことはクレアにはわかっていた。実際、すばらしい印象を与えた。礼儀正しく、会話も楽しく、きちんと話についてきた。

クレアとバドはあの情熱的な週末の間、政治や世界情勢については話をしなかったので、バドが会話をするのにもこれほど楽しい人物だとは、クレアは思ってもいなかった。また彼の人生についての考え方にも感銘を受けた。仕事に関しては具体的なことをほとんど話さなかったが、警察内部でも実力を認められている人間であることは明らかだった。

警部として仕事をしているバドは、どうしようもないくらいすてきで、トッドの言うとおり、非常にセクシーに見えた。

ただしそのセクシーさも、クレアには何のメリットもない。

バドがゲイでないのは明らかだ。しかし、婚約を決めてからの二人のセックス回数を考えると、そうではないかと思ってしまう。バドはとんでもない石頭で、一度こうと思い込んだら考えを変えさせるのは困難なのだが、何らかの理由で、セックスするとクレアを疲れさせてしまうと、その頭が覚えてしまったらしい。あるいはクレアの体を酷使することになるとか……とか、何だか。とにかく、以前はクレアの体に触れずにはいられない、という感じだったのに、今はクレアを仔牛革《こうし》の手袋で扱う、おとなしいフィアンセになってしまったのだ。

毎夜二人はクレアの家で一緒に眠る。しかしこの六晩の間、セックスはたった一度だけだった。礼儀正しく、思いやりを持った愛の行為で、ディズニー・チャンネルで放送するのにふさわしいようなものだった。また、このセックスは二回クライマックスを迎えるとすぐに終わった。二回というのは、どうやらバドが、一度のセックスで最低限女性に与える必要があると考えている回数らしかった。そのあとすぐに、バドは体を引き、クレアを腕に抱いた。彼のものはまだ石のように硬かった。

あれほどまでの情熱は、バドはもう持たなくなったのかともクレアは思った。あのセックス三昧《ざんまい》だった激しい週末、そうとしか形容のしようのない時間だったが、あれは特別なものだったのだろう。クレアのそばにいるといつもバドは勃起《ぼっき》していて、ベッドに入ると朝までセックスが続いた、あんなことは普通にはないのだろう。ただ、今でも彼は完全に勃起した状態でベッドに入り、朝も同じ状態で起きている。ただ、それがクレアには何もしてくれないというだけの話だ。ちょっと使わせてくれない、とでも言ってみればいいのだろうか。しばらくの間でいいのよ、と。

奔放で、歩く性器のような木こりさんだったバドは、ロマンス小説のヒーローよりはるかに陶酔できるセックスをしてくれた。なのに今では愛情あふれる乳母がわりのフィアンセになっている。気がつくといつもバドがいて、やさしく気遣ってくれる。窒息しそうだ。そんな人は要《い》らない。今までずっと、そういう人たちに囲まれてきた。クレアが必要なのは、金色の熱を帯びた瞳《ひとみ》で見つめてくれる男性だ。自分を抑えられずに思わずクレアに手を伸ばしてしまう人、そしてその手にどきっとする感覚。触れられたときに伝わる興奮。

週末の激しいセックスにクレアは興奮し、どきどきし、体が熱くなり、生きているという実感がわいてきた。そして、セクシーな力を自分の中に感じた。ところがこの前のは、中年で、会計士の夫と結婚してもう五十年目にもなり、義理のつまらないセックスをしているようにしか思えなかった。

「ねえ、クレア」スザンヌがクレアに手を重ねてきた。体を乗り出してブロンドの髪を耳にかき上げる。「あまりに急だったわ。これほど急いで婚約してよかったの？

あなたにはそれほど……男性経験がないのはわかってるわよね」スザンヌは言葉を選んで、いつものことだが上品に聞いてきた。クレアにはまったく男性の経験がなかったことぐらい、スザンヌは知っている。「二人とももう少しよく考えてもいいんじゃないかしら。この先どうなるか様子を見ながら。あなた、彼のことを愛してる？」

「ええ」明確な答がすっと出てきた。クレアが明確に答えられる質問だったからだ。バドに恋してしまった。タイラーとしての彼も愛している。ただタイラーの彼には、苛々《いらいら》させられるだけのことだ。

「じゃあ、いいわ」スザンヌがにっこり笑った。スザンヌのいいところはいっぱいあるが、こういうところがクレアはいちばん大好きだった。スザンヌはクレアを一人前の人間として扱ってくれる。クレアがバドを愛していると言えば、それでおしまい。スザンヌはクレアの言葉をそのままに受け取ってくれるのだ。

「だって、あんな彼氏よ。愛さずにはいられないじゃないの」トッドが憤慨《ふんがい》するように口をはさんだ。「あの肩を見てよ。それに、彼っていつも銃を持ち歩いてて、その使い方を知ってるのよ。もう、これほどどきどきすることって、ないわよ。たまらないわあ。ね、今も銃を持ってるの？」

「ええ」クレアは答えたが、このことも驚きだった。多くの驚きのひとつ、というべきか。バド――いや、タイラーは、どんなときでも銃を持ち歩いているらしく、さらに数秒で銃に手が届くようにしている。あの情熱的なセックスをしている間も、そのときクレアは相手が木こりさんだと思っていたのに、バドは銃を手元に置いていたのだ。これほど自分の日常とかけ離れたこともなかった。武装した男性と肉体関係を持つ。しかも普通の武装した男ではない。銃にかけては名手らしい。

「銃って、ペニスの代用品なんですって」トッドが厳《おごそ》かに宣言した。「ま、ともかく私の精神科医は、そう言うのよ。男には代用品なんて要らないはずでしょ、って思うんだけどね。本物のがズボンの中にちゃんとあるもの。あの大きな手と足。きっと彼のってすっごくでっかい……」トッドは背筋《せすじ》を伸ばして、自分の頰《ほお》を手でぱしっと叩《たた》いた。「お行儀よくなさいよ、トッド。それでよ――」言葉の調子を明るく変えた。「結婚式はいつなの？　すてきなプレゼントを考えてるんだけど」

「まあ」実際に結婚ということを考えると、なぜかちょっと待って、という気分になる。まだ婚約したということに慣れるのに精一杯なのだ。「そのうち――」

「できるだけすぐに、手はずが整い次第」低い声が代わりに答えた。バドが席に戻ってきて、クレアの手を取った。そして自分の口元に持ち上げるとキスした。その手を握ったまま、スザンヌとトッドに会釈《えしゃく》した。「席をはずしてすまなかった。仕事でどうしてもね」

「死体が見つかったの？」トッドが聞いた。

「それほど刺激的なことは起きていないな、トッド。そんなことになっていたら、ここで食事はしていられないしね。幸運なことに、ポートランドは今夜は殺人事件はないみたいだね。ただの事務的なことだけど、答えておかないといけなくて。捜査官は全員、十時以降いつでも呼び出しに応じなきゃならないんだ」

スザンヌがろうそくの明かりのほうへと身を乗り出した。スザンヌは非常に美人で、どんな男性も彼女と会うと、はっとする。今までそうならない男性をクレアは見たこともなかったが、バドはその美しさに気もつかない様子だった。よかった。バドのスザンヌに対する態度は、気配りを忘れず礼儀正しく丁寧だったが、まるで年を取って二重顎《あご》で顔にいぼまであるオールドミスの伯母さんに対するような接し方だった。

「お役所仕事の煩《わずら》わしさにはうんざりね」スザンヌはやれやれ、という顔をした。

「あの工場跡地を改修するとき、嫌というほどそういう目に遭ったわ。この町もう少しなんとかならないのかしら」

「俺《おれ》もさんざんそういうのを見てきてるな。殺人事件の捜査になると、手続きの煩わしさはすごいんだ」

「DNAテストに検死に証拠保存用の小さな袋ね」トッドが口をはさみ、スザンヌが、まあ、という顔をした。「何よ。私は毎週、どきどきしながらテレビで『CSI：科学捜査班』を見てるんだから」

バドがほほえんだ。「あれは実際には〝鑑識〟の仕事だよ、トッド。捜査官がするのは、集められた証拠物をひとつずつつなぎ合わせて、それを法廷で証拠として採用されるようなものにすることなんだ。実際は、退屈な仕事さ」

ウエイターがクレアとスザンヌとトッドにはデザートを、バドにはウィスキーを運んできて、会話がしばし途絶えた。ウエイターはバドに、金字でレストランの名前がエンボスしてある革製の伝票フォルダーを渡した。バドは、最初から食事は自分が支払うからと言ってきかなかった。ここは非常に値段の張るレストランで、またもやバドがクレアのために無駄遣いをしたことになる。バドがこういったお金の使い方をすることを、クレアは快くは思っていなかった。何だか、バドが背伸びしているような気がした。自分のためにバドに無理な支出をさせたくなかったし、トッドとスザンヌもそんなことを期待してはいない。トッドとスザンヌは確かに、洗練された趣味の持ち主だが、アレグラも交えて四人で近所の中華料理店の食べ放題、ひとり五ドルというのにもよく出かける。アルミのお皿で点心が出てくる薄汚い店だが、それでもみんなは、じゅうぶん楽しんでいる。

支払い金額の多さは別にして、友人と一緒の夕食会は楽しいものだった。バドは完《かん》璧《ぺき》なマッチョ人間だが、同性愛者を毛嫌いするようなことはなく、トッドとも話が弾《はず》んでいた。二人はフライフィッシングという共通の趣味を見つけ、トッドは豊富な知識を披露し、仔牛のクリーム煮を食べながら、仲良く手製のルアーについて話をしていた。
　トッドが釣り好きだとは知らなかった。スザンヌもそんな話は初耳らしく、おやお
や、という顔をしている。
「スザンヌは古い製靴工場跡に住んでるのよ、バド。おじいさんが残してくれたもの
なの。スザンヌが自分の手で、見事に改修したの。本当にすてきな場所になったんだ
から」クレアはスザンヌのことが自慢だった。
「へえ、そうなんだ」バドはクレジットカードを茶色い革の伝票フォルダーの中に入
れるところだった。「場所はどこなんだ、スザンヌ？」
「パール街よ。ローズ通りとの交差点近く」
「パール街、ローズ通りのあたり」バドから、陽気にディナーを楽しむ仲間という雰
囲気がいっきに消えた。タイラー・モリソン警部の顔になり、目を細め非難するよう
に眉《まゆ》をひそめた。「町の中でも、本当に治安の悪いところだな。ひとり暮らしのまと
もな女性が住むところでは、絶対ないね」
「そのとおりだとは思うわ」スザンヌは悲しそうに肩をすくめた。「残念ながらね。
四十年前には、あのあたりはすごくすてきな場所だったのよ。そういうふうに聞かさ
れたわ。でも他にあれほど広い場所は見当たらなかったし、とにかく、あのビルは私

のものなの。三代にもわたって、うちの家族のものだったから、私が売りに出すわけにもいかなかったの。でもね、もうひとりで住むのではなくなるかもしれないわ。ビルの一部を賃貸用に作り変えたから。借りたいって言う人が現れたの。ビジネスマンよ。明日にはその人と会う予定なの」

クレアはあくびをした。最近はあくびが出そうになると、押し殺すことにしている。クレアが少しでも疲れたような態度を取ると、バドが過剰反応するからだ。だが、今回は急だったので、そのまま出てしまった。思ったとおり即座にバドが立ち上がり、クレアの腕を取って椅子《いす》から体を持ち上げた。「そろそろ帰ろう。楽しかったよ。これからもよろしくな」

「バド、私疲れてないから」クレアは抵抗した。一度あくびをしただけで、楽しい夜を急に切り上げることはない。「まだじゅうぶん時間はある――」

バドはクレアの言うことなど、まるで気にも留めていない。スザンヌを指差している。「その借主のことは、契約の前に必ず、きちんと調べるんだぞ。それから、ビルのセキュリティはきちんとしたものにするんだ」命令口調になっていた。「どういうのがいいか、よければ、いつでも相談に乗るから」

「ありがとう、バド。それから食事もね。ごちそうさま」スザンヌが立ち上がると、トッドもそれにならった。

「ええ、本当にありがとう」トッドも同じことを言った。

バドはうなずいて、突き刺すような眼差しでトッドを見据えた。「スザンヌを無事に家まで送り届けてくれ」

有無を言わさぬ口調だった。

「わかりました、警部殿」トッドはえくぼを見せてからかうように言った。「それとも上官殿って言って、敬礼してほしい？」

「いや、俺はただの警察官だから。必ずドアのところまで見届けるんだぞ。さあ、クレア、俺たちも帰ろう。疲れた様子だね。あの広告代理店は、君をこきつかってるぞ。今週三回も残業したじゃないか。こんなに働かせるなんて、どうかしてる」

クレアは、スザンヌとトッドにきちんとさよならと言う暇もなかった。バドに腕をつかまれて、出口に引っ張っていかれたのだ。

このことについて、すでに二人は口論をしていた。クレアは広告代理店での仕事が気に入っていた。パークス財団での、退屈でまじめくさった仕事とはあまりに違っていた。広告代理店で働く人たちは、自由奔放で楽しくて、いくぶん訳《わけ》のわからない行動に走ったりする。ルーシーがいい例だ。バドは、ウェアハウスでルーシーがクレアを置き去りにしたことをまだ根に持っていたが、クレアは、気にもしていなかった。ルーシーは楽しい人で、ただ無責任なのだ。それはそれでいい。バドは、これからでもルーシーを逮捕したそうにしているが。

広告代理店で、クレアは懸命に働いていたが、疲れているのは仕事のせいではなかった。クレアの疲労の原因は、夜ほとんど寝ていないためだった。天井を見つめ、バドが今にも乗りかかってきてくれるのでは、と期待しながら。待つだけ無駄だった。

バドを過保護としか言いようのない行動パターンから、セックス・モードへ戻すのには、クレアとしても何か働きかけをしたほうがよさそうだ。暗い車中で二人は何も話さず、バドはみぞれ混じりの雨道をすいすいと運転していった。バドは実に運転がうまい。クレアが感服することのひとつだ。クレアは運転が嫌いだし、下手だった。バドには得意なことがいっぱいある。セックスもそのひとつだ。

しかし、バドからセックスの恩恵を受けようと思えば、クレアのほうでも何か計画を考えざるを得ないようだ。雰囲気を変えてみるというのも、いいかもしれない。

「バド、私あなたの家を見たことがなかったわ。一度行ってみたいんだけど。あなたのところで寝てみない？　ちょっと気分転換に」

「俺のところで寝たい？」ハンドルを握る手に力が入る。「何で、くだらん――何のために？　君が気に入るようなところじゃないんだ。何にもないし」そして、ちらっとクレアの表情をうかがう。「俺だってあの家にいる時間はほとんどないんだ。だから、手の込んだことはしてない。君の家みたいな、きれいなところじゃないから」

「それはわかってるわ。私の家はスザンヌがコーディネートしてくれたんだもの。彼女は国じゅうでも、いちばん才能のあるデザイナーのひとりなんだから、私のところみたいにきれいじゃなくても当然なの。私はね、イタリア製のソファがあったり、シェーファーの家具やハンドメイドのランプが並んでたり、っていうのを期待してるんじゃないわ。何もないって、どれぐらい何もないのよ？　家の中で水道は使える？　暖房とか、電気は？」

固く結んでいたバドの口元がほころんだ。「まあな。そういうのはそろっている。そこそこ快適には過ごせるだろう」

「じゃあ、いいわよね。私、冷蔵庫のかびをこそげたり、臭《くさ》い靴下を裏庭に掘って埋《う》めたりしないから。約束する。あなたがどういうところに住んでいるのかこの目で知りたいだけなの。だって、私たち婚約して——」まだその事実が信じられなくて、クレアは首を振った。「なのに、あなたがどこに住んでいるのかも、まったく知らないんだもの」

「それぐらい、教えてやるよ。フラー通り、一四三二番だ。君の家からは、通りを八本隔てたところだ。それから、俺のところには裏庭なんてない。アパートの四階だ」

「ほらね、そんなことだって初耳よ。ねえ、バド。私、自分の家からシーツとタオルは持っていくから。私がお料理したっていいのよ」

「それはごめんだな」バドが即座に言った。一度クレアも料理してみたのだが、うまくいかなかった。料理に関してはこれからまだまだ、必死にがんばらねばならないようだ。「料理は俺がする。それにシーツとタオルも俺のところにあるから。わかった、いいだろう」クレアの家の前に車を停めながら、バドはあきらめたように言った。「俺は明日、仕事——う、町にはいない。証言をとらなきゃならないことがあるんだ。帰りは次の日、遅くになる。戻ってきたら、俺のところで一緒に寝よう。君がそこまで言うんならな。ただ、豪華な場所を期待しないでくれよ」

バドが町を出なければならないことも、クレアはまったく知らされていなかった。仕事で、バドがよその土地に出向かなければならないことがあるとも、考えていなかった。バドは仕事のことを一切教えてくれないし、今日はどうだったかということさえ話してくれない。家に帰ると、大騒ぎでクレアの面倒をみることにかかるのだ。

バドとクレアの父が図書室で何を語り合ったのか、クレアには、はっきりわかってきた。クレアのことを話したのだ。かわいそうなクレア、かわいそうな体の弱いクレア。いつまでも病気で、永遠に子供。

私はもう元気なのよ、とクレアは思った。すっかり大人になり、すばらしいセックスの世界を知ってしまった。さらにもっと、その世界を楽しみたかった。

二人の間にはすでに決まりごとができつつあった。熟年夫婦のようだ。クレアは大きいほうのバスルームでシャワーを浴びる。バドは洗濯室の横の予備のバスルームを使う。あの洗濯室を通るときに、あそこでしたことをバドは思い出さずにいられるのだろうか？　詩のリズムに合わせて。クレアの脳裏には、あの場面が完全に焼きついていた。

なんとかしなければ。セックスはクレアの体によくない、という考えを捨てさせるのだ。あの薄い黄色のシルクのネグリジェはどうだろう？　あれを見たとき、バドはひどく興奮して、クレアに触れることもできず、クレアは自分で脱がなければならなかった。

家に帰るとクレアはシャワーのあと体を乾かし、ローションやパウダーで準備を整え、仕上げに、手をいっぱいに伸ばしたところから香水を自分に吹きつけた。今夜こそ自分のほうから行動を起こすと決意を固めていたのだ。バドはベッドで待っている。いつもバドのほうが、シャワーの時間が短い。クレアはしずしずと寝室に入っていった。今夜はキャンドルはなし。しかし、いつも見慣れた光景があった。バドが裸で、勃起していた。

バドはいつも裸で眠る。もっともセックスをするのなら、それも便利でいいのだろうが。シーツの上からでもはっきり大きくなっているのがわかる。バドの体は激しく燃え上がっているのに、クレアがベッドに近づいても、羽根布団《ぶとん》をかぶったままだった。

クレアが部屋に入ってくるところを、バドはずっと目で追っていた。燃える瞳が金色に輝いている。鋭い視線は獲物を狙《ねら》う動物そのものだ。そう、これが欲しかったの、とクレアは思った。

「そのネグリジェ、すごくいいな」ささやくようにバドが言った。

「でしょ」ささやき声で返事する。「あなたのために、特別に着てみたの。今度は、あなたが脱がせてくれないかなと思って」

やけどしそうな金色の目。「ああ、もちろんだ。こっちにおいで――」とたんに、バドは魔法が解けたような顔になった。瞳の炎が消えかけている。心配そうな色に変わる。「どうかな。君はずいぶん疲れているし、もう――」

「ばかなこと言わないで」クレアはさっとネグリジェを脱ぎ捨て、裸でベッドに入った。

バドはばかなことを言うのをやめ、クレアに触れた。大きな手が震えている。クレアの体を下にすると、熱く激しいキスをしてきた。顔の位置を固定するため、片手で頭を後ろから抱え、もう片方の手はクレアの腰を押さえてそちらも位置を合わせている。クレアは脚を開いて体を滑《すべ》らせるように動かし、バドの熱く硬いものを体を使って撫《な》でた。バドの手がクレアの腰を撫でながら、下のほうへと移動してくる。やがてクレアそのものに、クレアが触れてほしいと思っていたその場所に、バドの手が届いた。バドは指を入れて動かし始めた。

ああ、この感覚を待っていた。

熱と力、湿った霧のようなものがぼんやりクレアの頭を包んでいき、クレアは体全体で感じるようになっていた。体しかない。バドの舌がクレアの舌と絡み、そのリズムに合わせて、バドの指がクレアの体の奥を探索していく。湿った口、湿った体、そして硬い乳首がバドの胸毛にこすれる。クレアは両手と両脚をバドの体にしっかり巻きつけ、彼の力強い筋肉が自分の肌に触れる感覚を堪能していた。快感が高まっていったとき、バドが羽根布団を蹴《け》ってベッドから落とした。羽毛がふわっと空中に舞った。バドがクレアを抱いたまま、体の向きを変えたとたん、羽毛がクレアの鼻先をくすぐった。

クレアはくしゃみをし、バドがぴたっと動きを止めた。

バドはキスをやめ、触れるのをやめ、また向きを変えてそっとクレアをベッドに寝かせた。「ごめんよ」シーツをクレアの体にかける。床に落ちていた羽根布団を拾い、肩までぴったりクレアを布団に包んだ。三歳児を寝かしつけるような気の遣いようだった。そして、額《ひたい》にそっとキスするとベッド脇《わき》のランプを消した。「君はゆっくり休まなきゃならないのに、あんなことしてしまって、ごめんな。おやすみ」

クレアの体は完全に麻痺《まひ》状態だった。もう少しでオーガズムに達するところだったし、その不満をどこにぶつければいいかもわからなかった。バドに続けてほしいと言うのは、恥ずかしかった。恥ずかしくて自分の手で自分を慰めることもできなかった。それに自分で得たオーガズムなど、バドが与えてくれるものに比べれば、色あせたものだ。

クレアの目から涙がこぼれ落ちた。けれど、その涙を拭《ぬぐ》うことなど、絶対しないと心に決めていた。そんなことをすれば、バドがすぐに体を起こして、どこか調子が悪いのかと大騒ぎするからだ。悪いところはわかっている。バドにもう少しのところまで連れて行かれて、そこで放り出されたということだ。クレアは悔しさに眠れないまま、天井の暗闇《くらやみ》を見つめていた。やがてクレアの体の熱もひいていった。不満、怒り、悲しみがないまぜにクレアの胸で渦巻いていた。

バドのことは愛している。

けれど、タイラーなんか、どこかに消えてちょうだい、とクレアは思った。

13

十二月二十三日、真夜中すぎ
フラー通り、一四三二番、バドのアパート

腕の中のクレアが体を動かし、ほうっと息を吐くと、バドの額《ひたい》からどっと汗が噴き出した。クレアの膝《ひざ》がペニスを押す。どうしようもなく勃起《ぼっき》して、今にも中から爆発するぞと訴えているペニスを。怒りにも似た激しい勢いで、このままクレアにそれを突き立てて目を覚まさせてやりたいが、それははっきりいって問題外だ。問題外ではないとしても、力をコントロールできず、暴力的にしてしまうだろう。興奮しすぎていて、クレアの中に入った瞬間、我を忘れて激しく体を動かしてしまうはずだ。それで、バドはあぶら汗をかきながら、苦しみ続けた。

バドが家に帰ってきたのは数時間前だったが、クレアはすっかり眠りに落ちていた。バドは疲れ果て、どうしようもないほどやりたくなっていた。テーブルには冷たくなった紅茶があり、クレアはソファで丸くなっていて、十二歳の子供のように見えた。クレアが自分のアパートで待っていると思うと、バドは近くの町からの帰り道を制限速度など一切無視して猛スピードで車を走らせた。

出張の理由は、スロベニア人の武器密輸業者を尋問するためだった。その業者はシーミス・ルーデンという男とつながりがあり、ルーデンはゲリラ組織への武器供給では世界最大の組織をウクライナのドニエプル川流域の地方を拠点に持っている。その地方全体はロシア・マフィアが実権を握っている。尋問には当初の目論見《もくろみ》より手こずり、クレアが待っていてくれると思うと焦る気はあったものの、プロとして、バドは仕事をおろそかにするようなことはしなかった。情報提供者への質問は通訳を介さなければならず、通訳の英語はあやふやで、尋問は遅々として進まなかった。

バドは疲れていた。理由のいちばんは、ホテルで過ごした前夜、マスターベーションし続けていたからだった。婚約がこれほど疲れるものだとは思わなかった。今までバドは、マスターベーションすることもめったになかった。手を伸ばせばそこに、その気になった女性がいくらでもいたからだ。ちょっとあたりを見渡せば、それで済んだ。

たとえば、スロベニア語の通訳だ。何度も思わせぶりな視線を送ってきて、そのため通訳がさらにいいかげんになった。バドはスロベニア語通訳など欲しくはなかった。

その町の事件を担当する婦人警察官も欲しくなかった。夜中ホテルに帰る途中で立ち寄った終夜営業のレストランのウエイトレスも欲しくなかった。ホテルの受付の女性も欲しくなかった。

バドはクレアが欲しかったのだ。

クレアと一緒に寝るのにセックスしないという生活が、心身ともにこたえてきていた。毎晩クレアとベッドに入り、勃起してやりたくてたまらず、クレアが疲れていませんように、目の下にわずかでもくまができていませんようにと祈るような気持ちだった。しかし、クレアと同じベッドで寝るのに、クレアに触れないでいるというのは、本当に辛かった。軍では数度、表彰されたこともあるが、敵の砲火に向かっていくのだって、クレアとのセックスを我慢することに比べたら、何ということはない。

クレアに触れたくて手がうずうずし、ペニスは今にも爆発しそうになっている。そんなときバドはあの図書室のクレアの父の震える声を思い出した。クレアの病床で彼女が死ぬのを待っていたときの話。そうすると、バドは自分を抑えることができた。クレアは必ず俺《おれ》が守ってやる、自分の名誉にかけてそう誓ったのだから。

つまり、頭が空《から》っぽになるほど彼女とセックスしてはいけない、ということだ。

自分のアパートに入ったとたん、バドはまず、クレアの匂《にお》いを感じ取った。クレアの匂いはバドの頭の中に刻み込まれている。目隠しをされてもクレアを見つけられる。

ひょっとしたら今夜は……そう思いながら居間に入るとパジャマを着たクレアがソファに丸くなっているのが見えた。片手を頭の後ろに入れ、青白く疲れた顔をしていた。バドはクレアをベッドまで運び、自分もパジャマを着て——いつものように裸で寝るのは、あまりに危険すぎる、そしてクレアの横に体を滑《すべ》り込ませた。

クレアは眠るときにバドに触れていたがる。それは実にうれしいことだ。しかしそれは同時に、地獄の責め苦ともなる。バドはクレアに触れないようにして、クレアを抱きかかえようとして、ペニスというものは、風船みたいに破裂することはあるのだろうかと考えた。そんなことがあるとしたら、きっとバドのは破裂するはずだ。

さらに辛いのは、昨夜のように自分で慰めることもできないということだった。動きでクレアは目を覚ますだろうし、出せばクレアの体じゅうを汚してしまうほど溜《た》まっている。そんな情けないことにはなりたくない。

眠っているクレアは、さらに体をすり寄せてきた。柔らかな腕がバドの胸の上に投げ出される。その手を取ってペニスをつかませ、こすり上げてもらうのはどうだろう？　この場所に触れてもらったのは、今まで一度きり、あの洗濯室でのときだけだった、そう思ったバドの脳裏に、あの小さな部屋のことが思い出された。棚のニスと洗剤の匂い、裸のクレアが洗濯機の上に座って……するとバドの心臓が大きく音を立て始めた。クレアはおずおずと、そっとやさしく触れてきた。スエットパンツを引っ張り下ろしたのも、クレアのほうからだった。しかし、そこまでしかできなかった。クレアは、セックスにはまだ恥じらいを持っている。もう少し積極的になってくれてもいいとは思うが、そうなればクレアらしさはなくなる。バドが愛しているのは、今のままのクレアなのだ。

バドが今までに相手にしてきた中には、あからさまに欲しいものを要求する女性もたくさんいた。夕食を一緒にしていたら、テーブルの下で自分のものをもてあそばれたこともある。さらにいきなり率直な言葉で誘われたこともある――やりたい？

イエス、イエスだ。やりたい。

バドはクレアとやりたいのだ。

クレアの髪がバドの胸に広がり、柔らかで温かい黒の毛布のように見えた。クレアは安らかに眠り、寝息もほとんど聞こえないぐらいだ。クレアのすべてが軽やかで繊細なのだ。そしてそのことがバドの心配の種だった。あの週末も心配はしていた。バドはずいぶん荒っぽくクレアを扱った。乱暴すぎたと思った。しかし、あのときの心配は、クレアがバージンだったからだった。

だが、バージンは、バージンでなくなる。それもすぐに。だからクレアもすぐに、バドの要求に応えられるようになると信じていた。一度も拒否されなかった。バドがしてやったことは、何もかも気に入っていた。自分の性欲が強いことは知っていたし、セックスのパートナーとして同じ相手をずっと持つことになると思ったこともなかった。だから、もしそういう相手ができるのであれば、その相手も同じぐらいの欲求を持ってもらわなければならないことはわかっていた。病気のことを聞かされるまでは、クレアは自分の要求にじゅうぶん応えられる女性になるはずだと確信していた。

しかし、今は何を信じていいのかわからない。

クレアのことは愛している。今後死ぬまで、クレアを裏切るつもりはない。しかし、バドが望むほど、あるいは必要なほどにはセックスできないとすれば、どうすればいいのだろう。ひとりどこかに閉じこもって、自分を慰めるだけの生活が続くのだろうか。

まいったな。勃起して痛い。

バドは下腹部に手を伸ばした。動かさずにマスターベーションするのは可能だろうか、こすらないでも、そっと絞っても出るかもしれない、そう思ったときだった。電話が鳴った。夜中の一時半に電話がかかってくる理由はひとつしかない。仕事に関わる緊急事態だ。

バドは気持ちがそらされたことに、感謝したいような気分になり、二度目のベルで受話器を取った。

「モリソンです」

「バドか、俺だ、ジョン・ハンティントンだ」

名前を名乗る前から、バドには誰《だれ》だかわかっていた。どこで聞いても、この声の主はわかる。ジョン・ハンティントン中佐、元海軍でSEAL《シール》の部隊長だった男、通称『真夜中の男《ミッドナイト》』だ。ジョンとは十二年前に合同訓練のときに会ったきりになっていた。

スザンヌのビルの新しい借主というのが、よりにもよってミッドナイトだったのだ。ミッドナイトが突然ポートランドに現れるとは思ってもいなかったが、スザンヌが身元照会でバドに電話をかけてきた。ミッドナイトは照会先に、バドの名前を挙げていた。

ミッドナイトがスザンヌのパール街のビルに住むと知って、バドは本当に安心した。スザンヌはクレアの友人だから、守ってやらねばという責任感を覚えていた。ローズ通り近くに美しい女性がひとりで住んでいるのは、トラブルのもとだ。しかし、ミッドナイトがビルの借り手となるのであれば、安心していられる。ミッドナイトはこの地上で、もっとも危険な男であり、自分の大家である女性に危害が及ぶようなことは絶対に許さない。その女性があれほどの美人ならなおさらだ。

バドはくだらないおしゃべりなどせずに、単刀直入に切り出した。「何があった、ジョン？　困ったことになってるのか？」

「そういう言い方をしてもいいだろうな。たった今、人を殺した」

それは困ったことだ。大問題だ。バドはベッドに起き上がって、ズボンに手を伸ばした。バドの胸に体を載せていたクレアがベッドに転がった。コードレスの受話器を手にしたまま、ジョンの話を聞く。

「こんな時間に起こして申し訳ない。おまえに連絡しなきゃならなかったんだ。俺は今、スザンヌ・バロンの家にいる。ローズ通りのビルだ。今晩、ビルに侵入してきた男がいた。武装してだ。俺が男の始末をした。おまえんとこのチームを連れて、来てくれないか? かなりひどいことになってるから」

「バド?」クレアが眠そうに言った。ベッドに起き上がって、顔にかかった髪をかき上げ、目をぱちぱちさせている。「あなた、戻ってきたのね。起きて待っているつもりだったのよ。でも寝てしまったんだわ」くそ、起こさないようにしていたんだが。

バドは受話器を手でおおった。

「起こしてしまったな、ごめんよ。寝ていればいいから」

「何か悪いことが起きたの?」あくびをしながらクレアが言った。

「いいや」嘘《うそ》をついた。悪いことが起こり、クレアの友人が巻き込まれている。しかし事情がよくわからないままに、クレアを心配させることはできない。ミッドナイトが一緒にいるなら、スザンヌは安全だ。大騒ぎしてクレアが気をもむ必要はない。

「寝ててくれ、いいな。俺は出かけなきゃならないから。呼び出しを受けて、戻って来られるのが何時になるか、わからない。朝までに戻って来られなくても、鍵《かぎ》は持っているよな。ちゃんと鍵かけるんだぞ」

クレアはきょとんとしたまま、まばたきをした。まだ半分眠りから覚めていないのだ。「わかった」そうつぶやくと横になり、すぐに眠りに入った。

「すぐ行く」バドは服と受話器を手にしたまま、居間に入っていった。落ち着いた声で伝える。「署に連絡を入れて、俺は直接スザンヌの家に向かう。チームが到着するのには、十五分ぐらいかかるだろう」

「ドアは開いてるぞ。広々とな。警備システムが壊されてるんだ。派手にサイレンを鳴らしてきてくれてもいいぞ。男はどこにも逃げそうにないからな。後は……ちょっと待ってくれ」

受話器の向こうからは、しばらく音がしなくなった。その間にバドは身づくろいを整えた。

ジョンがまた話し出した。「バド、こいつは雇われたプロらしいな」

「何だと？　どうしてわかる？」

「製造番号を削り取った、コルト・ウッズマンを持ってるんだ。消音器つきだ。銀の食器を盗むために、こんなぶっそうなものを持つやつがいると思うか？　それに、防弾チョッキを着ている。しかも標準装備のものじゃない高級品だ。急いでくれ、バド」

コルト・ウッズマンは、プロの殺し屋が一般的に持つ銃で、しかも消音器つき、そして防弾チョッキ。スザンヌの家で。悪い予感がした。

「もう向かってるからな、兄貴」

十二月二十三日
ポートランド市警察本部
昼前

九時間後、バドは警察署で、コーヒーとは名ばかりのどろどろのエンジンオイルのようなものを飲みながらコンピュータをにらんで、苛立《いらだ》ちを募《つの》らせていた。署のコンピュータシステムは最新鋭のもので、現在、全米犯罪情報センターとつながっている。犯人の指紋照合をしようとしているのだ。しかも二人も。スザンヌ・バロンを殺そうとしたのはプロの殺し屋で、それが二人もいた。

全米犯罪情報センターは年間、何十億にものぼる情報要求を処理する。スーパーコンピュータの処理は迅速だが、それでもバドは待っているのが苛立たしかった。必要な情報を今すぐ得なければならない。スザンヌの命がかかっている。

スザンヌの家に忍び込んだ男だけでなく、二番目の殺し屋がいた。家の中のいちおうの捜査が終わり、鑑識課員が証拠を袋に詰め、番号をつけ、全員で市警本部へと向かおうとしたときだった。スザンヌの家の前にある売春宿の二階でずっと機会をうかがっていた、二番目の男が発砲してきた。銃弾は、もう少しでスザンヌの体を貫くところで、もしジョンの優れた反射神経がなければ、今頃バドはスザンヌの無残な亡骸《なきがら》を死体安置所に運んでいるところだった。

ジョンは二番目の男も倒した。完璧《かんぺき》に狙《ねら》いどおり、男の頭を二発撃ち抜き、そのあとスザンヌと共に姿を消した。事態はますます面倒なことになった。

ミッドナイトがクレアの友人をどこに連れて行ったのかは、まるでわからなかった。警官の部分では、その行動は許せなかった。スザンヌは明らかに、何らかの犯罪について話したか、何かをしてしまったか、それとも現場を目撃したのだ。スザンヌを警察に呼んで、事情を聞く必要がある。

しかし男としての部分では、完全にジョンの行動を理解できた。ジョンとスザンヌの様子から、二人には体の関係があるのは明らかだった。ジョンは自分のものを必ず守る男だ。誰かがスザンヌに銃を向けるのなら、ジョンは問答無用でスザンヌをそんな状況から連れ出すはずだ。そしてバドが警察官としての仕事をきちんとこなして、事件を解決してくれると信じ、待っているはずだ。ミッドナイトがスザンヌを隠したのなら、誰も彼女を見つけ出すことはできない。けっして。

今や、ボールはバドの手にある。バドはコンピュータの前で、必死に状況を考えていた。

事件は、どこからみても組織犯罪の息がかかったものだった。二番目の殺し屋がいたのは、最初の暗殺者を殺すためだ。そうすればスザンヌを殺した男とそれを依頼した人間の関係はわからず、一切の手がかりは消える。

すべてのことがバドのいつもの仕事とは、逆の手順だった。バドは通常、殺人を犯した者を追う。しかし今回は誰が人を殺したかはわかっている。ジョン・ハンティントンだ。ただし、これは正当防衛であり、スザンヌの命を救ったためにジョンが罪に問われることはないだろう。このことは手違いのないように、バドのほうでもきちんと処理するつもりだ。

今回のバドの仕事は、殺されたほうが誰かを調べることなのだ。それがわかれば、殺し屋を送った人物にたどりつける。

ビーー！

情報がコンピュータに送られてきた。バドが画面を見ていると、男の顔が現れた。正面、横顔、さっき見た男だ。間違いなくスザンヌのもとに送られてきた殺し屋、死体一号だ。

ミッドナイトが、最初の男を殺すのにK－バーと呼ばれる戦闘ナイフを使うところまで気を回したことに、バドはつくづく感謝したくなった。銃を使っていたら、男の顔は吹っ飛んでいただろう。これで、身元の確認はできる。警察に残っている写真は、二、三年若いときのもので、髪も現在より短かったが、スザンヌの家のきれいな居間で死んでいた男に間違いはなかった。

ロジャー・ベケット、三十六歳、最後に確認された住所は、セーラムのオレゴン州立更生施設。

まったく、こいつは延々と前科があるじゃないか。ラップの曲にでもできそうだ。初犯は十五歳、ドラッグ中毒者、更生施設を出たり入ったりか。その間もあらゆる犯罪の常習犯。軽犯罪だけじゃない。暴行、強盗、ドラッグ取引、レイプ。

そこまで読んで、バドの心臓がどきっとした。

レイプ。

レイプする男は、更生しない。一生、そのままだ。

レイプする人間に対するセラピーや行動矯正プログラムなど、バドはまるで信じていなかった。そして、子供に虐待する人間もだ。バドは心の奥底では──その気持ちを自分で認めることさえまずないし、ましてや人に伝えることなどけっしてないが、性犯罪者は去勢されるべきではないかと思うこともあった。あそこを切り落としてやれば、二度とそれを使って他人を傷つけるようなこともないはずだ。それ以外の方法など、何ひとつ効果がないのだから。こういった男は一生、矯正されることなどない。それほど病んでいる人間がいるという事実を受け入れるのは難しいが、幼い女児、男の子に興奮する男たちというのは、無力な子供たちを残酷な目に遭わせることに快感を覚え、そうしないことには収まらないのだということもバドは知っていた。そして強姦魔《ごうかんま》というのは、暴力を好み、女性を傷つけることで自分に力があると錯覚して興奮する。強姦するという病気にかかったやつに、治る見込みはない。

もしジョンがいなければ、スザンヌが殺される前にめちゃめちゃにレイプされていただろうということは疑いの余地もなかった。

二番目の殺し屋のファイルが転送されようとしているとき、受付の警官がバドのオフィスに入ってきた。「警部に会いたいという方がいらしてますよ」

「今はだめだ、ロペス巡査長。手が離せない」巡査長のほうを向きもしないでバドは言った。送られてきたファイルには添付書類があり、機密扱いだった。大きなファイルで、四〇メガバイトもある。おそらく画像ファイルがたくさんついているのだろう。

「でも、こちらの方は会ったほうがいいんじゃないですかね」カーメラ・ロペスは皮肉っぽく言ってドアから体をどけ、男を通した。中肉中背、短く刈り込まれた茶色の髪、これといった特徴のない顔。安物の黒いスーツ、白のシャツ、細めのポリエステルのネクタイ。

額にFBIと彫ってあるのも同然だった。

「モリソン警部、ポートランド支局で新しく担当になった、特別捜査官のシスマンと申します」

今のバドにはFBIとの連携捜査をどうするなどという広報向けの仕事をしている暇はない。「今はちょっと手が離せなくてね。二週間ほど前の業務指令の話だよな、警察とFBIで対テロ対策特別チームを組むっていう……」

「違います。今回来たのは、もっと切迫した用件があったからです」FBIの捜査官はコンピュータの画面に向かってうなずいた。「身元不明死体について、指紋照会をされましたよね。その情報に関しては、全米犯罪情報センターから、FBIをまず経由して返答することになってました。FBIでは、この指紋の照合が要求された場合に連絡を受けるように印をつけておいたんです。さらに……」FBI捜査官は画面を指差した。添付ファイルがやっとダウンロードされるところで、しばらくお待ちください、というメッセージが点滅していた。「……これです」

バドは事情がのみ込めなかった。「これって何だ?」

シスマンはコンピュータに近寄ると、画面を指で叩《たた》いた。

データがダウンロードを終了すると画面が閉じられ、大きな文字が現れた。〝この情報の閲覧には制限があります〟。

いったいどういう……？「制限？　誰に対して？」バドは怒りをあらわにした。

「たとえば、私ですね」シスマン捜査官が答えた。にらみつけるバドの視線をしっかり受け止めている。シスマンはバドよりは身長で二十センチ近く低く、体重も三十キロは軽そうだが、タフさでは負けていなかった。「なぜそのファイルの情報が必要かを話してくれれば、あなたにもアクセスが許される」

バドはものの三秒ほど考え込んだが、答は決まっていた。スザンヌの命がかかっている。「よし、そっちから事情を話してもらおうか」

「わかりました」シスマンは硬いプラスチックの椅子《いす》のところまで歩くとそこに腰掛け、キーボードにコードを打ち込んだ。双方向にやり取りが進むプログラムになっており、順に次のステップへと移っていく。非常に厳しく機密が保持されている証拠だ。ステップごとに、小さく警報音が鳴る。バドにはどのキーが押されているのか見えず、画面に現れるのは枠とその中の星印だけだった。コード番号とパスワードだ。

少し時間がかかったが、やっと画面から男の顔が出てきた。二番目の男は死体安置所できちんと見たのだが、顔はぐしゃぐしゃになっていたため、画面の男と同一人物かは自信が持てなかった。男の頭の上半分はすっかり吹き飛ばされていた。スザンヌの家に忍び込んだ殺し屋のほうは、ジョンも顔をそのままにできたが、二番目のほうはそこまでの余裕がなかった。スザンヌの危険を察知し、反射的に行動するので精一杯だったのだ。

ジョンの放った銃弾は二発とも一撃必殺のものだった。顔の正面からのものは眉間《みけん》の中央にあたり、後ろからのものはうなじの真ん中、首筋の二本の腱《けん》の間に命中していた。それ以外の方法なら、たとえ頸動脈《けいどうみゃく》を切ったとしても、殺し屋は死ぬ直前に引き金を引いていただろう。

眉間にあたった銃弾は、脳の前部を吹き飛ばし、うなじの銃弾は脊髄《せきずい》を寸断していた。どちらの銃弾でも、あたった瞬間に人は地面に崩れ落ちる。つまり即死だ。

あの一瞬でも、ジョンはあらゆる不幸な可能性を排除する射撃をやってのけたのだ。まぐれでも、殺し屋の最後の瞬間の銃弾がスザンヌに向かって飛び出すことがないように、完璧を期した。ジョンのやったことは、絶対的に正しい。バドはその射撃の技術に賞賛を覚えるだけだった。

バドもかつてはそれに近い腕は持っていたし、今でも警察の中では抜きん出て優れた技術はあるが、暗闇《くらやみ》の中、三百メートルも遠くの敵を一発で仕留めるほどの自信はなかった。

狙撃手《そげきしゅ》というのは、賞味期限がある。ミルクと同じ生鮮食品のようなものだ。もちろん、ミルクよりは賞味期限は長い。バドはできるだけ腕が落ちないようにと努力してきたが、警察での仕事の忙しさで研《と》ぎ澄まされた技術も、鈍くなってきている。『真夜中の男』の腕は鈍っていなかった。それは、はっきり言える。不幸中の幸いだ。これでジョンは、二度もスザンヌの命を救ったのだ。

しかし今、しなければならないのは、二人目の殺し屋の身元を調べることだ。顔ははっきりわからないが、九九％画面の男に間違いないとバドは思った。死体安置所で見た死体は、濃い色合いのブロンドで、左の前の犬歯に金冠をかぶせていた。鎖骨の上に外科手術の痕《あと》があって、おそらく甲状腺《こうじょうせん》摘出手術だろうと思った。

目の前の画面にある容疑者の身体的データを読んでいった。

ライアン・マクミラン、四十七歳、身長百八十センチ、体重八十五キロ、濃い金髪、虫歯治療を何度も行なっている、一九九五年服役中に、甲状腺摘出手術を受ける。その続きを読んでいくうちに、バドの体にさっと鳥肌が立った。

全米でも屈指の狙撃の腕を持つ殺し屋の数は、それほど多くない。ライアン・マクミランはその中でも、さらにトップレベルで、いくつかの大事件の実行犯とされていた。マフィアのカーマイン・ロー・ペッシュ、全米トラック運転手労働組合のこわもて会長、ヴィック・トーランス、さらに——ここでバドは凍りついた——ジュリウス・レスリー上院議員の暗殺。これは、アメリカ犯罪史上もっとも有名な未解決事件で、これよりも人々の関心を集めた未解決事件といえば、マフィアや政界との関係が取りざたされた、トラック組合のジミー・ホッファの失踪ぐらいのものだ。

マクミランの標準報酬は、一回につき五十万ドル。

つまり、スザンヌを殺そうとした者が誰かはわからないが、少なくとも五十万ドル以上、さらにはベケットがいくら要求したのかはわからないが、その金額も喜んで払っていたということだ。ただのインテリア・デザイナーを殺すためにそれほどの金額を払うとは。バドが今知った事実からまだ立ち直れないでいるところに、特別捜査官シスマンの声がすげなく響いた。「今度はそちらの番でしょう」

バドが振り向くと、シスマンの老人のような疲れ果てた目があった。その後二十分間、バドは昨夜からの事情を事細かに説明し、最後に死体安置所に二人目の殺し屋がいるところで話を終えた。

しばらく二人は無言のままだった。重い空気が流れた。

シスマン特別捜査官が、わかりきったことを確認するように言った。「これは、ひどく大変なことになりましたね」

十二月二十三日、午後六時
ポートランド市警本部

クレアはタクシーを降り、コンクリートと鋼鉄でできた十六階建てのビルの入り口に立った。司法ビルだ。このビルから、通り三本以内の区域は九・一一テロ事件以来駐車禁止になっていることを、少し前に地元紙の記事で読んでいた。今の服装では通り三本分も寒空の下を歩くことなどできないので、クレアはタクシーに乗ってきた。

職場ではただ、早退しますとだけ言った。事務の女の子のわりには、クレアはあまりに頭もよく、教養もあったし、何より残業もたくさんしていたので、早退願を出すと即座に許可された。

クレアは分厚いコートの襟元《えりもと》をしっかりと合わせ、握りしめた。凍えそうなほどの寒さだが、汗が出る。これから非常に恐ろしいことをしようとしているからだ。

ビルのロビーに入ると、クレアは顔を伏せたまま十三階までエレベーターで上がった。そこに殺人課がある。調べてきたのだ。

エレベーターに乗っている間、膝ががくがくし、心臓は飛び出しそうだった。

怖い。

けれど、こうしなければもっと恐ろしいことになる。

一度決心したんだから、最後までやり抜くのよ。

母が昔よくそう言っていたのを思い出す。確かにそうだ。クレアとバドは付き合いを始め、笑ってしまいそうなほど短期間で婚約して身動きが取れなくなり、バドはできるだけ早く結婚しようと言っている。クレアにとっては、結婚は一生に一度のことだ。

このままの状態で一生を過ごすなど耐えられない。バドは音を立てるのもびくびくし、キスすることも、触れることも、そして愛を確かめ合うことも恐れている。バドのことは深く愛している。しかし一生陶器の人形のように扱われながら生活を送ることはできない。乱暴に扱うと壊れてしまうとバドは思っているのかもしれないが、クレアはけっして壊れはしないのだ。さんざん辛い目に遭っても、それを生き抜いてきた。激しい痛みに耐え絶望の淵《ふち》を這《は》い上がってきた。壊れるはずがない。バドの愛の示し方がどれほど荒っぽいものであろうと、そんなことで傷ついたりしない。今のような接し方をされたときに、クレアは本当に傷つくのに。

二人の将来は、バドが大人の女性としてクレアを扱ってくれるかどうかにかかっている。ちゃんと血の通った健康な大人であり、バドの心が命ずるままにどんなことをしたとしても、受け止められる。お互いが求める限りのセックスをすることも含めて。バドがクレアをそういう女性だと考えてくれるしかないのだ。

だからこそクレアはこれほどまでに大胆な、自分でも怖くなるほどのことをしてみようと思った。バドの根幹を揺り動かすため、ここまでやってみる気になった。

クレアは昔、自分の感情を表に出さない子だった。不安に震えていても、ときには吐きそうになっていても、誰にもそのことは知られなかった。

表向きの表情によって、世間から自分がどういう目で見られているのか、よく知っていた。今日は十三階でどう見られるかよね、とクレアが思っていると、エレベーターのドアが開いた。身なりのいい上品な若い女性、自分の容貌《ようぼう》に自信を持っている、そう見られたい。

ずらっと机の並んだフロアを見渡して、クレアはしばしぼう然とした。机の上では電話が鳴り続けている。戦場さながらの様子で、警察官――男性も女性もいる――がいっぱい、誰もが忙しそうで、てきぱきと仕事をこなしていて、そして全員が銃を携帯していた。

なるほど、ここがバドの世界というわけね。荒っぽくて、騒然としていて、大切な仕事。

バドはけっして仕事の話をしてくれなかった。かわいらしくて上品な壊れ物として、クレアを真綿にくるんでおこうとしている。確かにクレアはそうやって育てられてきた。しかし死の淵で十二年間過ごしてきて、今や鋼鉄のような芯《しん》ができたのだ。今日は一日こんなことがあったよ、とバドに話してほしかった。たとえ辛く残酷なものを目にしたのだとしても、それも聞かせてほしい。バドの仕事はそういうものだし、そうやって世の中に貢献しているのだから。

世の中が辛くて残酷なものであることぐらい、クレアはとっくに知っていた。そのフロアには百人ほどの人が働いていた。強烈な音があちこちで聞こえる。いろんな人が電話に向かって怒鳴《どな》っていたり、お互いに怒鳴り合ったり、仕切りパネル越しにでも会話したりする。電話は鳴り、コンピュータは警告音を出している。臭《にお》いも強烈だ。革と紙と汗と安物のコーヒー。

クレアの心の中が震え、たじろいでしまった。やめたほうがいいかもしれない。それにもし、バドが専用のオフィスを持っていなかったら、計画はすべて無駄になる。「すみません」クレアが声をかけた男性は、クレアのほうを向きもしなかった。クレアは体勢を立て直すと、さらに大きな声を出した。「すみませんけど」

男性が振り向いた。驚いた顔をしている。背が低く、頰《ほお》にはうっすらとひげが生えてきていて、開いたシャツの襟からはふさふさと黒い胸毛がのぞいている。「何か?」男性はクレアをじろじろながめた。おそらくここには場違いだと考えたのだろう。確かに、カシミア製の落ち着いた赤のコート、しかもバレンチノのものだ、柔らかな仔牛《こうし》革の黒の手袋、そしてハイヒールといういでたちは、この場にはそぐわない。

「下の階にいらしてください。受付案内が……」

「ここは殺人班でしょ」男性の言葉をクレアはさえぎった。

「殺人課っていうんだけど、ええそうです」

クレアは乾いた唇を湿らせたい気持ちを抑えた。「あの、タイラー・モリソン警部はここにいるのよね？」

「バドのこと？　ええ」男性はフロアの奥を指した。曇りガラスの入ったオフィスが二つある。オフィスにはちゃんとドアがついているのを見て、クレアはほっとした。

「左側のほう。何か御用でした？」男性はまた上から下までクレアを見て薄笑いを浮かべた。「殺人事件でもありました？」

「いいえ」クレアは明るく返事したが、バドに対する不満がどれほど募っているかを思ってつけ加えた。「殺人事件を起こさないようにと思って」

混雑するフロアをつかつかと歩いていったが、誰もクレアに注意を払わなかった。非常に混乱しているように見えたが、実はそうではないと歩いているうちにクレアにもわかってきた。全員が課せられた職務を見事に果たしているのだ。

私だって、私のやるべきことをちゃんとやってみせるわ。

そう思うと、勇気がわいてきた。左側のドアをノックする。「何だ？　急ぎか？」聞きなれた声が怒鳴りつけてきたので、どきっとしたが、クレアはドアを開けた。

バドの驚いた顔を見たのは初めてだった。バドが我に返るのに、一瞬の間があった。

「クレア」ぼう然とドアのほうを見ていたが、はっと警戒するような表情になった。

「いったい何しに来た？　体の調子でも悪いのか？　よくないことでもあったか？」

バドは机に手を置いて立ち上がろうとした。

「そのままよ、バド」言われたとおりにしたものの、バドは困惑した顔をしている。言い方が完璧だったのだ。しっかりした声で、命令調だった。

クレアは後ろ手にドアを閉めて鍵をかけ、ゆっくりした足取りで部屋の中ほどへと歩いていった。

バドを見る。しげしげと、バドだけを。

最近、子供のお守りをするような態度のバドには、本当に頭に来ていたので、クレアは自分の婚約者がどれだけセクシーですてきな男だったかを忘れていた。強くてタフで危険な男。けれどどうしようもなくやさしくもなれる人。こんな男性は世界じゅうにもめったにいない。

この人を勝ち取らなければ。闘うだけのことはある。そのためには持てる武器のすべてを使おう。さあ、戦闘開始だ。

クレアは手袋をはめたまま、ゆっくりコートのボタンをはずしていった。前をはだけたままにして、バドのぽかんと口を開けた顔を楽しむ。そして、じりじりするぐらいのろのろと手を上げていく。肩を撫《な》で、コートをもう少し開く。腰をくねらせ乳房を揺する。するとコートが床《ゆか》に滑り落ちた。ふわっと、カシミアでなければできない柔らかな落ち方。

コートの下は裸だった。クレアが身につけているのは、黒の手袋、腿《もも》までのストッキング、ハイヒール、そして口紅だけ。まるで高級娼婦《しょうふ》だった。しかも、すっかりその気になっている娼婦。胸の先は硬く小さな蕾《つぼみ》になっている。もちろん寒さのためもあるが、興奮しているのも事実だ。特に自分を見つめるバドを見ていると、気持ちが高まってくる。

やったわ、ここまでしてよかった。こんなことをしてもいいのだろうかと悩み抜いた甲斐《かい》があった。バドの瞳《ひとみ》に燃え上がる炎をこうやって見られるのなら、不安を抱えてここまで来る価値はあった。

「ここまで来る間ずっと、こうすることを思い浮かべていたの。あなたのことを考えてたわ」やさしく言いながら、バドの目を見る。そして指を一本ずつ手袋からはずしていった。最初に左手を出し、次に右を取る。「タクシーの中でも、あなたに触れてもらうところを想像していたの。体じゅう。あなたに触れられると、くすぐったくなるの。知ってた？　あなたのことを思うと、濡《ぬ》れてきたわ。タクシーの中でよ。車が角を曲がるたびに、脚をぎゅっと閉じて、あそこを押さえるようにしたの。ウエブスター通りを曲がるときは、いきそうになるほどだった。それにこの胸が——コートの裏地にこすれて、あなたに舐《な》められているときのことを思い出していたの。でもやっぱり——」さらにじりじりとバドに近寄る。「——あなたに直接触れてもらうほど、気持ちいいことはないのね。あなたに抱かれ——」机を回ってバドのそばに立ち、膝が触れるところで止まった。そしてささやく。「やってもらうこと。それがいちばんすてき」

バドが慌てたように手を伸ばしてきた。クレアが大好きな、そして見たくてたまらなかった、あの金色の輝きを瞳に浮かべている。クレアはバドの手をつかんで、止めた。クレアは腕の向きを変えて、手のひらをぴたりと合わせ、指を滑らせるようにしてバドと手を組む形にした。大きくて温かな、まめだらけで硬いその手に触れるだけでも、クレアは興奮した。こんなに力強い手をしているのに、バドはいちどもクレアに痛い思いをさせたことがない。クレアはそっと力を入れて、つないだままの手をバドの腿に持っていった。そこで自分の手を引き抜く。「私にさわるのは、まだよ」セクシーな声でクレアが低くささやくと、バドの手がぴくっと動いた。クレアにさわりたくてたまらないのだが、そのあとは動かなくなった。クレアも触れてもらいたかったが、その前に伝えておかなければならないことがある。

バドの腿のあたりを見ていたクレアが顔を上げると、金色に輝くバドの瞳とぶつかった。そしてもう一度、クレアは視線を落とした。ゆっくり唇を舐める。「私がここに来て、うれしいのね」バドのものが巨大になっているのは、グレーのウール生地越しにも、はっきりわかる。

「くそ、あたりまえだろ」バドが息も絶え絶えになっている様子を、クレアは楽しんだ。バドは先週来、言葉遣いも上品になっていた。すると、自分が荒っぽい言葉には耐えられないほどデリケートな存在だと思われているような気がした。そんなのは嫌だ。バドの話し方が好きなのだ。バドが自分を見る眼差しが好きで、自分に触れるときの荒々しさが好きで、自分の体を愛してくれる激しさが大好きなのだ。

とても……大好き。そのままのバドを愛している。今この瞬間、バドはクレアを求めてひどく興奮し、その姿も大好きだと思った。

クレアはバドの興奮している部分に触れた。手を上下に動かしウール越しになめらかな円筒形のものを感じ取る。熱くて、下着とズボンを通してもその熱が伝わってくる。クレアはそうやってバドを楽しんでいたのだが、やがてびくっとした動きとともに、手の下のものが硬く大きくなっていくのがわかった。クレアは手を開いて全体を撫で始めた。

「クレア」バドが低くかすれた声を出した。バドはクレアの手をつかんだものの、その位置からどけようとはせず、そのまま力を込めた。結果的に、クレアの手はさらに強くバドの体に押しつけられることになった。「ここがどこだか、わかってるのか?」

クレアはにっこりした。「もちろんよ。サウスウエスト二丁目、一一一番」クレアは上目遣いでバドを見ながら笑った。「市警本部」

「ああ」バドの頬の筋肉が波打っている。「市警本部、俺の職場だ。ここでこんなことをしてはいけないんだ」

「今やりたくないの?」クレアは少しすねた顔をしてみせた。

「だめだ」バドは歯を食いしばっていた。「ここでやる? 頭がいかれちまったのか?」

上手なせりふ回しだが、今のがバドの本心でないことはすぐにわかる。クレアはもう一度彼の顔を見上げ、その表情に満足した。情熱と欲望そのものだった。頬の下が波打つように動き、紅潮している。視線はクレアの胸に釘付《くぎづ》けだ。

正しい。まさにそうしてほしかったのだから。欲望に駆り立てられ、乳房を求め、さらに……。

クレアは脚を広げた。ハイヒールによろけそうになったが、バドの視線がさっと下に移ったので満足した。

ちゃんとよく見て。中のほうまで。どんなに濡れているかわかって。

バドはクレアが望んだとおり、しっかり見つめていた。言いたいことがきちんと伝わっているかを確認するため、クレアはその場所に自分の手を伸ばした。ぬるっとして腫《は》れたような感触があった。バドがこんなふうにしたのだ。タクシーの中でも、こうすることを想像して少し興奮していた。しかしバドと同じ部屋にいるということが、これほどの反応を引き起こす。クレアは指でその周囲を撫で、それからその指をバドの目の前に立てた。「見て、バド」クレアの声が、いっそう低くなる。マレーネ・ディートリッヒだ。ハイヒールとストッキング。シルクハットがないのは残念だが。

「あなたのせいよ。ちゃんと見て」

バドは苦痛に目を閉じた。「頼む、今はそういうのは無理だ。ここじゃだめだよ。本当に……今日は忙しくて。それに、誰かが入ってくるかもしれないだろ」

「いいえ、誰も来ないわ」クレアは濡れた指を胸元につけ、頂《いただき》をもてあそんでみた。バドが喉《のど》の奥でうなるのを聞いてさらに満足する。「ドアには鍵をかけたの」そしてさっと電話を手にして、受話器をはずす。「もう誰も電話してこないわ。だから、しばらくの間、あなたは私だけのものなの」

「職場じゃ無理だ。だめだ」バドはなんとか命令口調にしようとしているのだが、瞳が太陽より熱く燃え、ペニスがひとりでに動いているように見える。

クレアはさっと脚を上げ、バドの体にまたがった。

「クレア！」バドの表情を見て、クレアは噴き出しそうになった。対極にある二つの感情がバドの心の中で葛藤《かっとう》しているのがわかる。ショックと欲望だ。クレアは欲望を応援することにした。

クレアの強い味方になってくれたのはハイヒールだ。ピンヒールというのか、男をノックアウトする靴だ。ルーシーによればこういうのは〝今すぐやって〟ヒールというのだそうだ。ヒールのおかげで、またがっても足が床に届き、しようと思っていたことができる。足を踏ん張って、濡れた部分がバドのペニスの上に来るようにした。そして体を前後に動かすと、ウールのちくちくする肌触りや金属のファスナーに刺激され、その下で熱く大きくなっているものの感触と混じって、ひどく興奮していった。あまりに濡れてきたので、バドのズボンにはしみがついてしまった。

たいへん。

クレアはバドの肩に手を置いて、体を倒していった。真紅の口紅がなまめかしく輝いている。濡れたような色合いが、口は性器なのよ、と大声で叫んでいる。キスすることはできない。そこまではやりすぎだし、だいいち、キスした跡が残ってしまう。ただ、舐めることはできる。クレアは舌でバドの耳をなぞった。そう、これはできる。バドがぶるっと体を震わせるのを感じ、クレアはうれしくなった。体の下のほうでは、バドはますます大きくなり、飛び出そうともがいていた。

バドはクレアのヒップに手をあてていた。きっと、クレアの体を持ち上げてどけようとしてそこに手を置いたのだろう。そうすればいいのだ。それぐらいの力はじゅうぶんあるのだから。バドは前には、あまりにも楽々とクレアの体を抱き上げ、ベッドへと運んでいってくれた。牡牛《おうし》のように強い体をしているのだ。そう、もし本当にバドがこんなことをやめさせようと望んでいるのなら、クレアの体を抱き上げれば済むことなのだ。

けれど、バドはそうしない。

強い手に力が入り、クレアの肌に指が食い込む。クレアの体が上下するのに合わせ、ヒップを支えるように動いている。クレアは徐々に何もかも忘れてしまいそうになっていった。ぼんやりとした感覚が頭にひろがっていくのが心地よく、暖かい官能の波が押し寄せて、いまにものみ込まれそうに……。

すべての感覚を失う寸前のところで、クレアは体を動かした。最後にたっぷりとバドの耳を舐め、耳たぶを軽く嚙《か》んでから、バドの体から滑り降りて、床にしゃがみ込んだ。

「クレア」バドの息が荒い。クレアのヒップを放した手が、椅子の肘掛《ひじか》けをしっかり握りしめていた。力が入ってこぶしが白く見える。「こんなことはやめてくれ。ここじゃだめだ。今は許してくれ」

バドが本当にやめてほしがっていると感じた時点で、クレアはすぐにでもやめるつもりだった。しかし、バドはしたくないと思い込んでいるだけだ。本当にしたくないのとは違う。

しゃがみ込んだまま、クレアはバドの膝に手を載せ、ゆっくり手のひらで膝を撫でた。爪《つめ》には赤のマニキュアをしてきていて、赤の指先がバドのグレーのズボンに映《は》えて驚くほどエロチックに見える。ベルトのバックルをはずし、ファスナーのつまみをゆっくり下ろしていく。静かな部屋に、その音だけが響く。騒がしいフロアの音も、鍵をかけたドアからは忍び込んでこない。ファスナーがのろのろと開いていく音があるだけだ。何かが変わっていく音、クレアの中ではセックスと結びつく音だった。

「クレア、頼むから……」バドがまた何かを言いかけて、やめた。それ以上の言葉は口にできないようだった。いい兆候だわ。先週末、愛を交わしている最中には、バドはほとんど何も話さなかった。ところがタイラーとなった彼は、一度きりの上品なセックスの間ノンストップでしゃべり続けていた。すてきで有頂天になりそうなやさしい愛の言葉、露骨な表現もなく、きちんとした文章になっていた。しかしバドが欲望と興奮に我を忘れているときは、単語がぶつ切りになって飛び出すのだ。

「バド」クレアは驚きにため息を漏らした。ボクサーショーツを下げて、ペニスを出すと、クレアと同じぐらいバドが濡れていたのだ。まったく興奮状態でなかったところから、ほんの数分でここまでになったことは奇跡だとしか思えなかった。クレアのほうはタクシーで想像を楽しむ時間がたっぷりあったし、その前からもバドとどう向き合おうかと悩んでいる間に気持ちがたかぶってきていた。バドのほうは数分で、ペニスの先から透明の液体を滴らせている。

クレアは体を前に倒すと、その液体をおいしそうに舐め取った。ミルクを飲む猫のように。

バドは体を震わせ、頭を後ろに倒し、しっかりと目を閉じた。食いしばった歯の間から、苦痛に満ちた声を上げる。

クレアは今までこれをしたことはなく、実際、本でこういう行為があることを読んだときには、少しばかりぞっとした。こんなに興奮するものだとは、思いもよらなかった。両手を広げてペニスを包むと親指が睾丸《こうがん》に触れ、勃起がさらに大きくなる。ここは応援してあげなきゃ、とクレアは思った。クレアは少し体を起こして、その全体をじっくり見てみた。これまでは、そういう機会も時間もなかったが、こうやってよく見るとその硬さと威厳というものをしみじみ感じ取ることができた。すぐ近くにあるので、なじみのあるバドの匂いを嗅ぎ取れる。いつもより強く、さらに男性的だ。バドのペニスは血管が大きく浮き上がり、黒光りして、純粋に力があふれていた。すてき。

クレアはまた体をかがめ、今度は根元の部分に手をあてて、先端を口の中に入れた。バドはうめき声を上げ、クレアの頭をつかんだ。彼のものをすっかり口の中に収めることなど、とても無理だ。あまりに長くて、窒息してしまう。それでも根元の部分をゆっくり撫でながら先端の割れている部分に沿って舌をくねらせるのでも、バドはじゅうぶん感じてくれるようだ。

「ああ」クレアの頭をつかんだ手の指先に、強い力が入る。「ここでこんなことは……」

クレアは顔を上げ、手を放した。「そうね」ため息が出る。

何かとても貴重で壊れやすいものを扱うような丁寧さで、クレアはペニスを腹部に押しあてボクサーショーツを引き上げた。そして、少しばかり困難な作業となったが、ファスナーを閉じた。

バドがクレアの動きを熱い眼差しで追っている。クレアが立ち上がるとヒップをつかんでいた手を放した。クレアはその片方の手をつかんだ。「私にさわって」ささやきながら、バドの手を下へと誘《いざな》っていく。脚を広げ、体の中へと導く。

「私がどれだけ濡れているか、自分の手で感じるのよ、バド」バドはゆっくりと手を動かした。太い指がクレアを満たしていく。クレアはあえぎながら、脚を震わせた。悲鳴を上げそうになったクレアは、どうしてこの人はどこをどういうふうにさわればいいのかわかるのかと思っていた。クレアが期待していたより早く、クライマックスが近づくのがわかる。こんなに急にここまで感じるとは、思っていなかったのに。

今はだめ、ここでは困る。

手遅れにならないうちに、なんとかクレアは体を引いた。一歩、二歩。そしてバドの手の届かないところまで移動した。バドの瞳を見て、熱い金色の炎が燃えていることに満足した。

「今のは前戯よ、バド」バドから離れていくのは、重力に逆らうような感覚だった。足元に糖蜜《とうみつ》が溜まって、その中を歩いているような気がする。バドの近くに行きたい、離れたくはない。「これで今夜は前戯は必要ないでしょ」

「警部！」誰かがドアを激しく叩いた。そしてドアノブががちゃがちゃ音を立てる。

バドは身じろぎもしなかった。クレアも動かない。そしてクレアは、バドを見据えたままコートを拾い上げた。バドは怖い顔をしてまばたきもせずにクレアを見つめていた。厚い胸板が大きく上下している。「もう家に帰るわ」クレアは静かに言って、コートのボタンを首元まで留めた。さかりのついた雌猫《めすねこ》から、若い上品なレディに変身できる六個のボタンだった。「あなたが帰ってくるのを待ってるわ。ベッドで裸のまま。前戯は要《い》らないし、してもらいたくもない。家に入ってきたら、すぐに始めてちょうだい」

「警部！」またドアを叩く音。「電話に出てください。事件なんです！」

クレアはまだバドと目を合わせたまま、後ずさりしていった。「それから、ひと晩じゅうセックスしてもらうわよ」最後の言葉はささやくように付け足した。

オフィスのドアの鍵をはずすと、こぶしを上げた状態のバドの部下と顔を合わせた。部下の男性は目を丸くしてクレアを見た。

「どうぞ、お入りになって」クレアは冷静に告げた。「私の用は終わったから」

14

十二月二十三日、夜半
ポートランド市郊外の廃屋

カメラマンのフラッシュが最後にもう一度光った。バドはまぶしさに目をしばたいた。その一瞬の光に、現場の凄惨《せいさん》さがいっそう強調された。めちゃめちゃにされた死体、廃屋のごみだらけの床《ゆか》に飛び散った血。

「こいつが誰《だれ》かは知らんがね」検死医のアレン・サイトマンがうめいた。「誰かをひどく怒らせたようだな。ものすごく」

まさに、そのとおりだった。身元不明の男はひどい目に遭っていた。

バドは血痕《けっこん》や証拠となるものを踏まないように、何かを蹴飛《けと》ばさないように気をつけながら、ゆっくり死体の周りを歩いた。鑑識課の技術者が二時間を費やして入念に記録をとり、証拠として採用できる可能性のあるものすべてを袋に入れていた。こうしておけば、後日何があったのかをきちんと推理することができる。

やっとバドの出番だ。

市警の鑑識チームは非常に優秀で、バドはけっして彼らの邪魔をするようなことはない。犯罪現場を調べるのに急ぐ必要はない。好きなだけ時間をかければいいのだ。犠牲者はもうどこにも行かないのだから。鑑識チームは綿密な仕事をする。物的証拠となり得るあらゆるものを集めて、ラベルを貼《は》り整理する。現場は時計回りに四方向から写真が撮られる一方、警察画家が手描きでスケッチをする。見落としたものがないよう、考えられる限りの場所を調べる。

ただ、今回は犠牲者の指紋を採取することはできなかった。手首から手が切り落とされていたからだ。

バドとサイトマンは死体に近づいて、目を凝らした。

バドは死体を発見した新人警官に目で合図した。サンディ・ポター巡査は青ざめた顔で何時間も黙ったまま、鑑識が仕事をする間、部屋の隅に立っていた。ポターが夕食と、おそらくは昼食と朝食もバケツに吐いたということは、全員が気づかぬふりをしていた。それが礼儀というものだ。ポターは部屋の隅に引っ込んで、両手を後ろでしっかり組み合わせ、休めの姿勢を取っていた。見るからに警察学校を出たばかりで、いいところを見せようとしているのだ。実際によくやっていた。嘔吐《おうと》は別として。バド自身、何度か吐いたことはあるので、ポターは有能でよく訓練されているという印象を受けた。

「もう一度、話を聞かせてくれ、巡査」

ポターはうなずいた。苛立《いらだ》ったようなところはまったく見せていない。死体を見つけたいきさつは、もう三度話しているし、寒い廃屋に何時間も立ったままで、凍えそうになっている。しかし、ただうなずいてはっきりとわかりやすく同じ話をした。バドはこの巡査への高い評価を報告書に入れておこうと思った。

「地元の少年二人が見つけたんです。この家は十五年人が住んでいなくて、幽霊が出るという噂《うわさ》になっていました。少年たちは、この家にはこれまで絶対入ったことはないと言っています。賭《か》けをして負けたので、ひと晩この家で過ごすことになったらしいです」ポターは弱々しい笑みを浮かべた。「私も十二歳のとき、似たような経験をしたことがあります」

バドはうなずいた。同じことはバドもしたことがある。「少年たちの名前は聞いてるな？」

「はい。住所も聞きました。二人は家の中を探検していて……」ポターはちらっと床のほうへ視線を投げた。顔色がいっそう青くなった。「この死体を見つけたんです。私は偶然パートナーと一緒に近くをパトロール中でした。パートナーのほうは、子供たちを親のところに送り届けました」

「あとで子供たちからも話を聞かなきゃならないな」

「はい、それは伝えてあります」

「よし」バドはラテックスの手袋をはめ、膝《ひざ》をついて死体を調べているサイトマンの横にしゃがみ込んだ。「何かわかったことはあるかい？」

ある意味では、それはばかげた質問と言える。今わかっているのは、目の前に死体があるということだけだ。拷問され惨殺されている。死体は右半分を下にして床に転がされ、血まみれの顔も床に押しつけられている。血だらけの長い髪が顔をすっかり隠していた。泥や血にまみれた髪は、どんな色かも判断がつかないが、茶色や黒といった濃い色ではない。

犠牲者は両膝、両肘《ひじ》に銃弾を受けていた。膝の骨が弾丸の力で粉々に砕かれて外に飛び出して、半月板がきのこのような形になり、まるで幽霊が死の舞踏会でダンスしているように見える。砕かれた肘は骨も肉もあちこちに破片となって飛び散っていた。両手は外科手術でもしたように、すっぱりきれいに切り落とされていた。腕の骨が血に染まった肉の中で不気味に白く見える。

サイトマンは静かな声で、マイクロレコーダーに所見を吹き込んでいた。そして終了ボタンを押すと、ため息を吐《つ》いた。「解剖のあとで、もう少し確かなことはわかるが、今見たところでは、若い白人男性、身長百八十センチ前後、おそらく私が来た時点では死後二時間といったところかな。肝臓の体温で確認するがね」

「拷問されて死んだんだな」バドも静かに言った。

「どうもそうらしい」検死医も同意見だった。「死ぬまでにひどく苦しんだだろう。この血の飛び方から見ると、おそらく右膝蓋骨《しつがいこつ》を最初に打たれたんだな。そのあと、左膝だ。肘に銃弾を撃ち込まれた時点では、もう瀕死《ひんし》の状態だったはずだ。肘からの出血はほとんどない。指紋がないから身元を調べるのは無理だな。誰かが捜索願を出すのを待つしかないだろう。さて、警部、死体を仰向ける許可を」

バドはあたりを見渡した。鑑識チームはカメラマンも証拠集めの技術者も仕事をすっかり終えていた。彼らの任務は完了したのだ。これからサイトマン医師は正確な死亡時刻を調べるため、肝臓の体温を測らなければならない。「許可します」バドが言った。

サイトマンが犠牲者の左肩に手を伸ばして、ゆっくりと体をひっくり返し仰向けにした。血で固まっていた髪が下に落ち、顔が——見覚えのある顔が現れた。そしてブロンドの髪にピアスが見えた。金の鎖の先に十字架がついている。

嘘《うそ》だ！

バドはのろのろと立ち上がった。ショックで体が思うように反応しない。一瞬、死体のピアスが自分に向かってふわりと浮き上がったように見えて、バドは恐怖に後ずさりした。体じゅうの血がすうっと引いていき、足元から抜けていく気がする。目の前の光景がスローモーションのように動き、そのまま止まった。周囲の音が消え、頭の中にはごうっと風が吹き荒れている。気が遠くなっていく。そんなことはバドにとって、生まれて初めてのことだった。

「できるだけ明日の朝いちばんに検死解剖ができるよう調整してみよう。警部？　聞いてるか？」サイトマンが顔を上げ、バドを見てけげんそうな顔をした。「警部？」

聞こえてはいた。しかし、百万キロも向こうから話しかけられているように、バドには思えた。

「バド？」サイトマンが鋭く呼びかけた。「どうしたんだ？　幽霊でも見たような顔をしているぞ」

見たのは幽霊ではない。つい最近一緒に食事をとった男の姿だ。友人なのだ。

バドは口の中がからからになり、話そうとするには、唇を湿らせなければならなかった。バドは戦場にも行ったことがあり、戦火をかいくぐってきた。しかし、これほどの恐怖感を覚えたのは初めてだった。ここまで強烈な恐ろしさというものがあるとも思っていなかった。圧倒的な恐怖に、バドの体は麻痺《まひ》していた。

「バド、大丈夫かい？」

バドは、いっきに現実に引き戻された。そのとたん周囲の音と共に、自分の心臓が大きく鳴っているのが聞こえた。

「捜索願が出てくるのを待つ必要はない。俺《おれ》がこの男を知ってるんだ。犠牲者はトッド・アームストロング」バドは吐き捨てるように言った。パニックになりそうで、唇がうまく動かず、喉《のど》が詰まった。「この男はインテリア・デザインの仕事をしている——していた。パイオニア広場に『トッド・デザイン事務所』というのを構えている」そこで唾《つば》を飲み込もうとしたのだが、あまりに口の中が乾いていて、うまくいかなかった。「拷問された理由は、誰かがスザンヌ・バロンの居場所をこの男から聞き出そうとしたからだ。スザンヌもインテリア・デザイナーで、二人は共同で仕事をすることが多かった。彼女は昨夜の殺人未遂事件の被害者だ。彼女を殺そうとしたのは、おそらく犯罪組織らしい。殺し屋が二人送られていた」

バドは振り向いて、パートナーであるローレンス・クック刑事に合図した。クック刑事はカメラマンと静かに話していたが、バドの合図を見てすぐに近づいてきた。バドは勤務記録に大急ぎでサインした。今すぐ行動を起こさなければならない。

「クック、この現場はおまえに任せる。俺に車と、ここにいる中でいちばん運転のうまいやつを用意してくれ。今すぐだ」バドは出口に向かいながらも、クックに大声で指示を続けた。「SWATチームが必要だ。チームをレキシントン通り、一七四〇番に向かわせろ。人質がとられている可能性もあると伝えてくれ。強行突入だ――閃光《せんこう》弾《だん》、戸口粉砕突入用爆発物、接近戦で必要な道具をすべて装備させろ」人質がいる場合の突入で、ＳＷＡＴが取る方法は二種類ある。強行突入もしくは隠密突破だ。今回は派手に到着させて、あたりじゅうにＳＷＡＴが来たことを知らせたい。隠密突破を実行するのは準備に時間がかかり、犯人あるいはテロリストを捕捉《ほそく》する目的が強い。誰も捕捉しなくていいとバドは思っていた。あらゆる不幸な可能性――ああ、助けてくれ――を阻止することだけが目的なのだ。犯人たちが次にしようとすること、それを未然に防がなければならない。何かが起こっているなら、その場で犯人を殺してやる。「犯人とおぼしき人物は武装していて、きわめて凶悪だと伝えるんだ」バドは最後にもう一度振り返って、ひどく拷問されたトッド・アームストロングの死体を見た。「犯人はこの事件の容疑者で、若い女性をとらえている可能性がある。ひょっとしたらもう……」胸が詰まって、バドは息もできなくなった。なんとかパニックを抑えて、しっかり考えなければ。「その女性を拷問している最中かもしれない」

それ以上の言葉はとても口にできなかった――その女性はすでに殺されているかもしれない、とは。

怯《おび》えたようなクックの視線を、バドがしっかりとらえた。「ＳＷＡＴに今すぐ連絡しろ」そう言うと、バドは走り出した。

十二月二十三日、午後十一時三十分
レキシントン通り一七四〇番

　バドったら、遅いのね、でもこういうのにも慣れないとね、とクレアは思っていた。バドは大切な仕事をしているし、彼の時間はずいぶん仕事にとられる。けれど、クレアはそのことに尊敬の念を持ち、不満をけっして口にはするまいとも決めていた。ただ、心の中は別だ。クレアの頭の中だけ、他人には知られない部分では、早く帰ってきてくればいいのになあ、と思っていた。クレアは裸のまま、二時間もベッドで待っていた。

「警部、事件なんです」市警本部で部下の巡査が言っていた。

　事件。

　つまり、殺人があったということになる。

かわいそうな誰かが殺されて、その犯人を捕まえるという正義のために、バドはできる限りのことをしているのだ。セックスに関して不満を持ってはいたものの、そんなことでバドの人間性への気持ちが変わるものではない。バドのことを知れば知るほど、あらゆる意味において敬愛する気持ちがふくらんでいく。

どうしてかはわからないし、クレアにとってはばかげているとしか思えなかったが、バドは自分と結婚することで、クレアに不自由な思いをさせると考えているらしかった。理由はバドが金持ちではないから。クレアはお金なんかに興味はないことを必ずバドに理解させようと思っていた。これから来る日も来る日も、それを証明し続けてみせる。クレアが不自由な思いを感じているのは、情熱的なセックスがないことだけだ。けれど、その問題もすぐに解決する。バドはうなるほどのお金を持ってはいないけれど、愛とセックスは二人でたっぷり分かち合える。

ベッドで寝返りを打ったクレアは、バドが帰ってきたときにすることを考えて、ぞくっと体を震わせた。この興奮は午後からずっと続いていて、警察から戻ったときには期待感に満ちて、すっかりセクシーな気分になっていた。体がとろけそうで濡《ぬ》れて、いつでも始められる状態だった。バドが帰宅したときには、絶対ベッドにいたかったので、サンドイッチと白ワインの夕食もベッドでとった。裸のまま。何だか退廃的な気分で、心地よかった。

ロマンス小説を読もうとしたが集中できず、あきらめて電灯も消した。本の中にあることより、バドの存在のほうが倍もわくわくする。バドは世界じゅうでいちばん胸がときめくものだ。

外は雪が降り始めていた。みぞれ混じりの雪が冷たく窓を打つ。裸だったが、羽毛布団《ぶとん》にすっかりくるまれているし、もうすぐバドがクレアの体を温めてくれる。彼の帰りが何時になろうと構わない。けれどどんなに遅くなろうと、起きていようと思った。今のような興奮状態では、そもそも眠れるはずもない。

バドは玄関のベルを鳴らすだろうか、それとも鍵《かぎ》を使って入ってくるだろうか。しばらく前に家の鍵を渡しておいたが、クレアよりあとに帰宅したときは、たいてい呼び鈴を鳴らした。けれど、今日はクレアを驚かすつもりかもしれない。暗闇《くらやみ》の中、そっとベッドに忍び込んでくるかも。

何だかわくわくする。クレアは暗闇で、ひとりほほえんでいた。

そのとき、世界が爆発した。

閃光弾がどこからともなくばしゃっと上がり、目がくらむ。クレアは太陽が爆発して超新星になったのかと思った。爆破音がすさまじく、耳も聞こえなくなる。クレアはベッドに起き上がって悲鳴を上げたが、自分の悲鳴も聞こえなかった。やがて周りの状況が見えるようになると、巨大な甲羅《こうら》をつけた虫型ロボットがベッドの周りに無数にいた。さらにそれよりたくさんのレーザー光線が暗い天井や壁を這《は》うように動いている。虫型ロボットのエイリアンがさっとベッドから離れ、大きなライフル銃がいくつも自分のほうに向けられると、クレアはまた悲鳴を上げた。

　クレアは恐怖におののいて、ベッドの頭板にしがみつき、泣きながら悲鳴を上げた。エイリアンたちはライフルを向けたまま、ぼそぼそと話し合っている。

「異常なし！」窓の外で男性の低い声が叫んだ。

「異常なし！」今度は居間から。

「異常なし！」寝室のエイリアンが叫ぶ。

　ぱっと明かりがつくと、エイリアンたちはライフルの先を床に向け、顔をべりっと剝《は》いだ。

　恐怖に麻痺したクレアの頭では、それがエイリアンではないことを理解するのに、少し時間がかかった。彼らはガスマスクをして防弾チョッキを着た男性たちだった。息も絶え絶えに、クレアは冷たい指先で毛布を胸元に引き寄せた。

「ああ、よかった。怖くて死ぬかと思った」誰かがクレアの体を抱いた。力強い腕がぎゅっとクレアを抱きしめて、息が詰まりそうになった。声の持ち主が誰かは、どこにいてもわかる。

「バド！」クレアは怯えきって、バドの首に抱きついた。泣きべそをかきながら、必死でバドにしがみつく。「ああ、バド、いったい何事なの？　何が起きたの？」

　バドの体が震えている。セックスの快感で体を震わせていたことはあるが、こんなのは初めてだった。深い恐怖で強靭《きょうじん》な体がおののいている。バドがあまりに強く抱くので、痛かった。これも初めてだった。今までバドに痛い思いを味わわされたことはなかった。バドはクレアの首筋に顔を埋《うず》めていた。首のあたりが濡れていた。泣いている。バドが涙を流している。そんなことなどあるはずはないと思っていたクレアもまた、泣いていた。今までどれほどの激痛にも泣いたことはなかったのに。死を宣告されたときも、涙は出なかったのに。

クレアの頭の中に、十年前のことがフラッシュバックとしてよみがえった。あのときも怯えて、バドにしがみついていた。

バドが力を緩め、上着を脱いでクレアの肩にかけた。恐怖が薄れてきて、自分が裸だったことにクレアは気づいた。部屋には武装した男性がたくさんいた。彼らはクレアのほうを見ずに、背中を向けて外を見ていた。

クレアは体を離してバドの顔をのぞき込んだ。「バド。これはどういうことなの？　この人たちは誰？　どうしてみんな銃を持っているの？」

バドは返事もせずにクレアをベッドから抱き上げ、部屋の男性たちに指示し始めた。あっという間に、全員が静かに部屋から出ていった。信じられない恐ろしい雰囲気で、ベッドのすぐそばで大騒ぎしていたと思ったら、次の瞬間にはもう消えているのだ。

バドはクローゼットの中をかき回して、スーツケースを取り出した。それを開けるとクローゼットの衣服をその中に放り込み始める。「服を着るんだ」クレアのほうをほとんど見もしない。「暖かい服装をしろ。ブーツと手袋もな。すぐに行動開始だ」

すぐに行動開始って？

クレアは寒さに凍えそうだった。まだ震える手で持ったシーツで首から下を隠していた。「バド、何がどうなっているのか、教えて。あの人たちは誰で、何が起きたの？」

バドはまだクレアの言葉など無視している。片手で、乱暴にスーツケースにいろいろな物を詰め、もう片方の手は携帯電話を持って、矢継《やつ》ぎ早《ばや》に何かを言い合っている。ときどき手を止めて、窓の外を確認する。

「わかってる、くそ、ああ」バドの声は苛立ちに満ちていた。「だからといって、やつらがこっちに向かってないとは限らないぞ。ここは空《から》っぽにする。だが警備は置いとけよ。囮《おとり》の用意はできたか？　よし。俺たちは家の反対側から脱出する。隠れ家の準備をしといてくれ」バドはボタンを押してから携帯電話を閉じた。「さあ、行こうな。裏で待たせてあるから。服を着てくれ」

クレアの心臓はまだ激しい音を立てていたが、ある程度落ち着いてきて、気がついたことがあった。何十人もの武装した男たちが、クレアの寝室に入ってきたのは、バドに率いられていたからだ。彼らの姿にクレアはひどく怯えてしまった。

クレアは落ち着いた声を出そうとしたが、なかなかうまくいかなかった。「どうして私は服を着なきゃならないの？　それにどこに行くって言うの？」

バドはスーツケースを閉めた。「安全な隠れ家だ。君と姿格好の似た、婦人警察官が表の部屋にいる。彼女が囮をやってくれるんだ。彼女が家を出たあと、俺たちもこっそり抜け出す。君は服と、何か読み物でも持っていくほうがいいだろう。隠れ家にどれくらいいなければならなくなるかは、今のところわからないから」ベッド脇《わき》のテーブルに、〝これから読む本〟としてたくさんの本が山積みしてあり、前にバドにからかわれたことがあった。バドはその本をざっとスポーツバッグに詰め込んだ。バッグのファスナーを閉めて肩に担いでいる。そこで振り向いて、顔をしかめた。「どうしたんだ、クレア。服を着ろと言っただろ」

クレアの体の中で止まっていたものが動き始め、血流も頭をめぐり始めた。「バド、絶対服なんか着ないわよ。もし事情を……」

バドは何も言わずにクレアを抱え上げ、セーターとスラックスをクレアの手に押しつけた。不機嫌そうな顔をして額《ひたい》には汗が浮かんでいる。クレアは、バドの大きな上着だけの姿でバドの前に立っていた。膝も手も隠れている。「いいかげんにしろ。すぐに行動開始だと言ったはずだ。同じことを何度も言わせないでくれ。もう時間がないんだ」コートを一枚ベッドに投げてきた。そのあと靴下が飛んできた。

バドからこんな口のきき方をされるのは初めてだった。窓の外で人影が動き、無線の音が聞こえた。そして車のエンジンがかかる音。バドは硬い表情でクレアを見ていた。クレアは寒くて、バドの上着の襟元《えりもと》をしっかり合わせた。

「クレア、今すぐ服を着ないのなら、裸のまま、俺がこの家から君を引きずり出すから。本気だ。それしか方法がなければ、そうする」

固い決意をバドの顔に見て、本当に言ったとおりのことをするのだろうと、クレアは思った。それで服を着てアンクル・ブーツのファスナーを上げた。バドは窓の外の様子をうかがっていたが、うなずくと携帯電話を取り出して、「行け」と低く命令した。車のエンジンの音が遠ざかっていくのが聞こえた。バドはもう一度外を確かめたあと、クレアの腕を取った。「さ、行こう」

クレアは膝に力を入れて、体を硬くした。膝はがくがくしていたので、力を入れるというのはいろんな意味で役に立つことだった。「理由と行き先を聞かない限り、どこにも行かないわ」

バドは、クレアが今まで見たことのない表情をした。決意がみなぎり容赦のない顔は、まるで他人のようだった。「いいか、一度だけ言う。スザンヌが誰かに狙《ねら》われている。おとといの夜、殺し屋が二人彼女を襲った。スザンヌのビルを借りている男性が、二人ともやっつけて、スザンヌを連れて姿を消した。俺はさっき、トッド・アームストロングの死体を調べてきたばかりなんだ。スザンヌの居場所を知ろうとしたやつに、トッドは拷問されて死んだ。スザンヌの命を奪おうとしているのが誰かはわからないが、彼女の行き先を知ってそうな友人を次々に襲っている。スザンヌのことを少しでも調べれば、君のことはわかる。次に狙われるのは君なんだ」

クレアは心臓が飛び出しそうになっていた。スザンヌの命が危ない……そう考えると、また別のことに思いあたった。「アレグラ――」

「彼女は大丈夫だ。ボストンの眼科医のところにいるということを君から聞いていたから、ここへ来る途中の車の中でボストン市警の知り合いに連絡しておいた。アレグラには武装した警護がついている。今この瞬間から、君も同様だ。事情がもう少しはっきりして、誰の仕業なのかがわかるまで、君には安全な隠れ家にいてもらう。俺がそこまで連れて行くから。君には二十四時間体制で武装した警護がつく。メキシコにいるスザンヌの両親も同じだ。メキシコの警察にも知らせておいた。わかったら、行くぞ」

またスイスのときと同じことになる。そう思うと胸の奥が音を立てて沈んでいき、クレアは気を失わないようにとぱくぱく口を開けて、酸素を吸い込んだ。「バド、そうかそんなことをしないで。一生のお願いよ、私をどこかに閉じ込めるのはやめて。そんなの耐えられない。有効なパスポートもあるから、すぐに外国に行くわ。バミューダに知り合いがいるの。南フランスの叔母さんのところに行ってもいい」

バドはクレアの言葉には一向に耳を貸さず、クレアの姿が目にも入っていないようだった。バドの視線は、部屋の中をさっさっと移動するだけ、ドアと窓を交互に確認しているのだ。やがてクレアのほうを振り向いて、クレアがじっとしたままなのに気がついた。クレアの表情を見て取ると、硬い表情をいっそう厳しいものにした。

「クレア、よく聞くんだ。君によく似た女性警察官が、たった今車でこの家を出た。君の囮役を買って出るのは、非常に勇敢な行動だ。この家に見張りがついていたのなら、彼女の乗った車は尾行されているはずだ。そうやって君のために時間稼ぎをしてくれているんだ。彼女のせっかくの働きを、君がヒステリーを起こしたりご機嫌ななめになったりしたからって無駄にするつもりは、俺はないからな。これから俺は居間のほうに移動する。君に、そうだな……」と腕時計を見た。「……五分やる。荷物をまとめて自分の足で歩いてくるか、俺に手錠をはめられて担ぎ出されるかは君の自由だ。俺がためらうとは思うなよ、必ず言ったとおりにするからな」

二人は一瞬、向き合って立っていた。バドと議論してもしょうがない、話しかけることや、気持ちをわかってもらうことも無理だ。これほどひどいことになるとは、夢にも思わなかった。

「今すぐ決めろ」バドはクレアを見もせずに、威嚇《いかく》的に叫んだ。また窓を見ていて、手には大きな銃を構えていた。

クレアはその銃を顎《あご》で示した。「決めないと、それで撃つつもり？」

「ばかなことを言うなよ」

「どれぐらい隠れてなきゃならないの？」

「必要な限りだ。さあ、用意して」

もうおしまいだ、いろんな意味で終わりが来たのだ。「わかったわ」クレアは静かに言った。選択の余地がないことはわかっていた。「二、三分で済むから、あっちに行ってて」

バドはすぐに部屋をあとにした。居間から太い声が聞こえ始める。バドがあれこれ命令を下しているのだ。

クレアは化粧道具、下着、暖かいウールを上下数枚、さらにパジャマも荷物に加えた。読み物をもう少し足してスーツケースに鍵をかけた。コートを着ると、しばし部屋にたたずむ。暖かな部屋だった。乱れたベッドが目に入り、抱いていた希望のことを思った。幸せな一生をバドと過ごす夢。

クレアは指から婚約指輪を抜き取った。手はもう震えていなかった。そして鏡台の上に指輪を置いた。もう必要のないものだ。

二度とこれをつけることはない。

クレアはスーツケースを引いて静かに部屋を出た。

十二月二十九日、午後遅く
オレゴン州内にある、隠れ家

それから数日後、とある家の前に、バドが車で乗り入れた。疲れきって、ひげも剃《そ》っていなかった。ここはポートランド市警とＦＢＩが共同で監視する隠れ家で、クレアがここに匿《かくま》われていた。この事件は市警とＦＢＩの合同捜査になっているため、ＦＢＩの捜査官二名と市警の警察官二名が警護についていた。バドは自ら、頭の回転の速い、タフで射撃の腕の立つ警官を選んだ。もちろんＦＢＩの捜査官がとろいはずはない。クレアはここにいれば安全だ。これは絶対に自分で確信が持てるようにしておいた。

この数日の間、バドはコーヒーだけをエネルギー源にして睡眠時間は二、三時間で過ごしてきた。寝られる場所も、あちこちの休憩室だとかソファの上だとかだった。終わった。悪夢のような時間がやっと終わった。正義が下されたとは言えるが、苦いものだった。法に忠誠を尽くすことを誓った警察官としてバドが下すことができない種類のものではあったが、正義には違いない。

クリスマス・イブにジョン・ハンティントンが電話をかけてきた。彼はどこかの場所にスザンヌを匿っていたのだが、スザンヌがラジオのニュースでマリッサ・カースンの死を知ったことで、事件は急展開した。スザンヌはマリッサの家のインテリア・デザインの仕事をしていて、マリッサが殺害された日にその夫であるピーター・カースンを彼らの自宅で目撃していた。そう、バドが何としても捕まえてやると必死になっていたロシア・マフィアのカースンだ。

その話を聞いた瞬間、電気を受けたようなショックがバドの体を走った。スザンヌとクレアを狙っているのがカースンだとわかったことへの恐怖もあるが、同時にやっとカースンを捕まえることができるという喜びのような強い感情もあった。マリッサは撲殺されていて、夫は当日カリブ海にいたと主張していたのだ。

ただしカースンは実際は、ポートランドにいた。そのことを証言できるのが、スザンヌ・バロンだけだった。スザンヌが法廷に立てば、マフィアの財力と組織のコネをもってしてもどうすることもできない場所に、カースンを永久に閉じ込めておくことができる。

当然、カースンはその力と金、そして冷酷さのすべてを駆使してスザンヌを見つけ、葬り去ろうとした。その手段としてトッド・アームストロングを拷問し、殺した。カースンが電気椅子《いす》に座ることになるか、自由でいられるかはスザンヌ・バロンにかかっていた。

スザンヌはどうしても証言台に立つと言い張った。しかしこれはスザンヌ自らが、自分に死刑判決を言い渡したのも同然だった。スザンヌは公判前にカースンに殺されなかったとしても、今後一生、証人保護プログラムに入ることになる。つまりスザンヌの人生は、基本的に終わってしまったといってもよかった。

ところが、昨夜になってカースンは銃撃され殺された。見事なスナイパーの銃弾がカースンの命を奪った。

これでスザンヌもクレアも自由の身になったのだ。

『真夜中の男《ミッドナイト》』がスザンヌを深く愛していることをバドは知っていた。彼ならスザンヌを守るためならどんなことでもするだろう。さらにミッドナイトが国でも一、二を争う凄腕《すごうで》のスナイパーであることも知っている。

この二つを結びつけては考えないでおこうとバドは決めていた。

ピーター・カースンの死により、スザンヌは一生を隠れて暮らす生活から解放された。そして何よりも、クレアも日陰の暮らしをしなくてよくなったのだ。

FBIは四日続けて延々とスザンヌへの尋問を繰り返し、バドはそれにも付き合った。自分が担当することになるカースンの事件への容疑をきちんと立件できるように細部をきちんと把握する必要があったからだ。ところがその後……誰かがカースンの命を奪い、事件はバドの手から離れることになった。

疲労困憊《こんぱい》していたが、喜びも大きかった。スザンヌは自由の身だ。ミッドナイトは好きなだけ彼女に愛情を注げる。地獄のような数日間だったが、全員が苦難を乗り越えたのだ。

人生とは壊れやすいもので、希望や夢は細い糸でぶら下がっているだけ、糸はいつ切れてもおかしくない。クレアと出会ったばかりなのに、失ってしまうところだった。これ以上時間を無駄にはしていられない。

できるだけすぐ結婚しよう。

疲れてはいても、じわっと喜びがわいてくる。世界一美しい女の子ともうすぐ結婚できるし、正義は荒っぽいが見事なやり方で、鉄槌《てっつい》を下した。ピーター・カースンは今までの報いを受けて、地上からいなくなった。人生は最高だ。

バドが家に入っても、警護の者は警察もＦＢＩも顔すら上げなかった。みんなバドが来ることは知っていた。バドはこの数日ひっきりなしに電話をかけ、クレアがどうしているかを逐次聞いていた。といっても彼女はほとんど何もしていなかった。部屋にこもったきり本を読んでいるだけで、あまり食事もとっていないということだった。ほとんど余分な肉もついていないクレアなので、バドは少し心配した。

「ああ、警部」銃を磨いていたサム・ヘイニーが顔を上げた。バドが選んだ市警の人間で、がっしりして腕っ節には自信のある男だ。「終わってよかったですよ。こいつはえらく退屈な任務でね。警部はひどい様子ですね」他の三人も一瞬顔を上げ、会釈《えしやく》したがまたやっていた作業に戻った。荷物をまとめていたのだ。床やソファにはスーツケースが乱雑に広げてある。ピザの空《あ》き箱、広げたままの新聞、吸殻でいっぱいになった灰皿があちこちに散らかっている。狭い空間にたくさんの男が詰め込まれていたとき特有の空気が漂っていた。すえた食べ物の臭《にお》い、タバコ、銃を磨く液体と緊張感が満ちている。

クレアが部屋に引きこもりたくなったのも当然だ。彼女は繊細できれい好きで、小さな猫のような子だ。クレアの部屋はしみひとつなくきれいで香水の匂《にお》いがするに違いないとバドは思った。

バドが何か言い出す前に、ヘイニーが親指を上げクレアの部屋を指した。「彼女、部屋にいます。すごいですね、神様から命令されてるみたいに本を読むんです」そして賞賛するように首を振った。「この数日で俺の一年分は読んでますよ」

さすがは、俺のクレアだ。「おまえたちは、もう帰っていいぞ」

ヘイニーは指を二本こめかみにあてて、さっと敬礼した。「じゃ、これで」ヘイニーはそう言うと、残りの持ち物を無造作にかばんの中に放り投げ、ファスナーを閉めた。他の三人も同様だ。

バドはクレアのいる部屋まで行って、ノックした。「どうぞ」この声が聞きたかった。ドアを開けるときから、バドの心臓は高鳴っていた。どうしてもにやけた笑いが顔に出てしまう。もう危険はないんだよ……とかいう話をして、まあ厄介な説明はあるとしても、それが済めばあとはバドとクレアの未来はばら色だ。車はすぐ外にある。あと一時間もすれば、クレアの家に戻れる。家に帰れば明日の朝までぶっ通しだ。クレアが休む暇もなくやる。それが済んだら、結婚式の計画をしよう。そうだ、そのまま市役所に行って、血液検査をしたら届けを出すだけでもいい。

クレアと一緒の毎日。俺の妻として。

バドは自分の仕事を愛していた。そして妻を永遠に愛し続けることもわかっていた。そして、子供ができるかもしれない。子供ができたら、絶対かわいいだろう。そんな人生が送れるようになるとは、まるで想像もしていなかった。

クレアがいる。俺の人生の愛のすべて。妻となる女性。「やあ」

クレアは肘掛け椅子に座って本を読んでいた。もちろん、そうだと思っていた。小さな部屋はきちんと片付き、こぎれいでいい匂いがして、オアシスのような穏やかさがあった。バドは息を深く吸い込んだ。疲労のため崩れ落ちそうになりながらも、なんとか気力をふりしぼった。「終わったよ。君を家に連れて帰るから」

の？」

クレアは笑顔を見せなかった。読んでいた本に栞《しおり》をはさみ、きちんと近くのテーブルに置いた。バドに向けてきた表情は真剣そのものだった。「スザンヌは大丈夫なの？」

そうか。ここは少し現実の厳しさをうまくかわして、穏やかな話にしてやるという技術の必要なところだな。「何の問題もない」そしておそらく、スザンヌは今頃ジョンと一緒にベッドにいるところだろう。それは年金をすっかり賭けてもいい。「FBIから解放された。公判もないんだ。ピーター・カースンが死んだからな」

クレアはバドを見上げた。澄みきった大きな青い瞳《ひとみ》が、荘厳な落ち着きをたたえ、夏山の湖のようだった。「死んだ？　それってあまりに幸運な偶然じゃない？　どうしてそんなことに？」

新聞にも出てしまったから、嘘はつけない。「スナイパーに銃撃されて殺された。まったく突然のことだったけど、これでいろんな問題が解決したよ」

クレアはしばらく黙っていた。「そうね、いろんな問題が解決したでしょうね。つまり、スザンヌへの危険もなくなったってことね？　彼女もどこにも行けるのね」

「ああ、そうだ。それから君への危険も去った。さあ、おいで。荷物をまとめて。ポートランドには一時間ほどで着けるから」バドは顔をこすりながら、シャワーを浴びてひげを剃ってくればよかったなと思った。一刻も早くクレアに会いたくてたまらなかったのだ。「今晩は四ツ星レストラン並みのごちそうを作ってやるからな。それから――ああ」バドはコートのポケットに入れていた手を出した。手のひらには婚約指輪が輝いていた。「これ、忘れてただろ。すぐに欲しかったのはわかってたんだが、早く届けられなくて。その……この近くにはいなかったから」

スザンヌが匿われていたのはローズバーグという遠く離れた場所で、クレアにもそれを言うことはできなかった。こういった場所の在りかは極秘事項だ。

クレアは立ち上がり、黙って荷造りを続けた。ちらっとバドの手元を見たが、顔は見ないで首を振った。「いいえ、バド。指輪は要らないわ。それに忘れてたわけじゃないの。置いてきたのよ。だって、私のじゃないもの」

バドはまだにやにや笑いながら、手を広げたまま立っていた。「何だって？　俺は……」まいったな、という顔になる。「君のものに決まってるじゃないか。これは俺が君のために買った指輪だぞ」

クレアはバスルームに入り、洗面道具を持って出てきた。化粧バッグの中にきちんと入れている。「違うわ。それはあなたの婚約者のものよ、私のじゃない」

もう冗談ではなくなってきた。「いったいどういう意味だよ？　俺の婚約者だろ、君は俺の婚約者じゃないか」

クレアはふうっと息を吸って真正面からバドを見た。「もう違うわ。私はあなたの婚約者じゃなくなったの」クレアは静かに、しかししっかりした口調で言った。

「何だってんだよ！」バドはなんとか穏やかに話そうとしたが、うまくいかなかった。

「いったいなあ……」深呼吸して、感情を抑えようとする。クレアは大変な思いを味わったばかりだ。まともなことが考えられなくなっているのだろう。「わかった、君の言うとおりだね。さ、もう行こう。あとは車の中で話そうな。早く帰りたいよ」

ぱちんと、クレアがスーツケースを閉める音がした。「あなたの車で帰りたくないの。もっと言えば、あなたとは二度と会いたくないわ。ここにいた警察の人に家まで送ってもらうから」

バドは驚いて目を丸くしていた。みぞおちに突然パンチを食らった気がした。「それって、どういうことだ？」何かとんでもないことになっているようだが、何がどうなっているのかもバドにはわからなかった。するとふと自分の姿が目に入った。薄汚れた格好だし、たぶんひどい臭いもしているのだろう。一週間近くも、同じ服を着たきりで、このまま寝ていた。簡単なシャワーを浴びたのも一度だけだし、ひげは一度もあたらなかった。一緒の車で帰りたくないのもあたりまえかもしれない。

「ごめんな。きれいにしてくる暇もなかったんだ。すごくいろんなことがあったから。悪いけど、車の中では鼻をつまんでいて……」

「私をそんなくだらない女だと思ってるのね」クレアは穏やかに、しかしきっぱりと言って、バドの目を見つめた。「一生懸命に仕事をした人と一緒にいるのを見られることを、私が恥ずかしがるとでも思うの？」そしてクレアは、ふっと軽くため息を吐いた。「あなた、私のことがまったくわかっていないのね。そんな女だと思ってたなんて。でも、驚くことでもないわね」

雲行きは、いっそう怪しくなっていった。「うん、あ、山羊《やぎ》みたいに臭ってひどい格好をしているのが問題じゃないんなら、いったい何がいけないんだ？　本当に早く帰りたいんだよ。やることがいっぱいあるだろ、ほら、結婚式の準備とか」

「結婚式はないわ」

クレアの落とした爆弾は、池に落とした石のように、徐々に余波が伝わっていった。言葉がこだまのように、その場に広がっていく。バドはクレアの肩をつかんで、揺さぶってやりたかったが、なんとか自分を抑えた。疲労は酒に酔うのに似ている。徐々に体にこたえてくるのだ。バドはようやく、自分に向けられたクレアの冷たい怒りを理解し始めていた。しかし、その理由がさっぱりわからない。クレアが怒ったところさえ見たことがなかったので、それが何なのかわからなかったのだ。クレアが腹を立てることがあることすら知らなかった。クレアはいつも、明るく楽しそうにしているものだとばかり思っていた。

今までに経験したことのない状況に、バドはどうすればいいのかわからなくなっていた。女性とは、本当に争ったことさえなかったのだ。怒りや激しい言葉が出るような状況になれば、さっさとその場から立ち去った。そんなばかげたことに付き合う意味もない。しかし、クレアは違う。彼女を手に入れなければならない。それで彼女本人と争うということになっても。バドは足を広げて、背筋《せすじ》を伸ばして立った。無意識に戦闘態勢に入ったのだ。こぶしを使うのではなくて、口だけのものでも争いには違いない。

「いいだろう」傷つくことになるのかもしれないが、どうしても聞いておかねばならない。「俺の何がいけなかったのか、教えてくれ。ちゃんと謝るから許してほしい。それから一緒にやり直そう。俺が連絡もしなかったから怒ってるのか？　一日に四回も五回も電話したんだぞ、これは本当だ、あいつらに聞いてくれればわかる。君が大丈夫だと聞いて——君の様子は常に知らせてもらってたんだ。君と直接話せばよかったのかもしれない。だが、いろんなことが次々に起こって、本当に大変だったんだ。細かいことに関しては話せないが、それはわかってくれるだろ。ただ、今になって思えば、なんとかして君と話をする時間を作るべきだったんだろうと後悔してる」

「あなたが忙しかったことぐらいわかってるわ。バド、私は子供じゃないの。そのことが、そもそも問題なのよ。あなたが私のことを子供扱いすることが。しかも病気の子供みたいに。安全に隠れるのにはどこがいいかなんて、私にはひと言の相談もなかったわ。私はね、五年間、スイスの療養所に閉じ込められて、逃げ出そうとするのを武装した人たちに見張られていたのも同然だったのよ。あなた、そんな私の気持ちを考えてくれたことある？　療養所の外に散歩にでも出ようとするといつでも武器を持った人がついてきたわ。私は自分ではやってもいない罪を着せられて、牢屋《ろうや》に入れられているような気分だった。何度も何度もお父さまに、あんな場所は嫌だと言ったのに、まるで耳を貸そうとしてくれなかった。この間あなたに、ここに来るのは嫌だって訴えたときと同じね。私の言うことなんて一切無視。私が療養所にいれば、お父さまが安心できたからなのよ。つまり、そういうこと」

「あたりまえだろ、安心したかったんだ！」バドの言葉にも熱がこもってきていた。怒りがバドにも伝染し、ちらちらと炎が上がってきていた。「君はな、誘拐されたんだぞ。あのくそ野郎は、銃とナイフを持ってたんだ。君のお父さんの身にもなってみろ。君が行きたいところに好きなように行かせて、また誘拐されるのを待ってろって言うのか？」髪のない、痩《や》せ衰えた小さな女の子の姿が、バドの脳裏によみがえった。折れそうな体のクレアが自分の腕の中にいるところを思い出し、バドの怒りの火がぱっと燃え上がった。「俺がたまたまあそこを通りがかったのは幸運だったんだ。でなきゃ、ギャベットが何をしてただろうって、君は考えたこともないのか？」

「どういうことになってたかは、もちろんわかってるわよ。今言ってるのはね、そのあと五年も私を閉じ込めておいたって、解決にはならなかったってことなの。この何日か私をここに閉じ込めておいたって、答にはならなかったのと同じよ。ピーター・カースンに見つからないで隠れていられる場所なんて、いくらでもあったわ」

「はあん、そうか」クレアが何か言うたびに、バドの怒りは募《つの》っていった。「クレア・パークスさん、あんたは自立して暮らしたこともないし、父親にいつだって守られているのにそれすら自覚していない。そんな人間が突然、国際的なギャング組織から身を隠すプロになったわけか？　カースンならな、せいぜい五秒もあれば君の行き先なんか捜し出すぜ。あいつは怪物なんだ。頭も切れるし情け容赦はない。君があいつに見つからないでいられるチャンスなんて、絶対ない。君はな、世間がどんなもんか、まるでわかっちゃいないんだ。カースンみたいなやつは、どんなことでもする。それが何かなんて、見当もつかないだろ？　何も知らないくせに」クレアが、カースンみたいなギャングをうまくごまかすつもりだったと聞くと、怒りはさらに強くなった。カースンは豊富な資金力と人員を好きなだけ使え、さらに顔色ひとつ変えずにおぞましいことをやってのける神経の持ち主だった。カースンなら、眉《まゆ》ひとつ動かさずにクレアを拷問し、殺していただろう。おそらく、そうすることを楽しんだかもしれない。クレアがサディスティックな怪物に好きなようにいたぶられていたかもしれないと思うと、それだけでバドは汗びっしょりになった。「どうしようもないな、君は。

ひとりで町を歩くのさえ無理なんじゃないか。考えてもみろよな、あの夜、君はウェアハウスで初めて会った男とセックスしたんだぜ。世間知らずを見事に証明したわけだ」

失敗だった。その言葉を口にした瞬間、バドはしまったと思った。しかし疲労と怒りで頭が回らず、思わず口をついて出てしまっていた。その言葉がとげとげしく部屋に反響し、荒涼とした雰囲気になった。もう取り消すことはできない。

クレアは顔面蒼白《そうはく》になって、しばらくバドの目を見ていた。そして肩をすとんと落とした。絶望感が伝わってきた。

クレアは、目には涙をためていたが、こぼれ落ちるのをなんとか押しとどめた。「きちんと判断はできていたわ。自分が選んだのがどういう人かはわかっていたし、変な人は選ばなかった。あなたを選んだのよ。あの時点では、私は間違っていなかった。でも結局は間違いだったのね。あなたは私を本当に愛しているんだと思っていたわ。でも、そんなの無理よね、バド。私のことをそんなふうに思っていたなんて。世間知らずで、ばかで、わがままな子供だと思っている女性を愛してるはずはないわ。ただ面倒をみてやっているだけなのよね」クレアは唇を嚙《か》みしめ、唇が真っ白になった。「私はずっと必死で大人になろうと闘ってきたの。長生きをして、奪われた分もたっぷり青春を味わうんだって、それを支えにがんばってきた。あなたは私を信じてくれないけれど、あなたの信頼を得るために、また闘うのなんてばかばかしいわ。さ、警察の人に家まで送ってもらうから」

クレアは婚約指輪を握りしめているバドのこぶしに目をやった。「それ、返品できるかもよ。何にしろ、私は要らないから」

15

一月五日
美術館内のレストラン

「それで……」クレアはくすっと笑った。「あなた結婚したわけね。この前会ったときは独身で、付き合っている人もいなかったのに、私がちょっとよそ見をしている間に、いきなり！　婚約期間もなく結婚。電光石火よね」

スザンヌの左手には大きなダイヤモンドの結婚指輪が光っていた。クレアの婚約指輪とはデザインもカットも異なっていたが、同じように美しく、また大仰なものだった。そんなことは忘れていよう、とスザンヌの指輪を見ながら、クレアは思った。思い出してはいけない。クレアは一日二十三時間バドのことを考えていた。残りの一時間は眠っていたが、その間夢にうなされていた。

「確かに早かったわよね」スザンヌもぼう然と指輪を見ていた。そして顔を上げ、

〝何でこんなことになっちゃったのかしら〟という表情をしてみせた。「よく覚えてないのよ、クレア。何だか遠い昔のことみたいにも思えるし。まず命を狙《ねら》われて逃げ出して、山小屋に匿《かくま》われたでしょ。それからFBIの捜査官だらけの家に入れられて、その次に気がついたら登記所に立ってて、結婚していたのよ」スザンヌはまだ、いくぶんショックを引きずっているようだった。「昔からね、私が結婚するときは穏やかな長期間の婚約を経てからだと思っていたの。その男性のことをじゅうぶん理解するには、そういうのが必要だろうって。その人とは趣味も同じで、一、二度一緒に旅行して相性を確認して、たぶん、しばらくは同棲《どうせい》してみる、みたいなの。こんなふうに結婚することになるなんて思ってもいなかったわ。彼のことを知って……」スザンヌは指を折って日数を計算し始めた。手の動きに指輪がまばゆい光を投げてきた。「……まだ十五日」スザンヌはクレアと目を合わせると、驚いた顔をみせた。「ジョンを知って十五日しか経っていないのよ。しかもそのうち七日間は、結婚してるんだから」スザンヌが首を横に振った。「嘘《うそ》みたいね」

「今、幸せ?」何気なくクレアはたずねてみた。スザンヌは知り合ってほんの数日のうちにジョンと結婚した。それに対してクレアにはとやかく言える資格はない。クレアもバドと知り合って四十八時間後に婚約したのだから。

「ええ、すごく」スザンヌの顔から戸惑《とまど》っていた表情が消えた。美しい顔がさらに輝く。「本当にとても幸せなの。ジョンはすばらしい人だわ。夫としてすごく私を愛してくれてるし。とても、あの……」輝く笑顔に赤みが差す。「……愛情深くて」

ジョンがバドのような男性だとしたら、頰《ほお》の赤らみと輝きがどういうことなのか、クレアにははっきり思いあたるところがある。二人の家に夕食に招かれたとき、ジョンには会っていた。スザンヌが改修した工場跡はスザンヌのデザイン会社及び、ジョンの警備会社の本部としても機能し始めていた。

ジョンとバドは顔立ちこそ似ていないが、表情には通じるものがあった。二人は別の星からやってきたという気がした。その惑星では、地球とは違って男性はうんと強く大きくタフに育つのだろう。ジョンはバドと同じ癖まで持っていた。静かに、常に周りの様子に気を配り、何か変わったことがないか、神経を研《と》ぎ澄まし、そして過保護な態度を取る。

クレアはほうっとため息を吐《つ》き、しまった、と思った。

「あなたのほうはどうなの?」スザンヌがやさしくたずねてきた。スザンヌがクレアに手を重ね、二人ともが結婚指輪のまばゆさから目をそらした。「あなた、疲れてるみたいね。それに悲しそうだわ。それって、バドのことがあったから?」

「違うわ、全然。私は平気よ。元気だもの」

「と言うのはね、バドのほうは疲れて悲しそうにしていたからなの。この間、ジョンと一緒に会ったんだけど、あんまり元気そうじゃなかったわよ」

「そうなの？　バドはどうして……」クレアははっとして、口を閉ざした。「ま、私には関係ないわ」

しばらく沈黙が続いた。最高の魚料理がどうしても喉《のど》を通らず、クレアはフォークの先で皿をつついていた。スザンヌは黙々と自分の魚を見るからにおいしそうに食べている。

「だから……悲しそうで疲れてるって、どういうふうに？」我慢しきれずに、クレアが聞いた。

スザンヌはフォークを手にしたまま、上品に肩をすくめた。「あなたには関係ないんでしょ？」

さらに長い沈黙が続く。バドがどうしてるとか、どういう状態でいるとかは一切クレアには関係ないのだから。クレアは魚を皿のあちこちに動かし、唇を結んで考え込み、とうとう誘惑に勝てなくなった。「わかった、降参します。どれぐらい悲しそうで疲れてたの？」ぶつぶつ文句を言っているようだった。

「すごく」スザンヌが体を乗り出してきた。「もう惨憺《さんたん》たるありさまよ。あんなひどいことになっている男の人って、見たことないぐらい。しかもバドったらすごい強情だから、自分の気持ちを認めようともしないのね。口をぐっと硬く結んで、真っ赤な目をして青い顔して、ゾンビみたいに歩いているわよ。口もきかないの」そして顔をしかめる。「ひげも剃《そ》ってないわ。救いがたい状況ね」

クレアはフォークを置いた。かたん、と音がした。「いい気味だわよ。私をあそこまで子供扱いにして。しかも病気の子供みたいに。あんなふうにいきなり連れ去られて閉じ込められる前から、かなり頭には来てたの。あの人の前じゃ、くしゃみも咳《せき》もできなかったんだから。そんなことしようものなら、看護師さんに変身よ。ともかくいつでも、ご飯はちゃんと食べたかとか、よく眠れたかとか、そんなことばっかりうるさくて。私は仕事しすぎだって言うんだもの。愛を分かち合う人だと思ってたのに、いつの間にか子守りのばあやになってたわ。私は子供じゃないし、病気でもない。ひとりでちゃんとやってけるんだから」

「バドはあなたを愛してるのよ」スザンヌがやさしく言って、クレアの顔を見た。「あなたに、安全な場所で元気でいてもらいたいの。それにあなただってバドを愛してるわ」

クレアは怒ったように肩をすくめ、目元をぐいっとこすった。しかしどんどん涙があふれてくる。いつ終わるとも知れない痛みに耐え、病魔と闘ったあのときでも、クレアはけっして泣かなかった。一度たりとも。泣くことは負けるのと同じだと思っていた。そんな弱さをさらけ出すようなことはできなかった。ところがバドのことを思って、この数日泣いてばかりだ。一生分の涙をこの一週間あまりで流してしまったはずだ。涙腺《るいせん》が緩んでしまったのかもしれない。そんな自分に、クレアは腹を立てていた。

「違うの？」スザンヌが首をかしげてのぞき込んでくる。クレアと視線を合わせようとしているのだ。「あなたは彼のことを愛していないの？」

クレアは何も言わないでおこうと唇を嚙《か》みしめた。涙がはらはらと頰を伝った。

「ねえ、ジョンも私のことに構いすぎる傾向はあるわよ」スザンヌは上品に口元をナプキンで押さえ、白ワインを口にした。「私も、すごく苛《いら》つくことはあるの。私だってあなたと同じように、一人前の大人なんですもの。たとえば、雨降りや雪のときには、ジョンは私に車の運転をさせてくれないわ。天気予報で空模様が怪しいって聞くだけでもだめなの。冬のポートランドで、それじゃどこにも行けるわけないわよね。ジョンは自分の部下の誰《だれ》かに私を送っていかせるんだけど、あの人たち誰ひとりとして、ものすごく話好きっていうのじゃないし。もしジョンの都合がつくなら、どうしても自分で送っていくって言い張るわ。行き先がどこでもね。実を言うと、今日あなたとお昼を一緒にできるのだって、ちょっとした奇跡なのよ。ジョンは今日仕事でセーラムまで出かけているから。こういうのって少し息が詰まりそうだけど、そのうちジョンのほうも、ここまでうるさくなくなるだろうなと期待してるの。ただね……」

スザンヌがにっこり笑う。「これも、ジョンが私を愛しているからよ。だから、これは彼の愛情についてくる代償だって、ある程度はあきらめてるの。実際のところは、あきらめてるというより、うれしいと思ってる。だって、ジョン以外の人をこれほど愛せるとは思えないんだもの」

クレアの目が腫《は》れ上がり、ひりひり痛んだ。喉の奥に大きくてやけどしそうな塊が詰まっているような気がした。

「ああいう男の人たちを愛するのは大変だわ。バドもジョンも、ずっと危険な仕事をしてきて、今までやさしさみたいなものには、あまり関わることなく人生を送ってきたんだもの。たぶんね、ああいう人たちって、誰かを愛するのに慣れていないんだと思う。だから、あの人たちも大変な思いをしているのよ、わかる？ ここまではいい、ここから先は遠慮すべきだって、そういうのがわからないのよ。ジョンもすごく苦しんでるわ。気にかけてくれてありがたいと私が思うのと、そうねえ……煩《わずら》わしいとか、息が詰まりそうというのの境界がわからないみたいで。ときどき私のほうから、これ以上はもう結構よ、とぴしゃりと言わなきゃならなくなる。もし、父親になったらと思うと、気が重いわよ。たぶん十分おきぐらいに、大騒ぎするんじゃないかしら」

クレアは背筋《せすじ》を伸ばした。父親。子供。そう、クレアは本当に子供が欲しかった。しかし、そんな望みももうない。バドにはあまりに腹が立つし、バド以外の男性とは結婚しないからだ。

「人生は短いわ」スザンヌは言葉を続けたが、その目に涙があふれていた。「トッドのことを考えてみて。大好きだった人も、あっという間に目の前からいなくなってしまう。愛情って壊れやすいもので、だからこそ大切で、けっして投げ出してはいけないのよ」

二人はしっかり手を握り合っていた。クレアはもう人目もはばからずに泣き、落ち込んだ様子でスザンヌを見ていた。「私、どうすればいいの？　前に進むことはできないし、後戻りもだめなの。前みたいな形で付き合うのは無理だし、でも二度とバドと会えないと思うと耐えられない」

スザンヌはクレアの手を強く握った。「大丈夫よ。きっとうまくいくわ。そんな気がするの」

一月五日、夕方遅く

ローズ通り、四三七番

居間のドアが閉まる音が聞こえて、スザンヌはほほえんだ。夫がやっと出張から帰ってきた。スザンヌは自分の寝室の鏡台の前で髪をとかしていた。買ったばかりのかわいくてセクシーな薄いピンクのシルクのネグリジェを身につけている。

ドアが閉まるのを聞くのは、新鮮で、大事件とも言えた。ジョンは以前、特殊部隊を率いる戦士だった。長年の訓練から、音もなく、誰に気づかれることもなく動く習慣が身についていた。これほど体の大きな男性がまるで音も立てずに動くというのは不気味でさえあり、突然どこからともなく大きくて暗くて力強い影が目の前に現れて、スザンヌは心臓が止まりそうになる経験を何度かした。現在、スザンヌの厳命で、ジョンは家に帰ってきたり、スザンヌがいる部屋に入ったりするときには、必ず音を立てるようにしている。

寝室の入り口にジョンの姿が現れたのが鏡に映り、スザンヌはどきどきし始めた。夫の何もかもに心がときめいてしまう。ふっと彼の姿が視界に入ると、痛みにも似た感動を覚える。

こんな気持ちも時間が経てば薄らいでくるのかもしれないが、スザンヌは、どうもそうはならないような気がしていた。

鏡の中で二人の視線が合った。ジョンの瞳《ひとみ》は暗くて熱を放っている。スザンヌの女性らしいかわいい寝室は、静寂に包まれていた。ジョンはここで眠るだけで、その男らしい存在のあとを残すことはない。ジョンは清潔で身の回りを非常にきちんとする男性だからなのだが、これは彼の海軍時代の名残だろうとスザンヌは思っていた。廊下の向こうには大きな部屋が四つあり、そこはジョンの仕事場として飾り立てない男性的な作りで、ジョンの人となりをそのまま反映したような空間だが、こちら側の元々スザンヌの住居だった部分は二人の生活空間として、きれいで女性らしくしてあった。ジョンもそういった対比があるほうが、めりはりがついていいと思っているらしく、さらにときにはセクシーな気分にもなれるようだった。

「お帰りなさい」ジョンがしなやかな足取りで近づいてくるのを鏡の中で見ながら、スザンヌがやさしく声をかけた。「会いたかったわ」

「すてきなネグリジェだな」ジョンの声が低くくぐもっていた。瞳にいつもの表情を浮かべている。最初は、この不思議な瞳の色に不安を覚えていたスザンヌだが、今はこの暗い青銅色にすっかり慣れた。武器に使われる金属の色、熱くも冷たくもなる。

「俺《おれ》も会いたかったよ」

体の奥の部分が、すでに彼を迎える準備を始めている。彼の存在だけでどきどきする。しかし今夜は彼の愛を受け入れ、自分の名前すら忘れてしまう前に、話しておかねばならないことがあった。

スザンヌは椅子《いす》の向きを変えて立ち上がると窓辺に移った。ジョンの手が触れないところにいなければ、話はできない。少しでも触れられたとたん、燃え上がってしまうのはわかっている。スザンヌが手のひらを向けて制止すると、ジョンは素直にその場で止まった。

「ジョン、お願いがあるの」

「もう叶《かな》ったよ」ジョンの目は、とろんとしてきている。「欲しいものは何でも、手に入れてやる。何でも言えばいい」

ああ、だめ。スザンヌはへなへなと崩れそうな脚をなんとかしっかりさせた。ジョンが少し南部訛《なま》りの言い方でこういうハスキーな声を使うと、そのあとにはすぐ何もかも忘れてしまうようなセックスが待っている。通常はこの声は耳元でささやかれる。ジョンが強く速く体を突き上げてきて、何時間も愛してくれるとき。頭をしっかりさせておかないと、すぐにベッドに寝転がっていることになってしまいそうだ。

「ねえ、この間バドと夕食を一緒にしたときのこと覚えてる？　バド、ひどい状態だったでしょ」

ジョンがぴたっと動きを止めた。ジョンの頭の中がきりきりと音を立てて回転するのが、見えるようだった。これはデリケートな質問だったのだろうか？　その理由は？　感情が関わってくるから？

「そうだけど？」ジョンは警戒するように聞き返した。

「それでね、私は今日クレアとお昼を一緒にしたの。彼女も同じぐらいひどい状態だったわ。二人の間には塀があって、その両側でどちらも情けない思いをしたままでいるのよ。あの二人、本当に頑固だから、自分たちで塀を作ってしまって、誰かがなんとかしてあげないと、ずっとあのままでいるのよ。どちらも自分からは先に折れようとはしないでしょ、だから永遠に情けない思いをしたまま暮らすことになるわ。ジョン、私たちでなんとかしてあげましょうよ」

「いいや、俺たちが口を出すことじゃない」ジョンはなだめるように両手を上げた。「そんなこと、できるわけないだろ。バドはさんざんな目に遭ってるさ、それは俺も見てるし、もしクレアが気持ちよく暮らしていないんなら、それはかわいそうだとも思う。けどな、そんなことは俺たちとは関係ないんだ」

「あるわよ、あたりまえでしょ」スザンヌがぴしゃりと言いきった。ジョンはきわめて頭がよくて、多くのことを見事にやってのけるのだが、ある種のことに関してはどうしようもなく頭の回らないときがある。「バドとクレアは私たちの友だちなのよ。二人の幸せを願うのは、私たちにとっても当然のことじゃないの」

ジョンは初めてそのことに思い至ったのか、はっとした顔をした。言葉を返そうとしたが、その前にスザンヌが話の先を続けた。

「放っておけば、もう二人が会うことなんてないわ。だってそうでしょ？　バドは警察官で、クレアは広告代理店で働いているんだもの。誰かが無理にでも二人を会わせなければ、このままただ情けない思いをして、一生暮らしていくのよ。それに、バドのひげは伸びる一方よ。あれはないわよ」スザンヌは、さて、と自信ありそうに夫に笑顔を向けた。「で、私、計画したことがあるの」

ジョンは口を閉ざしていた。賢明だこと、と思いながらも、スザンヌには夫の顎《あご》が強情そうに動いているのが見えていた。

スザンヌはとっておきの笑みを向けた。この笑顔には夫が勝てないことぐらい知っている。「パークス財団のパーティ、十六日のよ、私たちも招かれてるの、わかってるわよね？　ロシア皇帝《ツァー》の財宝展のオープニング。あなたがタキシード着たくないって、ごね続けてるあれよ」

「くそったれ、ああ」ジョンは言ってから、体を縮こまらせた。「済まない、汚い言葉を使って。でも、俺はフォーマルなパーティってのは嫌いなんだよ、わかってるだろ？　しかもコワルスキも俺も、武器を持たずに出席しろなんて」ジョンは憤慨《ふんがい》しているようだった。「それって何だよ？　俺は裸にされた気分になるんだ」

「あなたが出席する理由は、妻である私が宝石のディスプレイ・ケースをデザインしたからで、自分で言うのもなんだけど、すばらしいできばえなんだから。あなたもダグラスも武器を持たないのは、パークス財団の中に銃を持って入るなんて、考えるだけでもばかばかしいからよ。あそこで暴力なんて起こるはずがないわ」

さらに、ジョンが新たにパートナーとして警備会社に迎えた、元海軍上級曹長《シニア・チーフ》ダグラス・コワルスキは見るからに怖そうで、危険な殺し屋と言われたら、そうかとうなずいてしまいそうな男性なのだ。財宝展の警備会社のスタッフに、真っ先に銃を持っていないか身体検査をされるはずだ。

「バドを説得して、出席するように言ってくれない？」

ジョンはびっくりしていた。「そんなばかな——どうしてバドがパーティに来なきゃならない？　タキシードを着させてか？　あいつはロシアの宝石なんか、興味ないぞ」

「クレアがいる限り、バドは興味があるわよ」この石頭の男たち、と思いながら、スザンヌはそれを表情に出さないようにした。

「何にしてもだな、無理にパーティに来させることはできない。あいつだって、少しは考える頭があれば、パーティなんかには近づかないさ」

「だめよ。それじゃうまくいかないわ。必ずバドがパーティに来るようにして」

「そんなことは約束できない。無理だよ」

スザンヌがほほえんだ。ジョンは強情と言ってよいほど意志が強く、言い出したら引かないところがある。スザンヌが夫を恐れずにいられるのは、彼が非常に強い正義感を持ち、厳格なまでに公正であろうとする事実を知っているからだ。さらに、スザンヌには秘密兵器まである。

スザンヌは肩に手を伸ばし、その秘密兵器を手にした。ゆっくりネグリジェの紐《ひも》をほどくと、体からシルクが滑《すべ》り落ちるのがわかり、最後にセクシーに足首にかかった。スエードのミュールだけを履いた、裸になっていた。

ジョンの目が大きく開き、鼻孔がふくれる。ジョンは前に踏み出して、スザンヌに触れた。

「明日、バドと話をしよう」かすれた声で、ジョンは言った。

一月十六日

パークス財団『ツアーの財宝展』、オープニング・セレモニー

「いいえ、チベット音楽祭は残念ながら見逃しましたのよ。惜しいことをしましたわ」

クレアはまるで感情のこもっていない笑みを浮かべ、スミス・ボグダノヴィッチ教授がしつこく体を撫《な》でてくる手を振りほどいた。文化人類学の権威で特殊な民族楽器が専門の名誉教授だということだった。次の堅苦しい男に移る。これもまた口だけの

ほら吹きだが、パークス財団から研究資金を得ようと必死になっている。クレアはこういう人全員とあいさつを交わし、それぞれの研究対象についての偏執的な情熱をひたすら聞いていた。チベット音楽、中世の初版本、エトルリアの墳墓、十七世紀のナポリ・ダンス、アフリカ北西部マグレブの食生活。それ自体はもちろん興味のある話だが、偏執的な見方で語られるのを聞いているだけなのは辛い。

財団での仕事を辞めてよかった、クレアはつくづく思っていた。この一時間ほど、クレアはポートランドじゅうの退屈を凝縮したような人たちと礼儀正しく言葉を交わし、以前はいつもこういう人たちだけを相手にして、あまりにくだらない仕事をしてきたのだなと、昔を思い出していた。財団での仕事は地獄のようだった。そこでのすべてを、クレアは嫌悪していた。

今夜はあまりにも落ち込んだ状態で、スザンヌが財宝のディスプレイ・ケースをデザインし、アレグラがオープニング・セレモニーで歌うことになっていたにもかかわらず、クレアはパーティを欠席しようと決めていた。親友は大切だが、うわべだけの会話をする気は一切なく、それより突っ伏してひとり泣き明かしたほうがいいと思った。ところが、パーティの数時間前に父が突然、原因不明のウィルスにやられたとかで、パークス家の者の務めを果たすべく、クレアが出席せざるを得なくなった。その務めとは、実際はカナッペがじゅうぶんあるか、お祝いムードを高めるだけのシャンパンはそろっているかを確認し、あくびしないでいるということだけなのだ。

　ドアマンが後ろの扉を開いたので、氷のように冷たい風がさっと吹き込んできた。震えないようにと、クレアは体に力を入れた。このドレスを着たのは大失敗だった。ストラップのない、体の線がぴったり出る赤のドレス。裾《すそ》は腿《もも》の半ばまでスリットが入っていて、極端に露出が多い。自分を元気づけようと思って買ったのだが、無駄だった。

　うまくいかない。このドレスでは、人前に裸で出ているような気分になり、とても寒かった。おまけにグッチのピンヒールの靴を履いていたので、寒さの上に足元がおぼつかない気もしていた。

　それでも震えながら人々の輪に入って会話をこなし、やっとスザンヌのいるところにたどりつくと、安堵《あんど》のため息が出た。「ディスプレイ・ケースは大成功ね。おめでとう。すごくすてきだわ。宝石にも負けていない美しさだもの」

「ありがとう。がんばったのよ。楽しい仕事だったし、こういうお仕事をいただくのはありがたいと思ったわ。この宝石は本当にすごいわね」

　スザンヌはその夜、人々の賞賛の的《まと》だったのだが、集まった人たちとはほとんど話もせず、軌道に乗りかけているデザイン会社のPRにはあまりなっていなかった。彼女の夫のせいだった。黒のタキシードを着たジョンはハンサムだったが、怖い顔をしてぴったりとスザンヌに寄り添っていた。外科手術でもして体を縫い合わせてあるのかと思うほど、必ず手の届く範囲にスザンヌを置いている。こんな表情で見られていたら、和《なご》やかな会話も続かない。さらに二人と一緒にいる男性は、はっきり威嚇《いかく》的だ。

いや、威嚇的というのではなく……危険な雰囲気があるのだ。獲物を狙う動物。獰《どう》猛《もう》とでも言うのか。その男性を形容する正しい言葉が見当たらない。大きくて、がっちりしていて、怖そうな表情で、顔は闘いでつけられた傷だらけだ。ともかく誰もが和やかな会話をしてみようと思う相手ではない。少なくともパークス財団に関係するような人たちは、そんなことはしないだろう。ぶっそうな地区に行けば、この人もいろいろ声をかけられるのかもしれない。たとえば、殺し屋が必要な人からとか。

スザンヌはできるだけ社交的に振る舞おうとしていた。「クレア」こういう男性たちを相手にしていく覚悟を決めているのか、扱いにくい男性たちには、少しあきらめムードで、スザンヌは無理に笑顔をつくろっていた。「紹介するわね。ダグラス・コワルスキ・シニア・チーフよ。ジョンの新しいパートナーになってくれたの」

クレアはびっくりした。ジョンのパートナー、共同経営者だ。ジョンの会社はスザンヌが住むビルにある。ということは、スザンヌはこの男性と同じ屋根の下で過ごすことになるのだ。

エチケットはどこに行ったの、とクレアは自分を叱《しか》った。握手の手を自分のほうから出し、適切な感想を伝えなければいけない。クレアは意を決して、恐る恐る手を出した。「コワルスキ・シニア・チーフ」その男性の目を見てほほえみかけようとは思ったのだが、目の位置があまりに高く、さらに影を帯びていて怖かった。「は、はじめ、ま、まして」

ああ、もう！ 言葉を口ごもったことなど初めてだった。しかも、クレアはこのパーティの主催者なのだ。上品に愛想よくするのは、当然の義務となる。

「お目にかかれまして」コワルスキは大きな手で、一瞬クレアの手を包み込み、少しだけ握り、それから丁寧に手を放した。ごつごつしてまめがあって、大きな手だった。

「光栄に存じます。こちらはすばらしい建物ですね。展示品も見事だとしか言いようがありません」

完璧《かんぺき》に普通の会話なのだが、コワルスキの声が深く響いて、クレアの心に残った。オペラの超低音パートを担当する歌手のような低い声で、これほど低く深みのある声は初めて聞いたような気がした。バドでもこれほど低い声ではない。

だめ、バドのことは考えちゃだめなの。

アレグラが歌い始め、クレアはほっとして目を閉じかけた。これでスザンヌの夫と礼儀正しい会話をしなくてもすむ。ジョンは窮屈なのか襟元《えりもと》を気にしていて、とにかくどこでもいい、ここから連れて行ってくれ、と言わんばかりだった。それにあの危険な雰囲気のパートナーさんとやらも。アレグラが演奏を始め歌い出すと、人は耳を澄ました。

部屋のざわめきが収まり、人々は驚いてアレグラのいる小さなステージに注目した。アレグラは緑のタフタのドレスを着て、燃えるような赤毛を背中にたらし、美しかった。アイリッシュ・ハープを奏でるアレグラはおとぎ話の妖精のように見えた。かわいそうな地上の人々の心を慰めるため、天からつかわされたのだ。

暴行事件後、アレグラが人前で演奏するのは今回が初めてだった。その美しい顔にはまったく傷痕《きずあと》は残っていなかったが、人前に出て歌うのはどれほどの勇気が必要だったかをクレアは知っていた。

アレグラの歌声が清らかに高く舞い上がった。

全員がステージを向き、ささやく声が聞こえた。音楽について静かに意見を述べるもの、外見的なアレグラの美しさを賞賛するもの。

クレアは周囲を見渡して、スムーズに進行していることを確認していた。ジョンのパートナーにふと目が留まり、その様子に驚いた。名前も忘れてしまったが……そう、コワルスキだ。彼は微動だにせず、大きな体の全身の力をアレグラに向けていた。猟犬のようだわ、と思ったクレアは、慌て始めた。その表情からは、心の中はまったく読み取れない。ただすっかりアレグラに心を奪われていることだけはわかる。怖そう危険な人物のそんな様子に、クレアは友人の身が心配になった。アレグラに危ないことをしないだろうか？　もちろんスザンヌが自分の家に入れる人間なのだから、暴力的なことはするはずはないだろうが……。

コワルスキが夢中でアレグラを見つめている理由をあれこれ考えていると、また冷たい風が吹きつけてきて、クレアは体を震わせ、体じゅうに鳥肌が立った。

「そんな格好で何してるんだ？　氷点下なのに、ばかか？」低く怒りに満ちた声が背後から聞こえた。「ほとんど裸じゃないか！」

クレアは驚いて振り向いた。

バド。

バドはすてきで、疲れているようで、痩《や》せていて、怒っていた。ハンサムで背が高くて、眉間《みけん》にしわを寄せ、タキシードがすごく似合っていた。クレアの心臓は、喜びにどきんと跳ね上がり、喜んじゃだめ、だめよ、と言い聞かせても、バドに腹を立てていたことさえ思い出せなかった。彼が何を言っているかも、最初は理解できなかった。

何週間ぶりかで会ったのに、まずバドはクレアを叱り飛ばしたのだ。この何週間もバドを思って泣き明かした。心の限り、眠れぬ夜の闇《やみ》の中で、バドのことを恋焦がれた。

なのにクレアを見て最初に口にしたバドの言葉は、クレアへの批判だった。また、かわいそうな子供として扱おうとしている。

クレアはその場で、大声で泣き叫びたい気持ちだった。このままバドの腕に飛び込みたかった。心の中にさまざまな感情がわき起こり、ひたすら叫び続けたいような気がした。でないともう、この気持ちに対処できない。ここではだめだ。これ以上は、もう無理だ。

クレアは冷ややかな返事をしようと口を開きかけた。「あら、タイラー、お久しぶりだこと」ぐらいのせりふを切り返したい。しかし何かを話し出せば、泣いてしまう。もうだめだ、と思ったクレアはバドに背を向けてその場を離れようとした。

大きな手がクレアの肘《ひじ》をつかんだ。「だめだ、逃がすもんか」バドも必死で感情を抑えているようだ。「どこにも行かさないからな。俺と話をするんだ。けど、とにかく何か肩を隠すものを取って来い。体が冷えきってるし、安っぽい娼婦《しょうふ》みたいに見えるぞ」

クレアは怒りに燃え、何か激しい言葉を返そうとしたのだが、息が切れてそれもできなかった。バドはクレアの上腕を引っ張り、周りの人々を追い立てるようにして人波をかき分けていった。そして大展示室を出ると壮大な廊下に出て、建物の裏側へとなおも進んでいく。バドは早足で歩き、もともと脚も長いので同じ速さでついていこうとすると、クレアは走らなければならなかった。バドにつかまれた腕を振りほどこうとしたが、そんなことはするだけ無駄というものだった。

「痛いわよ」落ち着いた調子で言おうとしたのだが、クレアの息は上がっていた。ピンヒールで走りながら、冷ややかに落ち着いて話をするというのは、なかなか難しいものだ。

「そんなはずはない」やっと、という感じでバドはそれだけ言った。

裏手にはほとんど人はいなかった。バドは廊下を右に折れ、細い回廊に入っていった。ここは天井が高く、裏側の部屋はすべてこの回廊に面している。厨房《ちゆうぼう》設備と給仕用の部屋が左翼につながっている。まったく人のいない回廊を進み、バドは五番目のドアを開けた。クレアはこの建物を隅から隅まで知っている。この部屋は図書室で、書架が床《ゆか》から高い天井までそびえる巨大な部屋だ。バドは部屋にクレアを引きずり入れてから、自分も入ってきてドアを閉めた。電気のスイッチを入れるとシャンデリアがまぶしく輝いた。イタリア製の手作りガラス細工のおかげで、部屋中が明るく、バドが怒り狂っていることがはっきり見て取れた。

いいわよ、私だって頭に来てるんだから。

「よくも手荒なことをしてくれたわね」クレアの声は震えていた。「私に触れる権利なんて、あなたにはないんだから。私に指図なんかとんでもないわよ」

「そんなもん、くそくらえ、だ。君は俺のものだ」

クレアは息を吸い込み、バドにどっか行ってよ、と言おうとしたのだが、そのときバドがキスしてきた。舌が口の奥まで入ってくる、指が背中やヒップに食い込む、腰が押し付けられ、キスが激しくなる。そう、この感覚だ。荒々しく、情熱に満ちて、抑制がきかない感じ。

バドが戻ってきたのだ。

バドがあまりに強く抱きしめるので、クレアは息もできなくなっていた。バドの口全体がクレアの口の上を激しく動き、吸い上げ、唇を噛む。激しく。バドのすべてが激しかった。激しくキスし、激しく指をクレアの肌に食い込ませる。ペニスも激しい硬さになり、腰を強く押しつけながら、くねらせている。そして、クレアの中でぱちっと音がして大きな火がついた。

ひどく腹を立てていたはずなのに。こんなことをされたのだから、すぐに目の前から消えて、私に命令なんてしないでと言うきっかけができたはずなのに。一人前の大人の女性として扱ってもらいたいわ、と言えばよかった。

もちろん今は大人の女性として扱ってくれている。けれど、こんなキスをされて、燃え上がらない女性など、世界じゅうにひとりもいないだろう。

バドは顔を上げて、少しだけ口を離した。「くそったれ」息が荒い。「こんなことするつもりじゃなかったんだ。君と話をして、ちゃんとわかってもらおうとしてたんだ。なのに、こんな〝今すぐやって〟って叫んでるみたいなドレスじゃ……」

「靴だけよ」クレアがつぶやいた。「こういうハイヒールを〝今すぐやって〟ヒールっていうの」

「いいや、そのドレスも間違いなく〝今すぐやって〟と誘ってるな」バドは顔を下げて、クレアと額《ひたい》を合わせた。クレアはバドのうなじに腕をかけた。この何週間かで、バドはずいぶん体重を落としたようだった。その体が震えている。バドがどれほど深く自分を愛しているかが、心の奥でクレアにはわかっていたのだが、これではっきりした。タフで戦闘に強い彼が、震えることなどめったにない。「君にものすごく会いたかったんだ、クレア」震える声でバドがそっと言った。

クレアは唇を噛んだ。涙があふれてくる。少しでも動けば、ふうっと息を吐いただけでも、涙が頬をこぼれ落ちてしまう。ぐっとこらえて、バドにその気持ちがわかってもらえたらと思った。

私もよ。あなたに会いたかったの。すごく。

背中にじじっという音が聞こえ、冷たい大気を感じた。涙で気持ちがまとまらず、バドがドレスのファスナーを下ろしたのだということをわかるのに、一瞬時間がかかった。バドは少し後ろに下がり、ドレスを足元に落とした。大きな手がヒップに触れると、パンティが脚を滑り落ち、クレアはすっかり裸になっていた。身につけているのはストッキングとハイヒールだけだ。

バドの瞳が金色に燃え上がり、クレアを見ていた。「警察署に来たときと同じだ。あの日、俺がどれほどやりたかったか、わかるか？　あそこじゃできなくて、それから……いろんなことが起きた。あのときからずっと、ここを大きくしたまま歩いてんだぞ」バドの視線が下のほうへと移動する。視線は熱を帯び、クレアは直接触れられているように感じた。自分を見るバドの表情に、クレアの胸の先が硬く尖《とが》っていった。大きな手がクレアの脚の間に入ってきた。「開け」荒っぽい命令だった。

クレアが言われたとおりにすると、指が入ってきて、その感触に吐息が漏れた。どれほど濡《ぬ》れているか、バドに言われなくても、クレア自身がわかっていた。

バドは顔を上げて横に振った。ふと我に返ったようだ。クレアの顔を見回している。「こんなふうにはやっちゃいけない」独り言のようだ。「化粧。髪」そして部屋全体を見る。「こんなとこで」

これこそが、クレアの求めていたバドだった。言うことが、きちんと文章にならないほど興奮したバド。

バドはクレアを抱き上げると、大理石の平板のついた大きなナポレオン様式のテーブルへ向かった。財団が最近手に入れた文化財だ。バドはクレアをテーブルのほうに向かせ、そのまま背中を押していった。クレアは腰から上がテーブルにのしかかる形になった。大理石は胸やお腹《なか》に冷たく、体の中を渦巻く熱流との対比にクレアは興奮した。

バドはクレアの両手を広げ、大理石の縁《ふち》にかけさせた。バドがそこに上から自分の手を重ねて力を入れたので、クレアにもバドの言いたいことがわかった――じっとしていろ、だ。

バドのズボンのファスナーが下りる音が静かな部屋に響き渡る。大広間からも回廊からも、まったく声は届いてこない。この建物にいるのは、二人だけのように思える。バドは膝《ひざ》を使ってクレアの脚を開き、受け入れさせる準備をした。大きくて熱くて硬い手がヒップをつかむのをクレアは感じた。

「あの日、こうしたかったんだ」ペニスが行き先を探っている。「こんなに、やりたくて……思いきり」バドがぐいと押して、それ以上は先に進めないところまで入ってきたのがわかった。クレアは冷たい大理石の台の縁をしっかりつかんだ。再びバドを迎えたことで、体に電気のようなショックが走る。もう一生その場所が満たされることはないと思っていたのに。

バドはしっかりクレアのヒップをつかんだまま、体を倒してきた。その重みでクレアの体は大理石に押しつぶされるようになる。クレアはその感覚がうれしかった。背中にバドの体重を感じるのが、熱くて鋼鉄のようなものが体の奥深くに収まる感触がうれしかった。バドが服を着たままで、自分は裸だということで、さらに興奮が増した。肌と肌が触れ合っているのは、ヒップに置かれたバドの手と二人がつながっているところだけ。するとバドがクレアの耳を舐《な》め始め、クレアは体を震わせた。体の奥のほうが脈打ち始め、短いリズムで激しく収縮する。

バドは動かず、ひと言もしゃべらなかった。クレアのほうも動けなかった。バドの重い体に完全に自由を奪われている。バドの脚がクレアの体を大きく広げている。二人とも、あとほんの少しの衝撃でクライマックスを迎えるところまで来ていた。クレアは何もかもをバドに奪われ、乳房とお腹とバドのものを受け入れている場所しか、体の感覚がなくなっていた。

バドの指に力が入り、ヒップを強くつかみ上げる。痛み――いや、痛くはない。バドの脚の筋肉が動くのをクレアは自分の脚に感じた。強く押しつけられ、激しく、深く、そしてバドが腰で円を描き始めた。

クレアはもうそれ以上こらえることができなかった。悲鳴のような叫びを上げ、クレアはクライマックスを迎えた。背中でバドがびくっと動くのがわかった。ちょうどクレアのクライマックスで合図が出たかのように、バドは激しく突き始めた。力いっぱいに突かれると、クレアの体は大理石の板の上を滑り動く。その動きで、クレアの絶頂感はいつまでも続き、気を失いそうになっていった。もうこれ以上はだめだとクレアがかすかに思った瞬間、バドが大きな唸《うな》り声を上げ、クレアの中でさらに大きくなると猛烈に射出した。クレアは精液が自分の収縮とほぼ同じリズムで噴出しながら、体を満たしていくのを感じた。

その瞬間、クレアにまたクライマックスが訪れた。一度目が終わるのと同時だった。あまりに強烈で、周りが暗くなった。クレアは震えながらテーブルの縁にしがみついていた。

大きな音がして、地面が揺れた。何かが破裂するような音が遠くで聞こえる。クレアの頭はふらふらしたままで、心臓は大きな音を立てている。

バドは即座に体を引いた。ジッパーが上がる音が聞こえたような気がした。

「何ごとだよ！」バドが真っ暗な中で叫んでいる。「今のは閃光弾《せんこうだん》だ。あとのはAK－47だ、銃だよ。少なくとも三丁はある。照明を切られたんだ」

クレアは大理石の平板に突っ伏したまま、ぼんやりとしていた。バドの声は聞こえたのだが、その言葉を理解することができなかった。クレアの体はまだクライマックスから戻ってきておらず、奥のほうから収縮が続いている。動くこともちゃんと呼吸することもできない。体が完全に奪われ、快感が駆け抜けていくのを止めることは不可能だった。

バドが部屋を出ていくのが、意識のどこかでわかった。じっとしてろ、というようなことを言っていたような気がする。ドアが静かに開いて、閉じられた。ドアがかすかな音を立てたので、かろうじてバドが出ていったことは認識できる。廊下の明かりもすべて消えていた。部屋の中は、真っ暗だ。クレアの体は満足感に支配されていたため、何も見えず混乱し、驚きながらも、暗闇の深さに身を任せるしかなかった。

やっと絶頂感が落ち着き始めたとき、ぱっと明かりがついた。

まぶしさに目をしばたかせながら、クレアは体を震わせた。テーブルに裸のまま、大の字にはりつけにされたように横たわっている。神経の回路がぱちぱちとつながり始めると、クレアはもう一度まばたきした。意識が戻ってきた。自分が裸でテーブルにしがみついている間に、大広間で何かが起きた。そしてバドがいなくなった。

どういうことかわからないまま、クレアはテーブルから起き上がり、ドレスが脱ぎ捨ててあるところまで歩いていった。ドレスが床の上で血の海のように広がっていた。脚の間がぬるぬるする。バドの精液が流れ落ちてきている。セックスのことで頭がいっぱいで、世界が遠くに行ってしまったように思える。現実感のある唯一のものは体を貫く快感だけだ。手の震えが止まらない。クレアはしばらくじっとドレスを見ていたが、やがてドレスを手にしようとかがみ込んだ。体をくねらせて、ドレスを着た。

もう一度あたりを見渡す。バドの姿はまだ見えない。

建物の正面のほうで、何か音がした。悲鳴、叫び声。何で騒いでいるのかははっきりわからないものの、苦悩と痛みが伝わってくる。

クレアは背筋《せすじ》を伸ばして立ち上がった。やっと意識が戻ったのだ。時間はかかったが、自分を取り戻すことができた。パークス財団のセレモニーの席上で、何かが起こった。おそらく事故だろう。火事で明かりが消えてしまったとか……あるいは何か。何が起きたにせよ、クレアはパークス家の人間だ。ここで起きたことは、自分が責任を取らなければ、とクレアは思った。

すばやく動けるようになって、クレアはドアを開け、凍りついた。

サスペンス小説の一場面に入り込んでしまったのだ。クレアがいつも読んでいるような話だ。山場となるシーンで、登場人物が三名。赤いドレスを着た若い女性、すなわちクレアがドアから現れる。スキー帽をかぶってサブマシンガンを持った犯人が、女性のほうを向く。そして三人目、これが行動を起こす人物、つまりバドだ。バドは後ろから忍び寄って、犯人に殴りかかろうとしている。

あっという間のことだった。一瞬にして、悪いことが重なった。

バドはクレアの姿に驚いた。同時にスキー帽の男がクレアに向かって動き始めた。バドは男の注意を引きつけようと叫びながら突進していった。銃声が聞こえ、発射音が空気を振動させるのをクレアは感じていた。しかし、銃弾は体に感じなかった。

バドにあたったのだ。

バドの胸に血の跡がみるみるひろがっていき、硝煙の臭《にお》いが立ち込める中に、がっくりと倒れていった。仰向けに倒れたバドの下に血がたまり、川のように流れ出していく。スキー帽の男がサブマシンガンを構えたまま、バドのほうに向かっていく。バドがまだ生きているのかを確認するつもりだ。息があればとどめの銃弾を浴びせるつもりだろう。しかし、バドは死んだように動かなかった。

そのあとは、クレアは自分でもどうしたのかよくわからないのだが、ドアから男の背後に回り込んだ。この間のことは、記憶の中に悲しみと怒りとともに深く埋め込まれることになるのだろう。

クレアはパークス財団の建物は自分の手のひらと同じぐらい、隅々まで知っていた。ここで育ち、ちょっとしたくぼみや割れ目もすべて頭に入っている。特に、消火器がどこに置いてあるかには、詳しい。悲しみに頭が回転を止めようとしていたが、クレアは壁の隙間に目立たないように置いてあった消火器を取り出し、スキー帽の男に後ろから猛スピードで迫った。男は今にもバドの息の根を止めようとしている。

嫌、そんなことさせない。今まで生きるために全力で闘ってきた。今度は自分の全存在を懸けて、バドの命のために闘ってみせる。

男は背後にクレアが近づくのを感じたのか、マシンガンを上げながら振り向きかけた。するとバドが恐怖の叫びを上げて、肘をついて起き上がった。男の注意を引いたのだ。その瞬間、クレアは男の顔にまともに消火剤を噴射した。

男は痛みに叫び声を上げて、体を折り、目元をこすっている。クレアは両手で金属製の消火器をがしっとつかみ、力の限り男の頭に打ちつけた。

男は殺された牛のように、声も立てずに床に崩れ落ちた。

「バド！」クレアはひざまずきながら、長い裾を引き裂き始めた。ああ、どうしよう、バドはこんなに血を流している、そう思いながらクレアはドレスの布で必死にバドの胸を止血しようとした。クレアの膝の下にはバドの血、ドレスと同じ色だ。バドの顔があまりに蒼白《そうはく》で、クレアは不安でどきどきしていた。

「クレア。行け、ここから出るんだ」いつもは力のみなぎる、よく響く声が弱々しく聞こえる。

はっと心配になって、クレアはバドの胸に手をあててみた。肺が破れていないか確認しなければ。だが、肺からぶくぶく血が噴き出している様子はない。さらに鼓動のたびに新たに出血はするが、激しく噴き上げる感じではない。つまり、肺に穴も開いていないし、大動脈も損傷していないということだ。これなら助かるかもしれない。

バドは立ち上がろうとして、自分の血に足を取られてしまった。

そのあとも、バドは咳こんで床を這《は》い回っていたが、やがて倒れている男のサブマシンガンを手にし、男の肩を滑り止めに使い、立ち上がった。「行くんだ、クレア。ここから出ろ」

「バド、何が起きたの？」クレアが小さな声で聞いた。

バドが大広間に通じる大きな扉に視線を投げる。「宝石泥棒だ。少なくとも五人はいる。武装して、パーティ会場にいた全員を人質にしている。俺はあの人たちを、助けなきゃならん」超人的ながんばりで、バドは大きな扉に向かってよろよろと歩き出した。息は完全に上がっているし、出血で顔は蒼白だ。

しかし、銃を持つ手はしっかりしていた。

バドは何があっても中に入っていくし、武装して五人以上もいる相手に、ひとりで、しかも重傷を負った体で向かっていくのだということが、クレアにもはっきりとわかった。

「だめよ！」今、声を張り上げてはいけないことはわかっている。クレアが倒した男は見張りでしかなく、中に何人いるかもわからない。大声で犯人たちに気づかれ、またサブマシンガンを持った男が目の前に現れるようなことだけは避けなければならない。しかし、バドをこのまま行かせるようなことはしない。みすみす死にに行くようなものだ。「やめて！　あなたひとりじゃ何もできないわ」

バドはまるで聞く耳を持たなかった。ゆっくりだがしっかりとした足取りで扉に近づいている。顔は真っ白で、歩いたところに血の跡がついている。

クレアはバドに駆け寄って肘をつかんだ。

バドは歯を食いしばり、必死で感情をこらえていた。「ここから出るんだ。今すぐ！　あいつらが撃ち始めるまで、もう何分もない。君にはできるだけ現場から遠ざかっていてもらいたい」

バドを止めるのは無理だ。その瞬間にそのことははっきりとクレアにもわかった。バドは大広間の床で人質になっている人たちを助けるため、自分の命を犠牲にしようとしているのだ。そんなことをすれば死ぬこともじゅうぶんわかっていながら、それでもやってみようとしている。クレアにはバドの決意が読み取れた。何があっても、バドはやる。

大急ぎで何か方法を考えなければ。バドはもう扉から五歩ぐらいのところまで来ている。五歩で死ぬのだ。バドが生き残るチャンスをクレアが考え出さねばならない。

「ね、バド。ジョンはどこにいるの？　彼がどういう位置にいたか覚えている？」クレアは必死だった。

スザンヌの夫は元特殊部隊の隊長だった。バドを助けてくれるとすれば、ジョンしかいない。

「大きな鏡の下。広間の左手だ」

バロック調の飾りのいっぱいついた鏡ね。完璧だわ。「私の話を聞いて」大急ぎだった。「その場所から一メートル半ぐらいのところに、スタッフ用のドアがあるの。私は厨房に行ってナイフを取ってくるわ。それからそのドアからこっそり忍び込んでナイフをジョンに渡すの。ジョンはナイフを投げられるかしら?」

バドの青白い厳しい表情にふっと笑みが浮かんだ。「ああ。ジョンならナイフは投げられる」そう言ったあと、クレアの言葉をやっと理解したのか首を振った。「頭でもおかしくなったのか?」しっかりとクレアの顔を見て詰め寄った。「ここから離れていてほしい。できるだけ遠くにだ。あの中に入るなんて、絶対――あ、待て、クレア!」ささやき声ではあったが、最後は激しさが満ちていた。

しかし、クレアはもう靴を脱ぎ捨て、走り出していた。まっすぐ厨房に入り、二重扉をばん、と開けたあとで、ここにも見張りがいたかもしれないとどきっとした。しかし見張りの姿はなかった。ただ、死体があるだけだった。

元は白かったが、真っ赤に染まった上着、グロテスクにずれた帽子。ドミニクとジェリーが白目を天井に向けていた。専任シェフと料理長の無表情な死に顔から視線を上げると、肉用の冷蔵庫の窓から白い顔が四つこちらを見ていた。犯人たちは二人を殺して、残りの者を冷蔵庫に閉じ込めたのだ。ドアに大きな南京錠《なんきんじょう》がかけられているので、今はどうすることもできない。まずは、クレアとバドとジョンが力を合わせて、犯人たちをやっつけられるかどうかにかかっている。

クレアは、〝かどうか〟のほうは考えたくはなかった。

できるだけすばやく、革にくるまれたシェフのナイフ・セットを取り出した。ナイフはすべて見事な日本製の鋼《はがね》で、かみそりのように鋭く刃を研いであるのをクレアは知っていた。ドミニクは宗教儀式のようにナイフを徹底的に研いでおくので有名なのだ。

革の包みを落とさないように抱えながら、クレアは横のドアを抜けた。建物のこのあたりは迷宮のようになっている。パークス一族が大勢の召使を抱えていた頃の名残《なごり》で、うさぎ小屋のような小部屋や押入れが並んでいる。

しかしクレアには、場所がちゃんとわかっている。すぐに小さなドアの前にたどりついた。人目につかないよううまい具合に作ってある扉で、ここから大広間に入っていけるのだ。

膝を床について、そっとドアを開けてみる。姿勢を低くしたまま、音を立てないように中へ滑り込んだ。見事に葉を広げたシュロが大きな陶器の花瓶に活けてあったため、姿が隠れる。ただ、赤のドレスは非常に人目を引くため、誰かがこの方向を見ていたら、クレアの動きに気がつくだろう。クレアは、二度と赤いドレスなんか着ないと心に誓っていた。赤は危険だ。

赤はバドの血の色……。

パーティの出席者たちは全員床に座らされていた。ほとんどの者は壁際にいるのだが、女性が十人、部屋の中央に集められ銃を向けられていた。誰かが犯人たちをやっつけようとしたときのために、盾《たて》として利用しているのだ。スザンヌはその十人の中にいた。アレグラの姿はどこにも見えない。

スキー帽の男が四人、手際よくディスプレイ・ケースを壊していった。スザンヌがデザインしたクリスタルのものだ。中の値段のつけられないような宝石を大きなスポーツバッグに放り込んでいる。

ジョンが壁を背に座っているのが目に入った。ジョンは妻に銃口を向ける男をぎらぎら光る目で見据えている。クレアは盾になっている人たちの影に隠れるようにして、少しずつジョンににじり寄っていった。

ジョンがその動きを目の端にとらえている。ジョンはどんなときでも、周囲全体を視界にいれる能力があるのだと聞いていた。クレアの動きを目で追ったりして、犯人に悟らせるようなことはしないが、かすかに頬の筋肉が動いて、自分の存在をジョンが認識していることが、クレアにはわかった。

クレアはジョンのところまで来ると背中を壁につけて伸ばし、他の人たちと同じ姿勢になった。こっちを見張っている男の注意は、盾にしている女性たちにのみ向いている。またこちらを見たときには、クレアは元からこの位置にいたものだと思うだろう。他の人たちと同じように、突然の侵入者に驚いているだけだと。クレアは膝を立て、ゆっくりと顔を下ろして絶望に打ちひしがれているふりをした。急な動きをしないように、そうっとジョンのほうに革の包みを滑らせる。

「この中にナイフが入ってるわ」唇を読み取られないよう、頭を下げたまままつぶやいた。「バドは外で、見張りから奪った銃を持っているけど、怪我《けが》がひどいの。助けになれるかどうかもわからない」

「あいつが生きてるんなら、必ず助けに来るよ」まるで音はしないが、ジョンのささやく声はちゃんと聞こえた。

クレアははっとした。ジョンはまったく動いたようには見えなかったのに、ナイフがジョンの足元にきれいに並べられていた。さらに両手に一本ずつナイフを持っている。

何秒経っただろう。その一秒ごとに、苦痛が増していった。外のバドは出血がひどくて、死にかけているのではないか？　ひょっとしたら、もう――死んでしまっているかもしれない。クレアは無理に、その可能性は考えないようにした。今は、しっかりしなければ……。

一瞬にして、すべてのことが起きた。あまりにも急で何が起こったのか理解もできなかったが、クレアの目にはすべてが映っていた。

大広間の扉を蹴《け》って、真っ白な顔に不屈の表情を浮かべたバドが入ってきたと思ったら、マシンガンを発射した。ジョンが立ち上がり、何かがきらめいたと思ったが、あまりに早くてナイフが空中を飛んだということもはっきりわからなかった。同時に、女性を盾にしていた男が床に倒れ、必死で喉に突き刺さったナイフをつかんでいた。ジョンのパートナーの怖そうな男性がどこからともなく現れ、ぱっと何かに飛びかかったあと、床に転がった。そして立ち上がったときには、飛びかかった男から奪った銃を手にして、すぐにその銃を撃ち始めた。スキー帽をかぶっていた男たちが全員倒れていた。

女性の悲鳴、男性の叫び声が錯綜し、やがて銃声がやんだ。あっという間だった。ジョンはその腕に、しっかりスザンヌを抱きかかえていた。

クレアが見ていたものはただひとつ。立ち上がると、誰かの手を踏み、邪魔になる人を蹴飛ばして、バドに駆け寄った。

「バド！」バドはクレアを見ると、もう重くて持っていられないというように、マシンガンをぽとりと落とした。そして、膝から床に崩れ落ちていき、クレアは恐怖で半狂乱になった。

タキシードの上着が濡れてかてか光り、シャツの前は真っ赤になっている。

クレアはひざまずいてバドの体を抱きかかえた。「ああ、バド!」バドの襟元をゆるめながら、クレアはすすり泣いていた。「私を残して死なないで。死んじゃだめ!」

「死なないよ」バドがささやきながら、目を閉じた。「無理だな。君が許してくれそうにない」

エピローグ

私が許さないわ。バドを死なせたりはしない。

クレアは一緒に救急車に乗り込み、バドが手術室を出てからずっと病室でも一緒にいた。

バドは意識が戻ったり、また眠りに落ちたりした。麻酔で朦朧《もうろう》とした頭の中でも、クレアの存在を感じていた。いつも自分のそばにクレアがいることが、わかっていた。

翌日になって、バドの意識ははっきりし、助かったことを実感した。体じゅうにありとあらゆるモニターがつながれている。顔の向きを変えるほどの力もない。体に力が入らず、頭はぼんやりしている。それでもひとつだけ、はっきり認識していることがあった。これからも、生きていくのだ。

クレアが許してくれそうもないな。このまま死ぬなんて。

クレア、俺《おれ》のクレア。

クレアはベッド脇《わき》の椅子《いす》に座り、片手をバドの腕に載せていた。バドがそこにいることを感じて、安心しているようだった。もう一方の手は頰《ほお》を支えている。眠っているのだ。長いまつげが白い頰にくっきり見える。十二歳の子供みたいだ、とバドは思った。

「気がついたのね」クレアがそっと言った。

「ずっと気がついたままでいるぞ」バドはシーツの上に手を滑《すべ》らせ、クレアの手を取った。二人はしっかり手を組み合わせた。「俺の人生はこれから楽になるんだな。俺のそばには、思い立ったら何でもやる怖い嫁さんがいるんだから。えらくタフなレディだ。うちの署長にも言っとこう。俺のご機嫌を取っといたほうがいいですよ、嫁さんをけしかけますから、すっごく、おっかないんですよって」

クレアがほほえんだ。久しぶりの笑顔だということも、バドにはわかっていた。

「当然よ」クレアが言った。

訳者あとがき

『真夜中の男』で熱いご支持をいただいた「ミッドナイト・シリーズ」の第二弾をお届けすることになりました。主人公はもちろん、『真夜中の男』の中にも登場していたミッドナイトの海軍時代からの友人、バドことタイラー・モリソン警部と、スザンヌの親友、クレア・パークスです。

人気のあった作品の続き、「スピン・オフ」として、最初の作品の脇役を主人公にするのはよくあるのですが、今回のストーリーは少し趣向が異なっていて、作者のアイデアの豊かさに再び感心してしまいました。

通常は、「続き」として第一話の後日談になることが多いのですが、今回の『真夜中の誘惑』は、『真夜中の男』で描かれた出来事の数日前から、話が始まります。そして、『真夜中の男』と本作のストーリーが同時進行していき、ミッドナイトとスザンヌに起こった事件が今度はバドとクレアの側から描かれます。

訳者としては、訳語を同じにしたりなどと、少々気を使うことも多かったのですが、はやりのリアルタイム・ドラマのような感じで、ああ、ここはこういうことになっていたのか、と納得したりして、いっそう楽しく読むことができました。ミッドナイトのかっこよさと、スザンヌのさっそうとした姿、二人の愛情の強さを確認できるスピン・オフならではの楽しみは、言うまでもありません。

本作品では、セクシー度がさらに過激になっているのですが、サスペンス要素としては『真夜中の男』で解決している部分が大きいので、バドがクレアに対して過保護になりすぎる理由でもある、二人の過去の事情を中心にした気持ちの行き違いに焦点が置かれています。『真夜中の男』でもミッドナイトとスザンヌが心を通わすシーンの美しさが感動的でしたが、今回はバドとクレアの父が、男性としての心の痛みをわかちあう場面が胸に迫ります。

こうなれば当然、このあとも読みたくなりますよね？　お気づきの方も多いと思いますが、いかつい風貌に似合わず音楽を愛する元ＳＥＡＬのコワルスキと、恐ろしい事件のために視力を失った、天使の歌声のアレグラが主人公の第三話が用意されています。

次の作品は、同時進行ではなく、本作のラストシーンから話が始まります。この第三話も、近いうちに扶桑社ロマンスからお届けできる予定ですので、お楽しみに。

（二〇〇七年七月）

◉訳者紹介　上中 京（かみなか　みやこ）
関西学院大学文学部英文科卒業。英米翻訳家。訳書にライス『真夜中の男』（扶桑社ロマンス）、ケント『嘘つきな唇』『美しき足枷』（ランダムハウス講談社）など。

真夜中の誘惑

発行日　2007年8月30日　第1刷

著　者　リサ・マリー・ライス
訳　者　上中 京

発行者　片桐松樹
発行所　株式会社 扶桑社
〒105-8070　東京都港区海岸1-15-1
TEL.(03)5403-8870(編集)　TEL.(03)5403-8859(販売)
http://www.fusosha.co.jp/

印刷・製本　共同印刷株式会社
万一、乱丁落丁(本の頁の抜け落ちや順序の間違い)のある場合は
扶桑社販売宛にお送りください。送料は小社負担にてお取り替えいたします。

ISBN978-4-594-05462-5　C0197
Printed in Japan(検印省略)
定価はカバーに表示してあります。